나의 쓰지 않은 책들

조지 스타이너 지음 | 고정아 옮김

서커스

MY UNWRITTEN BOOKS

by George Steiner
Copyright © 2008 by George Steiner
All rights reserved.

This Korean edition was published by Circus Publishing Co.
in 2019 by arrangement with George Steiner c/o Georges Borchardt, Inc.
through KCC(Korea Copyright Center Inc.), Seoul.

차례

친구 이상의 친구들인
아미나다브 디크먼과 누치오 오르디네에게

저자 서문

이 책의 일곱 개의 장은 내가 쓰고 싶었지만 쓰지 못한 책들의 이야기다. 각 장들은 그렇게 된 이유에 대한 설명이다.

쓰지 않은 책은 단순한 공백이 아니다. 그것은 적극적인 그림자처럼, 아이러니와 안타까움을 띠고 우리의 일에 참여한다. 그것은 우리가 살 수도 있었을 삶, 떠나지 않은 여행이다. 철학의 가르침에 따르면, 때로는 '부정'도 결정적 요소가 될 수 있다. 부정은 가능성을 거부하는 데 그치지 않는다. 결여의 결과는 누구도 정확히 예견하거나 측정할 수 없다. 쓰지 않은 책 때문에 현실이 달라졌는지도 모른다. 그 덕분에 현명하게 실패할 수 있었는지도 모른다. 아닐 수도 있지만.

GS
케임브리지, 2006년 9월

나의 쓰지 않은 책들
My Unwritten Books

일러두기

1. 이 책은 조지 스타이너의 『My Unwritten Books』(New Directions, 2008)를 완역한 것이다.
2. 사이시옷은 발음과 표기법이 관용적으로 굳어져 있는 경우를 제외하고는 가급적 사용을 지양했다.
3. 본문 하단의 주는 전부 본문에 대한 이해를 돕기 위해 옮긴이가 달았다.

중국 취향

CHINOISERIE

1970년대 말에 학자 겸 비평가인 프랭크 커모드 교수가 나에게 자신이 기획하는 〈현대의 거장들〉 총서에 기고를 요청했을 때, 나는 조지프 니덤의 이름을 거론했다. 나는 생물학자도 중국학자도 아니고, 화학도 동양학도 연구한 적 없으니 그런 제안을 할 자격은 당연히 없었다. 하지만 나는 오래전부터 니덤의 거대한 도전 정신과 변화무쌍한 페르소나에 매혹되어 있었다. 라이프니츠 이후 그보다 더 박식하고 더 폭넓은 지성과 의지를 소유했던 자가 있을까? 하지만 내가 생각한 접근법은 어쩌면 니덤 자신에게도 그의 연구에도 무책임한 것이었으리라.

런던 〈이코노미스트〉의 초임 편집자 시절, 나는 널찍한 세인트팬크라스 구청에서 열린 대중 집회를 취재한 적이 있다. 집회의 목적은 영국과 미국의 한국전쟁 개입을 규탄하는 것이었다. 행사장은 북적였다. 저명한 좌파 활동가로 세계를 누비는 집회의 의장이 조지프 니덤을 소개하자, 백발에 약간 사자 같은 인상을 한 인물이 일어섰다. 그는 케임브리지 대학 미생물학과의 윌리엄던 강사이자, 중국과 북한 양국 사정을 직접적으로 관찰하는 사람이라고 자신을 소개했다. 그리고 자신이 국제적 명성의 과학자인 만큼 경험적, 실험적 증거를 그 무엇보다 신성하게 여긴다고 강조했다. 그런 뒤 군중 앞에서 탄피를 들어 보이며, 이 섬뜩한 물건이 미국 포병대가 세균 무기를 사용한 반박 불가능한 증거라고 말했다. 자신과 중국의 전염병학자들이 사실을 거듭 점검했다고 했다. 그러자 의장은 집회 참가자 일동의 명의로 트루먼 대통령에게 강력한 항의 전보를 보내자고 했다. 하지만 그러면서 참석자 중에 니덤 박사의 주장에 의문을 품은 사람이 있다면 반대 의견을 표명해 달라고도 했다. 누군가 반대를 하면 백악관에 만장일치의 메시지를 보낼 수 없다고 했다.

그곳에 파시스트 집회 같은 물리적 위협은 없었다. 의장의 제안은 최선을 다한 영국식 페어플레이였다. 나는 니덤이 잘못 알고 있거나 선전 목적으로 거짓말을 한다고 확신했다. 하지만 나는 말없이 앉아 있었다. 두려워서가 아니라 당혹감, 그리고 분란을 일으키게 될 거라는 생각 때문이었다. 그래서 '만장일치'의 항의 메시지가 언론에 전달되었다. 나는 염증과 우울에 사로잡힌 채 집회장을 떠났다. 내 용기 부족 때문이었다(독일어는 이런 용기를 '시민의 용기Zivilcourage'라고 말한다). 그 사건은 지난 50년간 나를 짓눌렀을 뿐 아니라 나치주의, 스탈린주의, 매카시즘, 무정부주의, 마오주의, 파시즘 등 모든 전체주의 통치의 협박 아래 움츠리고 사는 사람들에 대한 내 태도에도 결정적인 영향을 미쳤다. 그날 이후 나는 내가 아주 쉽게 비굴해질 수 있다는 것을 알았다.

커모드는 니덤 박사에게 연락해서 내 (경솔한) 계획을 알렸다. 그러자 놀랍게도 니덤이 곧바로 나를 불렀다. 나는 키스 Caius 칼리지의 학장실에서 그를 만났다. 그 방은 책, 인쇄물, 교정을 앞둔 원고 더미, 수많은 중국풍 장식물로 장관을 이루고 있었다. 내 기억이 맞는다면, 한 구석에는 학장의 예복과 그가 케임브리지 밖에서 비국교도 예배를 집전할 때 입는 중백의가 걸려 있었다. (그 일은 그의 가까운 지인들만 알던 일로, 아주 복잡하고도 특이한 교회일치 운동이 그 동력이었다.) 내가 그를 만나고 바로 느낀 것은 〈현대의 거장들〉이라는 대형총서에 들어갈지 모른다는 전망에 니덤이 크게 흥분해 있다는 것이었다. 그의 '늙고 반짝이는 눈'은 진실로 예이츠가 칭송한 동방 현자들의 눈처럼 '유쾌'했다. 그의 기쁨이 온 방을 밝혔다. 나는 내 부족한 능력을 설명하고, 그의 방대하면서도 난해한 궤도에 아마추어처럼 난입한 것을 사과했다. 니덤은 괘념치 말라며, 나에게 기꺼이 정보를 주겠다고 했다. 많은 시간이 필요한 인터뷰도 하겠냐고 했다. 그 자리에서 바로 일을 시작할 수도 있다고 했다.

그때 내가 그에게 예전의 세균전 발언, 미국이 한국 전쟁에서 세균 무기를 사용했다는 그의 증언에 대해 물었다. 내가 아무리 능력이 부족해도, 그가 아직도 그 발언을 진실로 여기는지, 여전히 그 주장이 과학적으로 객관적이었다고 주장하는지를 모르고서는 그의 연구를 소개할 수 없을 것 같았다. 분위기는 급격히 냉랭해졌다. 조지프 니덤은 불만과 분노가 역력했지만, 더 역력한 것은 그 분노 안의 거짓이었다. 그는 나에게 확실한 대답을 하지 않았다. 귀가 훈련된 사람들은 크리스털 물잔 테두리를 손끝으로 훑기만 해도 미세한 흠집을 감지한다고 한다. 나는 니덤의 목소리에서 그 흠집을 분명히 느꼈다. 그의 자세에서도 느꼈다. 그 순간부터 상호 신뢰는 불가능해졌다. 우리의 만남은 그걸로 끝이었다.

나는 그 책을 쓰지 않았다. 하지만 쓰고 싶은 마음은 남아 있었다.[*]

내가 아는 한 니덤의 '총 저작물opera omnia'의 확정된 목록은 없다. 그의 강의, 논설, 논문, 저서는 300건을 훌쩍 넘으며,

그 범위는 실로 엄청나다. 그것은 생화학, 생물학, 비교 형태학, 결정학crystallography을 망라하는 기술적 저술들이고, 그는 왕립학회의 손꼽히는 학자였다. 그의 방대한 연구는 논문 수준과 개괄 수준 각각으로 이론과 응용 양면의 자연과학사를 다루고, 고대부터 현대에 이르는 기계와 기술의 발전을 꿰뚫는다. 니덤은 또 자신처럼 다루는 범위가 넓은 존 버날과 마찬가지로 과학의 사회적 위치에 대해, 과학 발전의 통제 불가능성과 그것이 이념과 자본에 착취당할 위험에 대해서도 경고했다. 그의 글에서는 파수꾼, 설교가의 목소리가 높았다.

니덤은 특히 동양과 서양의 학술적, 정치적 관계 증진을 주장하며 "물이 바다를 덮듯이 모든 민족을 포괄하는 협력적 세계 연방"이 필요하다고 했다. 그는 다윈주의 진화론과 '생기론' 학파들에 특별한 관심을 갖고, 과학 철학의 역사와 본질에 대한 많은 글을 썼다. 그는 열역학과 생화학의 유사점에도 매혹되었다. 니덤은 콜리지 못지않은 감성으로 유기체와 무기체의 확고한 분리에 의문을 제기했다. 그는 현실을 물질과 정신이 한데 엮인 활력의 세계로 경험하는 것 같았다. (케임브리지

---

* 조지 스타이너는 프랭크 커모드가 기획해 바이킹 출판사에서 펴낸 〈현대의 거장들〉 총서에 결국 조지프 니덤 대신 마르틴 하이데거에 관해 집필했다.

에 무엇이 있겠는가? 이스트 앵글리아 지방의 우중충한 저지대에 자리한 그곳은 지난 수 세기 동안 파노라마 같은 통찰을 여럿 추동해냈다.) 니덤은 또 과학과 종교의 살능이라는 혼란스럽지만 창조적인 주제로 거듭 돌아가서, 이 변증법을 사회주의와 공산주의의 관점에서 검토한다. 이슬람, 불교의 각 종파, 기독교와 그에 대한 의심, 적극적 세속주의의 역사가 논의의 장에 끌려왔다. '광학 안경의 한계'에 대한 정밀한 논문이 '시간과 공간에 따른 세계 지성의 양상들'과 '인간과 그들의 상황'에 대한 고찰과 함께 실렸다(역시 콜리지 같은 부류의 융합이다). 니덤은 가명으로 과학계 동료들도 모르게 크롬웰 시대 급진적 분파의 운명과 교리를 극화한 역사 소설들도 발표했다. 하지만 이 목록, 이런 '마구잡이 모음omnium gatherum'조차 『중국의 과학과 문명Science and Civilization in China』에 들인 막대한 노력 앞에서는 빛을 잃는다. 1937년에 시작된 이 기획은 1995년 3월에 조지프 니덤이 죽은 뒤에도 계속되고 있다.

하지만 저작 목록만으로는 니덤의 지성의 다양성과 밀도를 전달할 수 없다. 그의 글에는 테시몬드나 블레이크, 데이 루이스나 괴테, 오든 같은 여러 시인의 시와 라틴어 송가까지 녹아있으며 동방 가수와 현자들의 노래도 곁들여진다. 종교 체험의 심리를 보여줄 때는 성 테레사와 노리치의 줄리안뿐 아니라 버니언과 윌리엄 제임스도 등장한다. 니덤은 인용의 대가다.

토머스 브라운의 '직관의 섬광'에 대한 인용은 물질대사와 비가역성에 대한 슈뢰딩거와 막스 플랑크의 분석을 능가한다. 니덤에게는 딱히 꼬집어 말하기 어려운 '전문성의 시학'이 있다. 그는 현대 사회의 특징이자 갈릴레오 이후 서방 세계를 지배한 '자연의 세속화'를 논하면서 이슬람 과학사가인 사이드 후사인 나드르를 산티야나와 연결한다. C. S. 루이스의 '인간 폐지', '남은 기독교 영토의 기독교 주민'에 대한 논의가 공자의 교육적 휴머니즘과 나란히 놓인다.

마르크스, 마르크스주의적 분석, 엥겔스의 자연변증법도 곳곳에 가득하다. 니덤은 홀데인, 블래킷, 버날과 함께 영국의 유명 마르크스주의 과학자 집단의 일원이었고, 스탈린 통치 시대에도 태도를 바꾸지 않았다. 자본주의 체제의 경제 불황, 노골적 사회 불평등, 유럽의 파시즘과 나치즘 물결, 스페인의 프랑코 정권 수립이 소비에트 연방에 대한 열광을 낳았다. 그리고 거기에는 근본적인 문제도 있었다. 당시는 과학 전체가 이론, 응용 양방향에서 엄청난 광휘를 떨치던 시기였다. 과학의 발달은 곧바로 개인과 사회의 모든 영역에 영향을 미치게 되었다. 하지만 과학과 일반 상식의 간극, 고등 과학과 정치적 의식 사이에 간극이 극심해졌다. 버날이나 니덤은 과학이 다른 학술적, 경제적, 정치적 힘과 역동적으로 상호작용하는 것은 레닌과 스탈린 통치 아래 발전하는 공산주의 체제에서만 가능하다

고 보았다. 참혹한 결과를 낳은 식물학자 리센코의 대실패*조
차 유토피아로 가는 길에서 용인해야 할 실수일 수 있었다. 마
르크스주의는 독일의 관념론 철학, 영국의 정치경제학, 프랑스
혁명에서 태어난 만큼 삼중의 해방과 합리주의의 정점이 될
것으로 보였다.

니덤의 독특함은 혼합주의에 있었다. 그는 변증법적 유물론
은 "스펜서가 공들여 설명한 진화적 발전에 토대"했으며, "마
르크스주의의 뿌리는 기독교뿐 아니라 중국에도 있고, 그것은
라이프니츠와 헤겔을 통해 들어온 성리학적 유기체론"이라고
주장했다. 여기서 니덤이 훨씬 더 명백한 요소인 메시아적 유
대주의**—이것이야말로 마르크스의 분노한 천재성과 종말론
적 수사의 핵심인데—를 빼놓은 것이 흥미롭다. 이것은 니덤
의 드넓은 감수성의 (드문) 맹점일까? 어쨌거나 니덤의 굳건
한 신조를 떠받친 것은 마르크스주의적 역사 해석이다. "무장
한 반동 세력이 아무리 강해도 결국은 진보하는 인류가 승리
를 얻어서 지성의 성취를 보존하고 발전시켜 낸다." 이런 신념
은 과학에 새로운 논리를 주었다. 하지만 그것은 급진적 정치

---

* 용불용설에 토대한 이론으로 1940~50년대에 소련의 농업을 황폐화시켰
  다.
** 예수를 메시아로 인정하는 유대교 일파.

사상과 예언적 '미래주의' 시에서도 많은 영향을 받았다. 니덤에게 블레이크와 셸리는 코페르니쿠스, 케플러, 다윈만큼 중요했다. 시인, 철학자, 신학자, 경제학과 사회 이론가, 순수과학자와 응용과학자, 건축가, 엔지니어까지 수많은 역사 속 인물의 생생한 목소리가 니덤의 지면을 가득 채운다. 그의 주석들은 정신사의 '대전summa'이다. 조지프 니덤에 대해서라면 우리는 라이프니츠나 훔볼트에 대해서와 똑같은 질문을 할 수 있다. "그 사람이 공부하지 않은 분야가 하나라도 있는가?"

아무리 특이한 맥락에서도—총신의 야금학, 국수의 발명, 갱내 통기 장치에서 차압 수치에 따른 버팀 구조물 설계—니덤의 기준은 아름다움과 효율미였다. 그는 대칭과 조화로운 비율, 논리적 순서와 구조적 변형의 상호작용을 추구했고, 이런 감성으로 인해서 중국의 사상과 도교의 조화로운 역동에 강력하게 매혹되었다. 그가 1961년에 루궤이전魯桂珍과 공동으로 발표한 논문 「최초의 눈 결정 관찰」을 생각해 보라.

니덤은 다른 많은 경우에도 그랬듯이, 눈 결정 관찰을 가장 먼저 한 것은 고대 서양이 아니라 동아시아라고 주장했다. 그것은 중국의 해무리와 환일幻日* 연구와 관련되어 있다고 했다. 그래서 눈송이 결정이 질서정연한 육각형을 띤다는 중국의 통찰은 알베르투스 마그누스의 오류투성이 추측보다 천 년 이상을 앞선다. 서양이 이것을 제대로 알게 된 것은 요한네스 케플러가 짧은 라틴어 논문을 출간한 1611년 이후다. 게다가 케플러 이론에 담긴, 여러 행성의 궤도가 서로 조화를 이룬다는 암시는 신피타고라스학파 방식으로 중국의 정서와 통하는 면이 있다.

고대 중국 문헌에서 숫자 6은 '물' 원소를 상징한다. 눈송이의 육각형 구조는 무려 기원전 135년에 한영韓嬰이 주목했다. 니덤은 그답게 이 중국 연구자가 어떤 렌즈, 얼마만한 배율을 활용했을까를 스스로에게 물었다. 철학자이자 현자이며 "어쩌면 중국 전체 역사에서 가장 위대한" 인물인 주희는 이 육각 눈꽃을 특정 광물들의 각면刻面과 연관지었다. 여기서 소환된 광물은 셀레나이트, 즉 석고 또는 황산칼슘으로 이루어진 육각형의 반투명 결정이다. 니덤의 글에서는 언제나처럼 블레이크가 말하는 "미세 항목의 신성함"이 빛을 발한다. 셀레나이트와 눈송이를 연결한 것은 "이후에 발달한 인공강우의 구름씨 뿌리기의 전조라는 점에서 아주 흥미롭다".

거기서 조지프 니덤의 활동과 일상을 지배하다 못해 거의 사로잡은 질문이 생겨났다. 중국인들은 서구보다 훨씬 앞서

---

* 태양의 양쪽 시거리 약 22도의 점에 태양과 비슷하게 나타나는 엷은 빛. 구름을 형성하는 얼음 결정에 의한 햇빛의 반사와 굴절로 생긴다.

서 이렇게 뛰어난 관찰과 학제적 인지를 달성하고서 왜 앞으로 더 나가지 않았을까? 자연을 예리하게 관찰하고 정교한 패턴을 만든 중국인들은 현상을 '자연의 사실들로' 받아들이고, 그것을 '상징적 수비학數秘學'으로 풀이하는 데 만족했다. 유럽은 데카르트 이후, 그리고 로버트 훅이 『마이크로그라피아 Micrographia』(1665)라는 자연 세계의 정밀 묘사집을 출간한 이후 진보가 빨랐다. 그런 발전에 따라 자연스럽게 윌리엄 스코스비는 눈 결정 형태를 체계적으로 분류하게 되었다. 그는 1820년 직전에 북극에 다녀와서 그런 성과를 냈다. 왜 이런 차이가 생겼을까? 니덤은 이 질문에 답을 하기 위해 기념비적이고 영웅적인 노력을 기울였다. 중국인은 그 일에 필요한 확대 장치가 있었다. 하지만 거기서 앞으로 나가지 않았다. 어쨌거나 그렇게 일찍 모든 눈송이 결정이 육각형 대칭 구조라는 것을 알아낸 중국의 선구성은 "상찬을 받음이 마땅하다". 이런 고풍스러운 문체도 니덤 어법의 한 가지 특징이다.

혹은 니덤이 1951년에 런던에서 한 호브하우스 기념강연을 생각해보자. 주제는 '인간의 법률과 자연법'이었다. 로마법에 규정되어 있는 '법률의 법lex legale'과 '만민법jus gentium'을 둘러싸고 큰 논쟁이 벌어졌다. 그것은 바빌로니아 창조 서사시에 나오는 천상의 입법의 비유를 받아들이고, "비인간 세계에 법칙이 존재한다는 분명한 진술"을 고찰했다. 이런 진술은 피타고라스의 가르침에 대한 오비디우스의 찬사에서도 볼 수 있다. 니덤은 역시 그답게 드라이든의 참신한 해석을 인용한다. 그리고 울씨아누스와 유스티니아누스의 법철학을 맹자가 말하는 공자의 가르침과 독창적으로 비교한다. 초개인적, 초이성적 신이 선포한 자연법은 결국 케플러, 데카르트, 보일의 발견에 담겨 있다. 그 정점을 이루는 것은 뉴턴의 『프린키피아』가 말하는, 신이 통제하는 우주론이다. 반면 중국인은 '법'을 "화이트헤드 식의 유기체론적 의미"로 생각했다. 규범적 위계와 입법적 패턴은 자연 전체에 퍼져 있지만, 그것들은 본질적으로 탐색 불가능하고 '법률적 내용'도 없다는 것이다. 이것이 현대 과학의 발전에는 확실한 약점이 된다고 니덤은 인정한다. 하지만 덕분에 그들은 유럽의 마녀 재판과 동물에 대한 사형 선고 같은 잔혹 행위와 히스테리를 피했다. 니덤의 탐색은 마흐와 에딩턴을 거쳐서, 과학 법칙의 지위에 대한 (실험적, 존재론적 양면의) 현대 이론들로 나아간다. 그가 결론적으로 제기하는 질문은 더없이 니덤답다. "알을 낳는 수탉을 법으로 처벌할 수 있는 정신 상태가 나중에 케플러 같은 이를 낳는 문화에 필요했던 것일까?"

하지만 이런 요약précis으로는 니덤의 표현의 기술을 전달하지 못한다. 그의 글에서는 세밀한 전문성이 드넓은 전망과 교차한다. 아이러니가 불꽃을 튀긴다. 하지만 그 바탕에는 인간의 끊이지 않는 잔혹성과 비합리에 대한, 그리고 다양한 신념과 문화의 관용적 협력을 가로막는 근시안적 금지에 대한 안타까운 슬픔이 깔려 있다. 나는 앞에서 이미 니덤의 각주가 엄청나다고 말했다. 그것은 주 서사의 선율에 화성의 역할을 하며, 독자적인 존재가 되어 앞뒤로 논쟁을 전개하고, 때로는 추가적 규정과 암시적 문제 제기로 그것을 뒤집는다. 니덤은 그가 조예 깊은 버턴, 브라운 같은 17세기 신학자들의 바로크적 방대함을 현대 과학 논문의 '평이체' 및 직접성과 결합했다. 그의 문체의 라이벌은 아마 단 하나, 다시 웬트워스 톰슨의 고전적 연구서 『성장과 형태에 관하여』일 것이다(이 책은 화학 발생학에 대한 니덤의 기여를 여러 차례 인용한다). 얼룩의 형태, 고래와 거북의 성장 패턴에 대한 톰슨의 글을 생각해 보라. "더욱 신기하지만 훨씬 덜 알려진 것은 달이 성장에, 특히 굴, 성게, 게의 알의 성장과 성숙에 미치는 영향이다. 달이 그런 영향을 미친다는 믿음은 이집트만큼이나 오래되었고, 몇몇 경우는 오늘날 명확히 확인되었다. 하지만 그런 영향력이 행사되는 방식은 아직 미지의 영역이다." 정말로 니덤의 것이라고 해도 무방한 목소리다.

30권에 이르는 『중국의 과학과 문명』의 씨앗은 1937년에 뿌려졌다. 그 시절 조지프 니덤은 태아 발생을 전공하는 생화학자였다. 그의 정치적 성향은 당시에 스페인에서 싸우던 전투적 좌파와 같은 걸로 유명했다. 케임브리지에 루궤이전이 왔다. 니덤은 첫 아내 도로시 니덤이 죽고 2년 후인 1989년에 그녀와 결혼한다. 도로시 니덤 자신도 저명한 근육생화학자였다. 루궤이전과 함께 다른 중국 생화학자 두 명도 왔다. "그들의 지성은 나와 전혀 다르지 않았다." 이런 일치감은 왜 중국에서 현대 과학이 '이륙'하지 못했을까 하는 궁금증을 불러일으켰다. 그때까지 한자를 전혀 몰랐던 니덤은 37세에 중국어 공부를 시작해서 상당히 유창한 수준에 올랐다. 그것은 이미 고대 그리스어와 라틴어 등 어려운 여러 언어에 능통하고 할 일이 많은 이론 및 실험 과학자에게는 놀라운 성취였다. 이어 니덤이 중국을 방문하고 중국 학자들이 케임브리지를 방문하는 일이 거듭되면서 그는 어느 정도 전설적인 지위를 굳혔다.

니덤은 전시 중국의 과학 자문으로 있을 때 한 권짜리 연구를 구상했는데, 그것은 금세 매력적인 도전 주제로 떠올랐다. 니덤은 1948년까지 7권의 초안을 작성했다. 이 책들은 중국의 물리학과 기계공학부터 약용 식물학, 항해술, 생리학적 연금술까지 다룰 예정이었다. 오래지 않아 이 『중국의 과학과 문명』의 계획은 10권으로 늘어났다(그 일부는 두 권 분량이었다). 이 폭넓은 구상마저 새롭게 밀려드는 무수한 자료와 질문을 감당할 수 없었다. 니덤이 직접 쓰고자 한 18권—몇 권을 동시에 준비하고 있었다―에는 약 60년간의 집중된 작업과 방대한 예비 연구와 서지 정보가 필요해 보였다. 말 그대로 수백 건의 자료를 샅샅이 살펴야 했는데, 그중 많은 수가 깊이 숨겨져서 찾기 어려운 것들이었다. 1권의 집필을 실제로 시작했을 때 니덤은 이미 47세였다. 그의 환상적일 만큼 생산성 높은 인생도 그 작업 전체를 끝내는 데 필요한 107세―그가 계산한 나이―에 이르지 못했다. 그는 94세로 죽기 이틀 전까지도 『중국의 과학과 문명』을 작업했다. 그레고리 블루가 작성한 그의 저서 목록은 385건의 표제를 담고 있다. 그중 과학 논문이 150편이 넘는데, 많은 수가 분량도 상당하고 혁신성도 높다. 그의 생산성은 『중국의 과학과 문명』을 쓰는 동안에도 멈추지 않았다. 범위와 비옥함의 정도에서, 니덤은 볼테르나 괴테와 위상을 나란히 한다. 거기다 그도 괴테와 마찬가지로 역작을 생산하는 동안에도 공적, 정치적, 학술적 활동을 적극적으로 펼쳤다.

니덤은 1949년 이후로는 전문적 소분과들을 만들어서 점점 덩치가 커지는 팀을 관리했다. 세월이 흐르는 동안 15명의 전문가가 16권의 두꺼운 책을 완성했다. 전부는 아니지만 대부분 중국 출신 학자들이었다. 어느새 나이 든 현자와 젊은 보조자들 사이에 어쩔 수 없는 간극이 벌어지기 시작했다. 이념적, 기술적 차이도 생겨났다. 그 일부는 근본적으로 보였다. 그것들은 과학적 세계관에 대한 중국어의 특정한 제한 및 '심층 구조'와 관련되어 있었다. 니덤의 일부 동료는 서구적 의미의 '과학' 개념 자체를 중국의 상황에 그대로 적용할 수 없다고 생각했다. 니덤은 팀원들과 치열하게 토론하는 것이 최선이라고 생각했다. K. G. 로빈슨이 지적하듯, 그들은 과학의 역사와 사회에 생겨난 크나큰 격차, '세계 과학'이라는 니덤의 핵심적 이상을 뒤엎은 움직임들과 씨름했다. 그래서 7권에 요약과 회고, 방법론을 담은 두 개의 섹션이 생겨났다. 케임브리지 내에 설치되어 이 백과사전적 사업의 중추 역할을 한 니덤 연구소에서도 마찰의 순간들이 있었다. 계획한 많은 항목이 폐기되었다. 파킨슨병에 걸려서 가장 가까운 사람들하고만 제대로 의사소통을 할 수 있었던 니덤은 자신의 연구와 신념의 최종 진술, '대전Summa'을 내놓고자 했다. 그는 결국 그 과제를 완수하지 못하고 떠났지만, 7권의 2부에 수록한 논문들은 그에 상당히 근접했다. 그것들은 흔들림이 없다. 이 과학계의 고고한 매―아니, 니덤이라면 용연龍鳶이라는 비유를 더 좋아했을 것 같다. 용연은 중국의 발명품이다―는 거기서 관찰, 과학적 분석, 철학적 원리, 사회사상의 넓은 땅 위를 마지막으로 선회 비행했다.

나에게는 케임브리지 대학 출판부의 디자이너와 식자공에게 적절한 경의를 바칠 만한 능력이 없다. 그 일 자체가 하나의 전설이다. 전문가들은 다른 어떤 인쇄 및 출판업자도 니덤의 요구를 충족할 수 없었을 거라고 말한다. 수많은 지면에 5~6개 언어와 문자가 수학 및 화학 기호와 함께 등장한다. 시각적 인상만으로도 마법을 담은 비밀문서 같은 느낌을 준다. 한자도 넘쳐난다. 넘쳐나는 각주는 봉인용 밀랍의 화학적 성질과 님로드 시대 바빌론의 붉은 유리 제조법에서 아시리아의 산화납 혼합물까지 넘나든다. 그런 뒤에는 독자를 서양 수도사 두 명―10세기 말의 헤라클리우스와 11세기 말의 테오필루스―에게 이끌고 간다. 고대 그리스 문자, 아랍어와 한국어에서 옮긴 내용이 박식한 행렬을 이끈다. 각 권의 참고 도서 목록과 색인에는 12개 이상의 언어가 등장한다. 지도, 천문도, 기하학적 작도, 통계표, 중국 유적지와 중국 미술 복제품의 사진이 넘쳐난다. 러시아 자료도 나오고, 인도 수학과 중세 연금술도 언급된다. 세계 속 세계가 북적이며 살아난다.『중국의 과학과 문명』은 러셀과 화이트헤드의 3권짜리『수학 원론』과 함께 활판인쇄술, 레이아웃, 출판 역사의 한 정점을 이룬다. 둘 다 케임브리지 대학 출판부에서 나왔고, 주목할 만한 것은 컴퓨터 시대 이전의 작업이라는 것이다.

　니덤은 중국이 시대적으로 앞섰다고 보이는 내용을 전달하는 것을 기뻐했다. 그것 가운데 유명한 것은 화약, 종이, 활자 인쇄, 톱니바퀴 탈진 기구[회전 속도를 일정하게 유지하는 장치], 자기 나침반, 도자기, 등자, 수차水車 등이 있다. 하지만 7쪽이 넘는 그 목록에는 별로 화려하지 않은 혁신과 발견도 많다. 주판, 부채, 접이식 우산, 폭죽, 접의자, 치료용 뜸(이것은 약간 수수께끼 같은 물건이다), 칫솔, 낚싯대 얼레, 풍향계 등 수십 가지다. 중국의 천문 관측과 별자리 지도, 야금술, 또 선미재 키 등을 활용한 항해술, 위생, 예방의학은 서구보다 수백 년, 때로는 수천 년을 앞선다. 해부학, 지도 제작, 수송용 말의 목띠와 그에 부수하는 모든 장치도 마찬가지다. 중국인들은 서구 사회보다 훨씬 이전에 대장간에서 경첩이 달린 피스톤을 사용하고 알곡을 선별하는 데 기계식 왕복기관을 사용했다. 그들이 농업, 제조업, 광산과 채석장, 광대한 제국의 전국적, 지역적 육상 및 수상 교역 관리를 위해 고급 인력을 선발하고 승진시킨 시험 제도는 유럽의 비교 가능한 어떤 선발 및 심사 방법보다 천 년 이상 앞섰다. 중국인은 제임스 와트보다 수백 년 앞서 증기기관을 사용하고 있었다고 니덤은 말한다. 중국의 천문학자들은 기원전 1400년에 이미 신성과 초신성을 발견했다. 그뿐이 아니다. 중국인들은 우리 우주를 논리적이고 균형 잡힌 시각으로 바라보고 인간이 그 안에서 차지하는 위치를 설명하는 예리하고 섬세한 형이상학과 우주론도 발전시켰다. 이 시기 서구 문화는 기본적으로 원시적이고 비합리성에 침윤되어 있었다.

　하지만 결국 '돌파'를 이룬 것은 서구다. 지금 중국인까지 포함한 우리 모두가 영위하는 현대적인 사생활과 공생활의 질서를 만들어낸 것은 서구의 과학 기술, 서구의 물리학과 공학이다. 그 길은 갈릴레오와 케플러에게서 뉴턴, 다윈, 러더퍼드, 아인슈타인으로 이어졌다. 이 과학의 신전에 중국인의 이름은 없다. 데카르트의 합리주의, 칸트의 비판철학, 헤겔과 마르크스의 역사 이론이 서구의 자연 이해와 정복의 토대를 이루었다. 그토록 찬란한 여명을 이끈 중국의 과학이 마치 가사 상태에 빠져 있다가 '불가항력force majeure'을 통해 어쩔 수 없이 서구의 모델과 현실을 받아들이게 된 것 같았다. 왜 이런 역설적 단절이 생겨났을까? 이런 '대뇌의 활동 정지'―물론 전면적인 정지가 아니란 건 확실하다―의 이유는 무엇일까? 니덤은 이 수수께끼에 사로잡혀서 중국인 동료와 협력자들에게 계속 그 질문을 했지만, 가장 집요한 질문 상대는 자기 자신이었다. 그것은 '강박관념idée fixe' 이상이었다. 그로 인해 점점 더 많은 에세이, 논문, 책이 태어났다. 모든 지식과 이론을 자신의 영토로 끌어들인 박식가, 세상을 끊임없이 일깨우는 정치적–지적 등에였던 니덤은 자신이 하나의 축에 고정되었음을 느꼈다. 세계를 앞서던 뛰어난 중국 과학 기술을 좌초시킨 불행한 요소는 (그런 게 있다면) 무엇일까? 그것은 학술적으로 설명할 수 있는 것일까?

'사고의 항해'는 어떤 영웅 전설 못지않게 전투적일 수 있다. 니덤은 가능한 모든 이론 및 해석 모델과 씨름한다. 한때는 칼 비트포겔의 '동양의 전제군주제' 패러다임과 유사한 마르크스주의적 분석들이 맞는다고 여겼다. 중국의 역사적, 사회적 요소는 '관료적 봉건주의'로 발전했다. 이 제도는 처음에는 자연 탐구, 자연 철학, 사회에 도움을 주는 기술의 활용을 장려했다. 하지만 오래지 않아 그것은 근대 자본주의의 발흥 및 그와 관련된 과학의 발전을 억제했고, 특히 투자 경쟁을 가로막았다. 반대로 유럽은 봉건제가 쇠퇴하면서 새롭게 중상주의 질서가 들어섰다. 그래서 중세 시대에는 중국이 합리성과 사회 정의에서 우월했지만, 르네상스 시대에 서구가 이론과 응용 양면에서 급격한 과학 발전을 이루었다. 이 추진력은 절대주의 통치와 종교적 검열 속에서도 시들지 않았다. 그러니까 어쩌면 사회주의는 중국 중세 관료제의 외피에 갇힌 비지배적 정의의 정신이었을지도 모른다. 중국 문명은 지난날 제자리걸음을 했다. 이런 답보를 일으킨 요소가 미래에 높은 가치를 발휘하게 될지도 모른다. 중국의 사회정신을 이루는, 고삐 풀린 이익 추구와 기업적 착취에 대한 불신은 "과학계가 공공선에 협력하는 것과 더 잘 어울릴지 모른다"고 니덤은 말했다. 니덤은 그것이 인류의 진정한 미래, 대량 소비 자본주의에 빠진 유럽과 북아메리카는 달성할 수 없는 미래라고 보았다. 하지만 얼마간의 논리는 있었지만, 이런 진단은 니덤을 (그리고 그의 중국인 동료들도) 만족시키지 못했다.

그는 더 깊이 들여다봐야 한다고 느꼈다. 유럽의 역사적, 철학적 감성은 사실상 그 기원인 고대 그리스의 천재성이라는 독보적인 '기적'에 대한 믿음이 결정적인 특징이다. 후설과 그의 이론을 수정한 하이데거는 이 공리를 되살렸다. 객관적 진실을 추구하고, 과학 논증에서 분석적, 논리적 기준을 중시하고, 현상 이해에 수학의 중요성을 깨달은 것은 고대 그리스 사상의 덕목들이다. 다른 어떤 문명도 이 문턱을 넘지 못했다. 다른 어디에 아리스토텔레스와 에우클레이데스(유클리드)가 있는가? 조지프 니덤은 이런 명백한 유럽 중심적 명제를 허락하지 않았다. 하지만 그는 어쨌건 몹시 근본적이라 사회적, 경제적 부수물 이상의 역할을 하는 정신구조—프랑스어 '망탈리테 mentalité'가 더 정확한 용어다—의 차이 같은 것들을 검토하게 되었다. 베이컨은 자연 현상에서 실증적 증거를 끌어낼 것을 요구한 반면—니덤은 이런 명령에서 착취적 폭력의 잔혹성과 파괴성을 보았다— 중국의 유기체론은 인간을 훨씬 크고 상호적인 조화 속에 위치시키려고 했다. 그 조화는 '강제'할 수도 해부할 수도 없는 것이었다. 이런 태도는 워즈워스가 말한 "현명한 수동성"이 가장 적절한 번역어인지도 모른다. 서구 과학과 산업에 내재된 자연에 대한 지배의 개념은 세계와 조화로운 합일을 추구하는 중국의 정신에는 낯선 것이었다. 이런 가설을 통해 니덤은 아주 의문스러운 명제들로 나아갔다.

그가 볼 때 마오의 중국에서 정치가 폭압성을 띠는 것은 "인간 도덕 가치"의 우위를 지키기 위한 것이었다. 마오주의의 명령은 그런 가치를 "작업장과 들판과 상점에 있고, 사무실과 회의장에서 우리 옆자리에 앉은 형제자매의 건강과 복지"에 적용하는 과정이었다. 이런 목가적 시각은 문화혁명의 잔혹 행위, 마오가 일으킨 대기근과 인민의 고통—니덤은 그런 사실에 대한 자료가 많았다—을 무시하거나 심지어 부인하게 만들었다. 나아가 더 넓은 맥락에서 중국 사회사 전체를 관통하는 동물이나 무능력자에 대한 폭력에 대해서도 마찬가지였다. 이를 지적하면 니덤은 질문을 회피하거나 질문 자체를 비난했다. 한국 전쟁에서 세균을 사용했다는 주장에서 보인 맹목성과 자기기만이 거기도 있었다. 결국 니덤은 많은 동료, 친구들과 등을 지고, 중국학 속으로 더 깊이 들어가게 되었다.

하지만 그 필생의 역작을 돌아볼 때, 니덤은 자신이 결정적인 것은 고사하고 확고한 어떤 결론에도 이르지 못했음을 인정했다. 그토록 방대한 조사를 했는데도 유관 요소가 너무 많고 복잡했다. 그가 시도한 개괄적 연구조차 그 요소를 다 담지 못했고, 거기에 증명적 지위를 주지도 못했다. 그는 증거를 검토했다. 중국은 유럽형 계몽주의도, 부르주아 산업혁명도 겪지 않았다. 모호한 면도 있지만 어쨌건 해방적이었던 이런 운동들에 반해서, 중국에서는 우주론에 뿌리박은 유서 깊은 중앙집중적 관료제와 안정적—관성적?—인 사회적, 가족적 속박이 작동했다. 니덤은 중국인의 의식이 중상주의와 맞지 않고 그래서 '수학적으로 관리하는' 경제 개발은 실패한다는 것을 인지했다. 그는 유클리드와 아르키메데스가 없었다면 서양의 과학적 방법론이 발전하지 못했을지도 모르고, 또 흑사병이 인구와 경제에 그토록 큰 영향을 미치지 않았다면 부르주아지가 애초의 주도권을 잡지 못했을지도 모른다고 말했다. "이런 질문은 흥미롭고 때로 참신한 사고를 촉발하지만, 그에 대한 결정적인 답은 없다." 이 위엄 있는 추신은 패배에 따라붙는 특유의 정직성을 발한다. 게다가 결국 조지프 니덤에게 중요한 것은 과학 기술 진보의 전지구적 협력 네트워크를 복구해서, 거기 새로 깨어난 중국이 화려한 역할을 하는 것이었다. '미국화'와 자유 기업들의 약탈에도 불구하고, 니덤은 세계화와 글로벌 텔레커뮤니케이션의 발전을 환영했을 것이다.

니덤이 누운 관은 중국풍 가득한 장례식에서(하지만 브라우닝의 "문법가의 장례식"의 요소도 있었다) 그가 학장을 지낸 키스 칼리지의 안뜰을 돌았다. 연구원fellow들이 둘씩 짝을 지어 명예의 문까지 관을 따라갔다. 〈고별의 노래〉가 필적할 자

없던, 적절하게 하지만 장엄하게 미완으로 남은 노역에 경의를 바쳤다.

나는 이 거인으로부터 무언가를 승계할 능력이 없음을 다시 한 번 강조한다. 그래서 말하자면 이 글은 '부정한' 시도가 될 것이다.

내가 볼 때 니덤의 저작과 가장 적절한 비교 대상은 다른 백과사전적 과학기술 역사서가 아니다. 그것은 프루스트의 『잃어버린 시간을 찾아서』다. 『중국의 과학과 문명』과 『잃어버린 시간을 찾아서』는 현대의 사상, 상상력, 실행 형식에서 가장 앞서는 회고와 총체적 재구성의 작품이다. 이들은 가장 종합적인 '시간의 건축물'이다. 이들은 현기증 날 만큼 혼잡하고 어지러운 과거를 소생시키고, 과거가 왜곡되고 부당하게 망각되는 것을 막는다. 이들보다 더 부지런한 의식의 고고학자는 없었다. 이들은 수백 명의 인물을 현실 삶으로, 그들의 도시와 농촌 환경으로, 개인, 사회, 자연 활동의 수많은 상호작용 속으로 재소환한다. 그 활동들이 깨워내는 현실, 그 내적 제국은 어떤 역사적, 문학적 서사 못지않게 견고하고, 구체적인 상상이 가능하다(『잃어버린 시간을 찾아서』와 『중국의 과학과 문명』은 단테의 『신곡』과 '삼각 구조'를 이룰 수 있다). 프루스트와 니덤이 구축한 시간의 서사시는 정교한 디테일과 밀도, 내적 상호 참고 덕분에 서로 잘 들어맞는다. 이 질서 있는 견고함, 이 압축된 내적 반향과 '결정학적crystallographic 구조'는 이론적으로 정의하기가 어렵다. 만델스탐의 단테론이 가장 근접할지 모른다. 하지만 우리가 어떤 지점을 통해 프루스트와 니덤의 세계에 들어가건, 우리는 관계의 내적 논리, 논점과 대비점을 즉각 이해할 수 있다.

그들이 부활시킨 다양한 요소는 개별로든 묶음으로든 모두 '주소와 이름'을 받지만, 그와 함께 주변의 풍성한 환경과 활기차고 광범위하게 교류할 네트워크도 함께 받는다. 텍스트 자체가 중국中國이라는 이름의 의미처럼 '중앙의 제국'이 된다. 거기다 프루스트의 모자이크도 니덤의 태피스트리도 집필 과정에서 모두 인식과 참고의 관행이 (나름 유기적으로) 출현한다 (두 대작 모두 규모와 수고를 예측할 수 없었다). 진지한 예술과 문학은 모두 자신만의 구조를 만들고자 한다. 그들은 기원으로 돌아가려고 한다. 『잃어버린 시간을 찾아서』는 이런 전략이 뚜렷이 보인다. 그것이 작품의 주제임을 쉽게 알 수 있다. 『중국의 과학과 문명』에 바친 오랜 세월 동안, (갈수록 협력 작업이 되면서) 양식화와 특징적 어조의 사용은 줄어들었지만, 역동성은 떨어지지 않았다. '니덤 효과'는 권이 이어질수록 강해졌다.

이 대형 건축물 같은 저작은 어느 문을 열고 들어가도 톱니

바퀴처럼 맞물린 화합과 상호 조화를 느낄 수 있다. 심괄沈括은 1086년에 대륙 지체의 정도를 분명히 정의하고 계산했다. 그 것은 이론적인 만조 시각과 그것이 특정 장소에서 실제로 일 어나는 시각 사이의 항상적 간격을 말한다. 전당강錢塘江 강둑 에 지어진 절강정浙江亭 벽에 조석표가 새겨져 있다. 니덤은 이 기록을 13세기 런던 브리지의 조석표와 비교한다. 그것을 기 록한 원고는 현재 대영박물관에 있다(보관 위치 Cotton MSS, Julius D, 7). 서긍徐兢이 『고려도경』의 서문을 쓴 것은 1124년 9월이었다. 이 책은 1167년에야 출간되었지만, 고려에도 전달 되었다. 이 책에도 중국의 자기 나침반 개발에 대한 풍성한 이 야기 속에 조석과 관련된 체계적 정보가 나온다. (자기 나침반 이야기는 니덤의 장인적 설명이 빛나는 대목 중 하나다.) 지중 해의 조석에도 불구하고, 또는 어쩌면 그것이 그렇게 강하지 않아서 서구 세계는 달의 영향력을 중국보다 먼저 공식화했다. 니덤은 이를 공정하게 밝힌다. 헤로도토스도 그것을 언급한 초 기 기록자들 중 한 명이다. "추연鄒衍이 육지를 감싼 바다를 말 할 때, 구세계 반대쪽 끝인 마르세유의 피테아스는 영국 해협 의 조석을 경험하고 있었다(기원전 320년 무렵). 바로 이 시기 에 알렉산드로스 대왕의 수군도 인더스 강 하구의 카라치 부 근에 도달했다."(이런 '패닝 샷'도 니덤의 특징적 기법 중 하나 다.) 거기서 그들은 조석뿐 아니라 "일종의 하구 해일"에도 놀란다. 후대의 갈홍葛洪과 마찬가지로, 아리스토텔레스의 제자인 메시나의 디케아르코스도 조석을 일으키는 원인은 태양일 것이라고 추측했다. 드넓은 지리적 공간을 뛰어넘은 동시성 내지 유사 동시성은 미숙하고 오류가 있는 경우에도 니덤을 매혹했다.

프루스트 작품 속의 파티처럼『중국의 과학과 문명』에는 여러 인물이 나오는데, 그들은 다른 시점에도 자주 재등장한다. 인물 목록은 방대하다. 크라시스토스의 안티고누스, 시인 메인셍, 칼데아의 솔레우코스, 낙하굉落下閎의 동시대인인 아파메이아의 포세이도니오스, 연금술사, 청동 기술자, 머나먼 아프리카 해안을 탐험한 제독들, 농학자, 엘리트 관료, 산중에 은거하는 현자들. 베다는 놀라운 관측을 한다. 레오나르도 다 빈치는 완전한 실패를 경험한다. 기상학과 수문학水文學도 거듭 등장한다. 갈릴레오는 "달은 지상의 일에 영향을 미칠 수 없다. 그런 견해는 유기적 자연의 전체적 세계관과 맞지 않기 때문"이라며 케플러의 정확한 직관을 거부했지만, 중국의 기상학자들은 그러지 않았을 것이다. 우리는 항주杭州 근처 전당강에 세계에서 오직 두 곳에서만 일어나는 거대 조석 해일, 이른바 해소海嘯가 있다는 것도 잊지 말아야 한다. (다른 한 곳은 아마존강 북쪽 하구다.) "조석 해일이 닥치기 한참 전에 이미 천둥 같은 소리가 들리고, 그것이 지나간 뒤에는 쓰레기 더미가 통제 불가능한 강력한 조류에 실려 상류로 올라온다." 그리고 그것이 너울거리는 모습을 담은 정교한 목판화들이 나온다. 프루스트는 독자를 기차에 태우고 저마다 시적 정취가 가득한 촌락에서 촌락으로 여행을 시킨다. 니덤은 서기 1402년에 나온 중국의 세계 지도를 살펴본다. 흰색으로 표시된 황하의 큰 굽이들이 만리장성을 나타내는 톱니 모양 검은 선만큼이나 뚜렷하다. 신강新疆 지방의 큰 호수는 뤄부포羅布泊 호일 것이다. 아랍과 중국의 교류에는 탐험가, 지도 제작자, 언어학자가 참여했다. 세계—과학과 설화가 섞인—는 중국화 속 산봉우리나 은둔자처럼 시간의 안개를 뚫고 나타난다. 서기 1150년 무렵, 아부 압달라 알-샤리프 알-이드리시가 시칠리아의 왕 로제르 2세에게 세계 지도를 만들어주었다. 알-이드리시도 동시대 중국의 제도 제작자도 지구의 곡률은 고려하지 않았다. 알-이드리시와 시칠리아 궁정에게 중국은 여전히 지도 속 '곡과 마곡의 장벽' 너머의 미지의 땅이었다. 하지만 인도와 동인도 제도는 나온다. '아메바' 모양의 영국 제도도 있다. 그 왼쪽에는 알쏭달쏭한 라슬란다 섬이 있다. 니덤의 상상력이 부드럽게 타오른다. 그 모양은 페로 제도를 나타내는 것 같다. 어쩌면 그것이 혼돈스러운 북대서양의 신화적 섬 프리슬란트의 기원인지로 모른다. 중국의 지도 제작과 토지 측량은 아주 미세한 방식으로 종교적 우주지宇宙誌에도 영향을 미쳤다. 『신이경神異

經』―'영적이고 기이한 것들에 대한 책'이라는 뜻으로『중국의 과학과 문명』의 대체 제목으로도 적합하다―을 보면 알 수 있다. 종교적 가르침에서 곤륜崑崙산은 중심 역할을 한다. 전설의 근원은 기원 265년 무렵 우용虞聳이『궁천론穹天論』에서 춘분과 추분의 세차歲差를 발견한 것이다. 이어 왕충王充이 일몰은 "횃불 빛이 평지의 관찰자에게서 반대편으로 움직이다가 마침내 사라지는 것 같은" 착시일 뿐이라고 주장했다. 저명한 갈홍은 그에 반박한다. 프루스트는 상대성을 은유로 표현하고자 했다.

혹은 도교의 방중술 저서들을 살펴보자. 니덤이 소환한 저작은『신비를 설명하는 명인의 책(동현자洞玄子)』,『순결한 소녀의 전기(소녀경素女經)』,『비취궁의 비술(옥방비결玉房秘決)』등으로, 그 일부는 아직도 "도서 대여상을 통해 유통"된다(소설을 한 권 쓸 만한 기술이다). 중국의 성 관련 문헌은 유명했다. "정액의 엑기스를 보존하는" 복잡한 기술들이 개발되었다. 갈홍이나 채녀采女 같은 현명한 여자들이 중요한 스승 역할을 했다. 니덤은 여성 도인들의 영향력과 가르침이 남긴 자취를 감지한다. 성교 억제의 방법들은 도교 생리학의 핵심적 원리와 연결된다. 척추는 "영양을 아래로 전달한다는 점에서 황하를 닮았다". 이 모든 것이 비유적이지만 정확하게『황궁의 비취서(황정경黃庭經)』에 서술되어 있다. 더욱 놀라운 것은 이런 기술들이 부부 관계나 성경험 입문 같은 사적 영역뿐 아니라 공공 행사에도 나온다는 것이다. 이를 전해주는 목격자는 '수학자' 견란甄鸞이다. 초승달이나 보름달이 뜬 밤에 의식 무용이 벌어지고, 그것은 '똬리를 튼 용과 뛰노는 호랑이'를 흉내 냈다. 그 뒤로 전문가들이 사원 뜰 옆의 방들에서 다양한 사랑의 의식을 실행했다. 니덤의 방대한 기억은 그와 유사한 서구의 유산을 떠올린다. 롱기누스의 『다프네와 클로에』와 루크레티우스가 베누스 여신에게 바친 위대한 철학시다. 주석은 촉수처럼 뻗고, 그것은 프루스트의 부록 및 수정 사항도 마찬가지다. 그것들은 독자적 방식으로 매혹과 박식을 떨친다.

점성술이 '시변horary, 판별judicial, 탄생일genethliacal' 등의 분야를 거느리고 꽃을 피웠다(니덤의 어휘는 그 자체로 하나의 왕국을 이룬다). 길일과 흉일의 구별도 이 유사과학과 밀접하게 연결되었다. 이런 것이 중국에만 있던 것은 아니다. 니덤은 바빌로니아와 고대 이집트를 말한다. 이집트는 로마 달력에도 영향을 미쳐서 '디에스 아이깁티아키dies Aegyptiaci'*라는 표현이 생겨났다. 이런 개념은 헤시오도스의 책에도 있다. "최근까지 시골 소도시에서 발간하는 달력은 모든 날의 길일과

---

* '이집트의 날들'이라는 뜻으로, 불길한 날을 가리킨다.

흉일이 표시되었고, 타이완중앙연구원은 그리 오래지 않은 옛날, 이 미신을 없애고 기초적 천문 정보를 전달하는 농촌 달력을 발간했다." 각주를 따라가 보면, 예수회 선교사의 초기 협력자들이 이런 뿌리 깊은 미신을 없애느라 겪었던 어려움이 소개된다. 이런 미신이 중국적 느낌을 살짝 담고서, 21세기 맨해튼의 뉴에이지 애호가들과 유명 인사들에게서 살아난 것을 보면 니덤은 재미있어했을 것이다.

그는 거듭 자신의 첫사랑에게 돌아간다. 그것은 빅토리아 시대의 위대한 사상가 헨리 드러먼드의 연구다. "나는 그의 사상이 지금도 유효하다고 생각한다. 그는 사랑을, 입자들을 분자로 연결하는 물리적 결합의 사회적 등가물로 보았다. 실제로 화학의 역사에서 처음 화학 반응의 개념이 나왔을 때 사람들은 성적 비유를 사용했다." 에로스는 천문과 분자생물학을 움직이는 힘이고, 눈송이의 6각형 대칭 구조처럼 모든 것을 연결한다.

'연단술練丹術의 은 시대silver age'의 왕차王茝에 대한 묘사는 그 자체로 매혹적인 항목이다. 그는 비밀스러운 남자로, 여우의 타액을 모으는 재주가 있었다. 그는 최면술을 실행했다. 하지만 그는 그보다 기본적으로 금색 황동, 도금 철 같은 합금을 만든 '이성적인 야금 전문가'였다. 왕차는 도교의 영약들과는 얽히지 않았지만, 제국의 미로에서 지위를 얻고 유지하려면 속임수와 카리스마가 필요했다. 한 세기 뒤에 우리는 『학식 있는 노인이 집에서 적은 메모(노학암필기老學庵筆記)』의 저자 육유陸游를 만난다. 황제는 유자격 관리들에게 신소궁神霄宮의 황금 만다라를 하사하고자 했다. 그것은 강신술로 전쟁, 기근 등의 재난을 피하게 만든 일종의 부적이었다. 하지만 태상사太常寺가 관련 포고를 작성할 때 오랑캐가 황하를 건너 침략했다. 이것으로 북송 왕조는 종말을 고했다(상호 참고: 프루스트가 파리로 갈 때 울리는 총포 소리). 그 뒤 유교의 엄격한 규율이 '마법적 환상'과 도교의 연금술을 쓸어냈다. 하지만 "우리가 지금 분말야금술과 베릴륨 합금과 액체산소 제강법을 가지고 있다면" 그것은 상식으로 무장한 검열의 사도들이 아니라 마법사들 덕분이다. 그리고 방랑시인 이소운李少雲 같은 신비주의 여성 연단술사들도 잊지 말아야 한다.

바람이 버드나무 꽃차례에 쌓인 눈을 흔드는구나.
그 아래 물에는 복숭아 꽃잎들이 분홍 구름을 이루네.

"과학의 발전에 처음부터, 그러니까 '유대 여자 마리아'*이

---

* 3세기 무렵에 살았다고 추정되는 초기 연금술사.

래로 여자가 남자와 함께 참여했다는 사실은 즐거운 깨달음을 준다." 그리고 흥미로운 것은 중국 중세 연단술도 아랍과 유럽의 연금술과 마찬가지로, 헬레니즘 문헌에 나오는 것 같은 수수께끼의 문장과 격언을 좋아했다는 점이다. (연금술에 매혹되었던 괴테 역시 비슷했다.) 그 뒤로 니덤은 마법이 현대 화학으로 이행한 과정과 1965년 중국의 활성 인슐린 합성을 두루 전달한다. 이 길고 구불구불한 길의 출발점은 기원전 3세기 비밀문서의 전달과 불사의 영약에 대한 추구였다.

이 길을 중국 역사의 종교, 철학 학파, 이념이 관통하고 있다. 니덤은 그 각각을 차례로 설명한다. 유교는 우주의 도덕적 질서와 그에 걸맞은 사회 정의를 강조했다. 유교의 범신론은 엠페도클레스 같은 소크라테스 이전 철학자들에게서 비롯되어 오르페우스 찬가에서 반복되는 "신비로운 사랑의 광시곡"을 연상시킨다. 유교는 인력과 척력으로 이루어진 우주 질서를 깊이 있게 통찰한다. 하지만 그것은 전통적 기술 이외의 과학은 허락하지 않았다. 그에 반해 도교 신봉자들은("무책임한 은둔자들"을 포함해서) "반과학 성향이 적은 세계 유일한 신비주의"를 발전시켰다. 도교는 고대 마법과 샤머니즘의 뿌리에서 꽃을 피우며 아주 독특한 통합체를 만들었다. "도교는 종교적이고 시적이었지만, 그러면서도 마법적, 과학적, 대중적이고, 정치적으로는 혁명적이었다." (니덤은 거울을 보는 느낌이었을까?) 도교는 자연 유기체론을 내세운다. 그리고 일종의 '물질적 불멸'을 추구한다. 그에 해당하는 용어는 아마 번역이 불가능할 것이다. 도교는 과학직 탐구에는 예외가 없다는 견해를 채택한다. 아무리 "역겹고 불쾌하고 사소해 보여도" 마찬가지다. 하지만 물과 여성성으로 상징되는 수용적 수동성이 중국의 지혜를 실험과학에서 멀어지게 했는지도 모른다. "사실 앞에 아이처럼 앉아라… 자연이 어디로, 어떤 나락으로 이끌고 가더라도 겸허히 그것을 따라가라. 그러지 않으면 아무것도 배우지 못한다."* 갈릴레오나 데카르트적인 격언은 없다. 서양의 과학은 대담한 추론을 권장한다. 유럽을 지배한 히브리 유일신 사상이, 이성과 논리를 믿지 않는 도교와 달리 자연 현상을 합리적으로 인식하게 한 것일까? 〈욥기〉는 강력한 회의주의와 절박한 질문을 제기한다. "하지만 그런 비교는 불충분하고, 심화된 논의를 위한 아이디어에 머물러야 한다." 더 깊이 공명하는 것은 히브리 지성소의 공허와 곤명昆明 근처 헤이룽탄黑龍潭 도교 사원의 공허인지도 모른다. 그곳의 석판에는 '자연은 모든 것의 어머니'라는 뜻의 "만물지모萬物之母"라는 글이 새겨져 있다.

---

* 19세기 영국의 생물학자 토머스 헉슬리가 한 말.

고대 중국도 철학 사상을 장려했다. 그중에는 과학적 논리, 과학, 군사 기술에 관심을 보인 묵가가 있었다. 그런데 역설적으로 묵가의 경험주의는 초자연주의로 이어졌다. 그것은 주술 신앙이 과학적 합리성을 수반한 17세기 유럽에서도 마찬가지였다고 니덤은 덧붙인다. 평가하기 더 어려운 것은 '명가名家' 논리학자들이다. 그들의 주장은 단편적으로만 남아 있다. 놀라운 것은 이 논리학자들이 제기한 수수께끼와 모순이 유명한 제논의 패러독스와 비슷하다는 것이다. 게다가 시간적으로도 동시대다. 그 못지않게 주목할 만한 것은 '법가法家'다. 중국 법의 "고유한 장점"은 (법가가 실패한 뒤에도) "설명하기 쉬운 윤리적 원칙에 토대한 관습과 확고하게 결합"되어 있다는 점이다. "실정법의 제정과 성문법화는 꼭 필요한 경우에 국한되었다." 하지만 이런 성문법화와 실정법에 대한 거부감이 "중국의 지적 환경을 체계적 과학적 사고의 발달과 어긋나게 만든 요소들 중 하나"였을 수 있다. 니덤은 다시 한 번 핵심 질문으로 돌아가지만, 역시 증명 가능한 대답을 찾지 못했다.

하지만 이 '실패'가 그의 업적을 손상시키지는 않는다. 그것은 로런스 피킨이 말하듯이 "역사적 통합과 이문화 교류 분야에서 한 사람이 시도한 가장 위대한 단일 행위"이다.

내가 하고 싶었던 질문은 이것이다. "『중국의 과학과 문명』에 '다른 의미'도 있을까?"

이런 의문을 품는다는 것은 수천 쪽에 이르는 이 역사적, 분석적 연구, 논문과도 같은 참고도서 목록, 수백 개의 통계표, 그래프, 도표, 지도, 도식, 삽화가 혹시 '허구'일 수도 있다는 뜻일까? 하지만 이런 추측은 생각만큼 황당한 의문은 아닐지 모른다. 중국에서 잠시 강의를 하던 시절에 나는 중국의 석학들에게 니덤의 노작을 어떻게 생각하느냐고 물었다. 그들은 거의 예외 없이 예의 바르게, 존경과 아이러니를 함께 담은 미소로 대답했다. (중국의 아이러니는 뉘앙스가 다양하다.) 그들은 『중국의 과학과 문명』에 깊은 경의를 표했다. 어떻게 그러지 않을 수 있겠는가? 하지만 니덤이 중국의 시간적 선구성과 과학 기술적 성취를 그렇게 찾아냈다는 사실 자체에도 놀라워했다. 모두 놀랍고 기쁜 일이었다.

사실과 허구의 경계는 교묘하게 유동적이다. 인식론에서 두 범주의 지위는 언제나 불안정하다. 프루스트의 『잃어버린 시간을 찾아서』에는 역사가 가득하다. 헤로도토스건 극도로 전문적인 현대의 '계량역사학' 서사건, 조합에 정당성을 주는 것은 문체다. 조지프 니덤에게는 강력한 신념의 통합적 통찰력이 있었다. 거대한 설득력과 세밀한 디테일이 안쪽에서 응집했다. 그런 뒤 이런 통찰력의 에너지가 추가적 증거를 생성했다. 『중국의 과학과 문명』은 유기적 문서화 과정, 내적 패턴을 (니덤이 계속 강조하듯) 애초에 생각도 하지 못한 규모로 증언한다. 일단 문이 열리자 거대한 조류가 시간적, 공간적 범위를 확대시켰고, 그것은 그 무엇과도 다른 방식으로 풍경을 형성하고 살찌웠다. 하지만 이 저서의 핵심이 기록과 목록화에 있는 것은 아니다. 내 아마추어적인 직관에 따르면, 이에 대한 독자의 최고의 반응은 발자크가 〈인간 희극〉에서, 그리고 프루스트가 더욱 강력하게 호소한 총체성의 인정이다. 이런 '개념적 서사시'는 스스로의 축을 만든다. 여기에 필요한 반응은 신뢰, 즉 다양한 개별 요소와 관점들보다 더 활력 있고 권위 있는 구조 자체에 익숙해지는 것이다. 니덤은 수학자와 신비주의자들처럼 이미 거기 있다고 확신한 것을 발견했다. 그의 '중국'은 그의 급진적 정치관처럼 유토피아적이었다. 그가 허위의 이야기를 '지어낸' 것은 아니다. 하지만 결과는 그런 셈이 되었다. 아마도 그 때문에 중국의 학자들이 그의 많은 발견에 의문을 표하고, 니덤의 거대한 업적이 학계에서 고립된 듯 보이게 되었을 것이다. 오늘날 누가 그것을 읽는가? 거기 어떤 후속 연구가 이어지는가?

이것이 역설적인 것은 허구가 역사보다 '더 진실'하다는 아리스토텔레스의 유명한 명제 때문이다. 아리스토텔레스의 그 말은 허구가 더 예리하고 대표적인 일반성을 띠고, 인간의 욕구와 경험 속으로 더 깊이 들어간다는 뜻이었을 것이다. 영국인들의 역사 이해에는 셰익스피어의 '역사극'들이 중요한 역할을 한다. 어떤 공식 역사도 톨스토이의 『전쟁과 평화』의 진실성을 따라오지 못한다. 우리가 논하는 것은 고고학이 아니라 "늙지 않는 지성의 기념비들"이기 때문이다.

하지만 『중국의 과학과 문명』은 더욱 특별한 장르에 속한다. 그것은 내가 아는 한, 규명은 고사하고 제대로 정의조차 되지 않은 장르다.

이 장르의 기원은 로버트 버턴의 『우울의 해부 *The Anatomy of Melancholy*』(1621) 또는 그 이전까지 거슬러 올라간다. 그것은 바로크 계열로, 치밀한 박학과 불가해한 지식, 비전秘傳의 인용, 무질서에 가까운 환상이 섞여 있다. 현학이 넘쳐나고, 알레고리, 상징, 꿈의 재료도 넘쳐난다. 관련 텍스트들은 공통된 특징이 있다. 그것들은 여러 언어를 사용하고, 목록, 카탈로그, 분류가 빼곡하다. 학문이—이게 핵심이다—몹시 세밀하고 치밀해진 나머지 자율성을 얻는다. 다루는 주제를 훨씬 뛰어넘는 역작, 노작을 낳는다. 그것은 기술적 사실을 예언적 가능성과 뒤섞는다. 연구 열정이 너무 강렬하고 '자폐적'인 나머지 유쾌하고도 위험한 괴물들을 낳는다. 이상향과 악몽이 현미경 아래에 놓인다. 그래픽 분야에서는 바로크식 세계 지도, 식물 사전, 동물 문양이 태어났다. 아르침볼도는 과일과 꽃으로 사람을 형상화했다. 항해술에 밝은 탐험가들은 머리 셋 달린 부족을 보고했다. 긴요한 지식의 외피를 둘렀지만, 그 가르침은 스스로의 무게에 눌려 초현실성을 띠었다. 현대 세계에 『중국의 과학과 문명』의 세 가지 예를 덧붙여보겠다.

A. E. 하우스먼은 고전언어학자, 텍스트 비평가/교정자로서 사실상 누구에게도 도전받지 않는 권위자였다. 그에 못 미치는 학자들은 그가 자신의 책을 검토할까봐 두려워서 출간을 주저했다. 하우스먼의 혹평은 스위프트만큼이나 신랄한 온갖 조롱을 담았다. 이런 비평은 곧 고유한 문체를 발전시켰고, 그것은 하우스먼의 시보다도 더 음울하고 가혹했다. 어떤 딱한 유베날리스의 편집자는 "나는 그가 찾지 못할 것을 찾고 있다. 하지만 그가 못 찾는 것은 세상에 없는 것이다"라고 말했다. 프로페르티우스에 대한 새로운 주석서는 핵심 단어 하나를 잘못 해석해서 시 전체를 "부끄럽고 우스꽝스럽게" 만들었고, 포스트게이트 박사의 아이소포스(이솝) 해석은 "활기찬 동시에 완고하다. 그는 한번 잘못 이해하면 쉽게 포기하지 않는다"고, 레오와 다우가 마르티알리스에 대해 한 제안은 "불가능하다. 그것은 수에토니우스를 무시하는 지독한 폭력이다… 그리고 운율이 잘못되었다"는 평가를 받았다. 세밀하고 전문적인 영역으로 들어갈수록 하우스먼의 비난은 더 가혹해진다. 이렇게 역전된 비율은 고유한 초현실적 강도를 띤다. 마닐리우스의 『아스트로노미콘』은 고대 과학사가들이 얼마간 관심을 갖는 책이다. 저작의 시적 가치는 미미하다. 하지만 하우스먼은 이 텍스

트의 분석에 자신이 가진 지식을 남김없이 쏟아 붓는다. 그 저작의 모든 지면에 대해, 마닐리우스의 밋밋한 시를 훨씬 뛰어넘는—역시 라틴어로 된—해설과 언어학적 주석을 붙인다. 이 엄청난 노작은 (읽을 수 없다는 걸 알았기에) 하우스먼이 스스로에게 가한 벌이었다는 말들이 있다. 그 효과는 때로 환각적이다.

블라디미르 나보코프는 무지와 '평범한 대중profanum vulgus'의 저속함에 대한 경멸이 하우스먼에 필적했다. 푸시킨의 『예브게니 오네긴』은 그리 길지 않은 작품이다. 나보코프의 번역—그 자체로 의아할 만큼 현학적인—과 주석은 분량이 무려 4권에 이른다. 여기에도 언어학적 설명과 역사적 주석이 어지럽게 달렸다. 푸시킨의 모든 암유, 프랑스와 영어에서 온 모든 파생어, 모든 문법과 어휘 표현, 모든 알쏭달쏭한 구절에 방대한 해석이 붙었다. 그리고 이전의 주석과 번역을 차갑게 경멸한다. '운율에 대한 주석'은 논문의 분량에 육박한다. 러시아의 식문화, 가정생활, 농노제와 결투 규칙에 백과사전 같은 설명이 따른다. 푸시킨의 동시대인들, 그 시대 출판사와 살롱, 차르 시대의 검열, 프랑스 난봉꾼들의 성애 문학이 위엄 있게 주목받는다. 하지만 가장 초현실적인 것은 아마도 나보코프의 106쪽에 이르는 색인일 것이다. 그것이 얼마나 많은 박학한 익살과 엉뚱한 내용을 감추고 있는가? 거기에는 "스탈린 (옛날에 칠면조였던)” 같은 항목이 있다. 유명 시인인 하우스먼, 그리고 인시류鱗翅類 연구가이자 천재 소설가인 나보코프는 순수한 학술 연구의 광기를 감지하고 그것을 아이러니로 만들었다.

엘리트의 현학에서 나온 학문에 대한 신화, 어두운 우화는 보르헤스의 몇몇 뛰어난 소설의 모티프가 되었다. 「틀뢴, 우크바르, 오르비스 테르티우스」, 「유다의 세 가지 버전」, 「아베로에스를 찾아서」, 「알레프」가 그것이다. 「바벨의 도서관」에서는 숨겨놓은 고서, 잃어버린 알파벳, 카발라의 미로, 상상 속 어휘와 법전들 위로 조용히 먼지가 쌓이고 있다. 보르헤스의 작품에는 황당무계한 분류와 목록이 넘쳐나고, 그 일부는 고대 중국과도 닿아 있다. 보르헤스도 니덤처럼 사실의 소용돌이 속을 들여다보았다.

나는 이 장르를 계속 탐구해서『중국의 과학과 문명』을 이이성의 정원의 유니콘들 틈에 위치시키고 싶었다.

조지프 니덤은 찬성하지 않았을 것이다.

질투에 관하여

INVIDIA

오늘날, 체코 다스콜리Cecco d'Ascoli라는 이름으로 더 잘 알려진 프란체스코 델리 스타빌리의 작품을 읽는 사람은 별로 많지 않을 것이다. 그의 저작 중 남아 있는 것은 미완성 서사시 『라체르바 l'Acerba』, 두 편의 점성술 논문, 얼마간의 소네트뿐이고, 그마저도 서지 정보와 출처가 확실하지 않다. 언어적 문제만으로도 이런 특징의 작품을 일반 독자들이 접하기는 거의 불가능하다. 체코에 흥미를 갖는 학자들은 미심쩍은 필사본이나 결함 있는 판본을 통해서 연구를 해야 한다. 그럼에도 불구하고 아스콜리의 까다로운 작품들은 고유한 매력을 발휘했다. 교회의 엄혹한 박해―추적되는 책은 모두 불길 속에 던져졌고, 불법 소지자는 종교 재판을 받았다―에도 불구하고 14세기 필사본이 14권 살아남았고, 15세기에는 30권 이상이 나타났다. 『라체르바』가 최초로 인쇄된 것은 1473년이었는데, 그후 1476년부터 1550년까지 26차례의 인쇄가 이어졌다. 그러다 16세기가 되자 체코의 지적 대담함, 불굴의 원시 과학적 치밀함은 조르다노 브루노 및 갈릴레오의 선구자격이라는 인식이 생겨났다.

데 상크티스의 명저 『이탈리아 문학사』는 체코가 시를 사용해서 과학적 가설을 전달하는 것, 정밀한 과학을 루크레티우스식 상상력과 결합해 보려 한 것을 제한적으로 칭찬한다. 카르두치는 『단테의 파란만장한 운명에 대하여』(1866~67)에서 체코가 『신곡』을 질투하고 악의적 모방으로 조롱했다고 비난하지만, 그러면서도 다스콜리의 교육적 서사시가 뛰어난 통찰력과 문장을 보여준다고 인정한다. 현대의 비평, 이를테면 1971년 아킬레 타르타로의 『이탈리아 문학』은 체코의 점성술 책자들이 정보 전달을 목적으로 했음을 강조한다. 타르타로는 또한 체코의 글이 토스카나가 언어적, 문학적 주도권을 잡고 (피렌체와 베네치아의 라이벌 관계에 낀) 볼로냐와 마르케는 언어-심리적 불안함을 느끼던 곤란한 상황에서 태어났음을 지적한다. 1969년 9월에 아스콜리-파체노에서 체코에 대한 학술 세미나가 열렸고, 1976년에 그 논문록이 출간되었다. 이것도 구하기 쉽지 않다.

이런 띄엄띄엄한 유산보다 더 강력한 것은 아마도 세 문헌의 언급일 것이다. 페트라르카는 다음과 같이 썼다.

> 그대는 위대한 아스콜리 인, 그대의 뛰어난
>
> 지혜 덕분에 세상은 불을 켰다.
>
> Tu sei il grande Ascolan che il mondo allumi
>
> per grazia del altissimo tuo ingegno—

여기서 '불을 켰다allumi'는 섬뜩한 의미를 띤다. 두 번째 사례는 레오나르도 다 빈치가 체코의 약간 암유적인 동물 우화를 사용한 것이다. 그리고 괴테의 『파우스트』 2부 4막에 이런 구절이 있다.

> 사비나 언덕 노르차 출신의 강령술사는
>
> 당신의 충실하고 명예로운 하인입니다.
>
> Der Nekromant von Norcia, der Sabiner,
>
> Ist dein getreuer, ehrenhafter Diener.

앞장에서 니덤의 고대 중국 연구와 관련해서 봤듯이 괴테는 연금술에 관심이 많았는데, 다른 데서도 체코의 지적 용기에 갈채를 보내고, 그를 천국과 지옥 양쪽에 대담한 질문을 하는 사람이라고 평했다.

괴테가 노르차와 사비나 언덕을 언급한 것은 아주 적절하다. 체코 다스콜리에 대한 접근은 그의 지역을 함께 고려할 때만 유효하다. 13세기 후반에는 마르케 지방 전체에 묵시적 기대 "새 시대에 대한 기다림attesa dell età nuova"이 퍼져 있었다. 이 황량한 시골 지방에는 이제 곧 정식 '교회ecclesia'와 그 위계적 성직 체계가 파탄에 이를 거라는 인식이 자주 퍼졌다. 중요한 것은 이런 인식이 전기독교적이자 반기독교적인 고대의 믿음과 의식에 토대하고 있었다는 것이다. 이단 운동이 퍼졌다. 그중에는 정통 프란체스코회에서 갈라진 근본주의Zelanti '스피리투알리Spirituali'도 있고, 은수사 교황 켈레스티누스 5세와 그의 '큰 거부grand refusal'를 추종한 자들도 있다. 역시 방언으로 된 시빌레의 예언은 널리 확산되고 종말론적으로 해석되었다. 그것은 베토레 산이나 어두운 필라테 호수 같은 신령한 몇몇 장소를 중요하게 여겼다. 이 산악 지역 장소들은 음산할 만큼 고요하다. 마법, 흑마술, 빙의, 엑소시즘의 광풍이 거친 돌, 동굴, 웅창한 숲, 깊이를 알 수 없는 호수의 풍경 속에서 일상적으로 일어났다. 오늘날의 지역 민속과 희생 제의에도 이때의 섬뜩한 유산의 흔적이 남아 있다. 지역에는 이런 노래도 있다.

강령술사 체코의 영이여, 나오라

어느 하룻밤에 다리를 놓은 그대여
Per l'anima de Cecco negromante
che in una notte fabrico lù ponte.

마법사가 천사 또는 악마의 도움을 받아 하룻밤에 다리를 놓는다는 이런 이야기는 유럽 고산 지대와 중산간 지대에 널리 퍼져 있다. 마르케 지방에서는 두려움이나 위안을 안겨주는 모든 갈래길에 '자연과 악마의 마법magia naturale e diabolica'이 뒤얽혀 있다. 1969년 학회의 논문록에는 페보 알레비가 이에 대해 조사한 훌륭한 논문이 실려 있다.

자료를 열심히 뒤져도 (희망은 아직 시들지 않는다) 프란체스코 스타빌리의 삶과 파멸에 대한 정보는 대부분 불분명하거나 부정되어 있다. 출생 일자와 장소도 추정된 것이다. 1269년에 안카라노에서 태어났을 가능성이 가장 높다. 하지만 우리의 주요 자료인 조반니 빌라니의 『연대기Cronica』와 고서 수집가 안젤로 콜로치가 모은 문헌에는 간략하고 뒤늦은 정보만이 있다. 체코의 유일한 정식 초상화라고 알려진 그림은 1692년에 라벤나에서 사라졌다. 악마가 가지고 간 것일까? 체코의 어린 시절과 성장기에 대해서는 알려진 것이 전혀 없다. 교육은 수도원에서 받았다. 그 시기의 언젠가 다스콜리는 라틴어와 근대 라틴어를 익히고, 고전 시와 신화를 접했다. 단편적 증거에 따르면, (정치적으로는 혼란스럽지만 학문적 역량은 어느 정도 갖추었던) 아스콜리와 살레르노에서 공부했다. 그가 당시 우주론과 토론의 중심지였던 파리에 체류한 적이 있는지는 알 수 없다. (단테의 경우는 일부 연구자들이 파리를 방문했다고 주장한다.)

이른 시기에, 하지만 알 수 없는 상황에서 체코 다스콜리는 서구 모든 대학의 원조인 볼로냐 대학의 점성학 학장에 임명되었다. 우리에게 전하는 소수의 사실은 앞뒤가 맞지 않는다. 1322년에 이루어진 이 임명은 학생 투표로 결정된 것 같다. 그리고 체코는 그 인기와 화려한 스타일로 동료들과 교회 당국의 질투를 불러일으켰던 것 같다. 1324년 12월 16일에 도미니쿠스회 종교 재판관 람베르투스 칭골로는 "오만함과 반신앙 cose vane e contra fede"으로 그를 고발했다. 체코는 볼로냐를 떠나야 했다. 그런 그가 "학생들의 갈채로" 교수직에 재선된 이유가 무엇인지 우리는 알 수 없다. 다시 나타난 1326년 5월 말에 다스콜리는 궁정 점성술사 겸 당시 토스카나의 섭정이던 칼라브리아의 카를로 대공의 주치의였다. 체코는 자신이 대공의 보호하에 있으니, 교회의 검열과 박해를 피할 수 있다고 생각했는지도 모른다. 그는 철학-과학적 사색에 몰두하고, 예언을 하고 별점도 쳤는데, 아마도 너무 공공연하게 그랬던 모양이다. 체코—프란체스코 델리 스타빌리—는 1327년에 체포되었고, 9월 16일에 피렌체의 핀티 문과 크로체 문 사이에서 그가 쓴 모든 책과 함께 화형당했다. 화형 집행자는 대공의 대리인인 브레시아의 자코보 공이라는 사람이었다. 전설에 따르면, 체코는 처형장에 가면서 "나는 내가 말하고 가르친 것을 믿는다"고 말했다. 이것은 사후에 미화된 내용일지도 모른다. 하지만 그는 도대체 무엇 때문에 이런 끔찍한 운명을 맞은 것일까?

추측은 난무했다. 남아 있는 자료에는 스타빌리가 오만하고 무모하고 건방진 데다 불온하고 자화자찬하는 사람이었다는 내용이 있다. 그는 겁 없이 적을 만들었다. 그리고 그가 빛난 영역은 공식 학계와 교회의 변방이었다. 이 다소 연극적인 "불점술사, 흙점술사, 강령술사, 물점술사", 즉 4원소의 현자는 너무 많은 사람의 심기를 건드렸다. 하지만 그가 이단의 죄를 받게 된 이유는 무엇일까? 체코의 재판과 처형에 관련된 종교법원의 기록은 아직 로마에 보관되어 있을지 모른다. 몇몇 학자는 그렇다고 생각한다. 하지만 그렇다 해도 그것들은 오늘날까지 발표는 고사하고 접근도 불가능하다. 그러면 『라체르바』를 통해서는 무엇을 알 수 있을까?

다스콜리의 역작은 유능한 중세학자와 과학사가도 풀기 힘든 언어적, 해석학적 문제를 제기한다. 그 제목 자체가 다양한 해석을 낳았다. 상이한 요소들의 조합, 덩어리를 뜻하는 라틴어 '아케르부스acervus'에서 파생된 것인가? 키케로, 베르길리

우스, 퀸틸리아누스가 그 단어를 이런 식으로 사용했다. 아니면 (이쪽이 더 그럴듯한데) '가혹한', '미성숙한', '불완전한'이라는 뜻의 라틴어 '아케르부스acerbus'를 가리키는가? 이런 신랄한 용법은 수에토니우스와 루크레티우스의 문체를 본뜬 것인지도 모른다. 하지만 내가 볼 때 정말로 비슷한 것은 마닐리우스의 『아스트로노미콘Astronomicon』인 것 같다(하우스먼과 비슷한 느낌이다). 애초에 이 제목을 붙인 것은 누구인가? 그것은 은근히 저작의 비극적 불완전성을 암시한 것인가? 체코의 점성술적–우주론적 서사시의 표현 방식에는 특이한 용어와 어원 혼용이 가득하다. 그것은 저자나 그 지역에 특정한 말, 즉 구어와 방언의 요소들이 박힌 '피체노어lingua picena'라고 설명되었다. 그것의 잡다함과 특이성은 비극적인 조상 언어와 비슷했다. 당시 이탈리아의 언어들은 강력한 지역주의 속에 다원적 경쟁을 했다. 제대로 통합되지 않은 라틴어 차용어들, 프로방스어, 시칠리아어, 프랑스어의 요소들이 『라체르바』의 도가니에 들어갔다. 거기에 아랍어도 영향을 미쳤다. 아랍어는 시칠리아와 칼라브리아 전역에 퍼져서 천문학의 발달에 기여했다. 전문적이고 고의적으로 폐쇄적인 용어들뿐 아니라 '파를란데 타첸도parlande tacendo' 즉 '침묵의 언어'도 있었다. 그것은 중세 의학, 연금술, 예언, 아주 복잡한 유형의 알레고리에 쓰인 언어를 말한다. 1501년에 출간되었고, 체코 시의 첫 부분

만을 다룬 초기 라틴어 주석서가 이런 사태를 더 악화시키는 것 같다.

그래도 질문은 남는다. 『라제르바』와 두 편의 점성술 논문에서 이단 판정을 부른 것이 무엇이었을까? 체코의 주장은 그리스도가 점성술적 결정론을 벗어날 수 없다는 것으로 해석될 수 있다. 한두 구절의 암시에 따르면, 하느님 아버지조차 자연의 경로와 법칙을 변경할 수 없다. (여기에는 아퀴나스도 동의했을 것이다.) 하지만 다스콜리는 다른 데서 명백하게 자유의지가 존재한다고 말한다. 조반니 디 사크로보스코의, 거의 경전적 권위를 지닌 저서 『구체 세계론 De Sphera mundi』에 체코가 단 주석에 이단적 요소가 있었을까? 체코의 주장이 어떤 상황에서는 천체들이 악마적 힘을 발휘해서 점성술사의 명령을 수행한다—파우스트의 주제—는 것으로 해석될 수 있을까? 다스콜리의 글이 니덤이 소개하는 도교 현자들의 사상처럼 '마술적 유물론'을 담았을까? (그 주장은 우주적 맥락 속의 인간 존재와 관련해서 거듭 나타난다.) 그러니까 "인간 육체는 신성하지 않았다"는. 지성만이 우위를 가질 수 있고 그래야 한다는.

과학의 정신으로 듣고 보라
영원한 축복을 품은 자연은 결코

이유 없이 창조물을 만들지는 않았음을.

Intendi e vedi con la menta a scienza

Che mai l'eterna beata natura

sena ragion non fece creatura.

하지만 이렇게 토마스 아퀴나스의 입장보다는 아리스토텔레스를 사상적 토대로 삼았으면서도, 체코는 이성적 지각에도, 자연과 초자연을 가르는 경계에도 한계가 있음을 강조한다. 손다이크가 중세 마법과 과학의 역사에 대한 엄정한 연구를 통해 보여주듯이, 체코의 견해는 어떤 부분도 알베르투스 마그누스 같은 당대 저명인사를 뛰어넘는 비정통성을 보이지 않는다. 체코가 죽었다는 소식을 듣자, 아비뇽의 교황 요한 22세는 그가 수도원 교단 간 경쟁으로 인해 희생되었다는 암시를 담아서 이렇게 말했다. "소수파는 페리파토스 학파의 마지막 왕자를 잃었다." (페리파토스 학파는 진정한 아리스토텔레스 계통의 철학자들을 말한다.)

종교재판소가 그를 박해하고 처형한 데 다른 동기도 있었을까? (1707년에 이르면, 예수회 학자 한 명은 체코의 점성술에 갈채를 보냈다.) 체코가 그리스도의 별점을 쳐보았다는 소문이 있었다. 이런 일은 신성모독에 해당했을지 모르지만 정확한 것은 아니다. 세속의 일로 내려오면, 다스콜리는 고용주인 대공의 딸—장래의 조안나 1세 여왕—의 미래가 불운하다는 별점을 공개해서 대공을 화나게 한 것으로 보인다. (예언은 언제나 위험한 기술이었다.) 설령 그렇다 하더라도 이 모든 것이 체코의 거듭된 박해와 볼로냐와 피렌체의 재판과 죽음의 이유를 적절히 설명하지는 않는다. 손다이크의 견해는 유효하다. 새로운 자료가 나올 때까지 이 일은 불분명한 수수께끼로 남아 있을 수밖에 없다.

하지만 처음부터 반복되는 한 가지 끈질긴 주제가 있다.

> 나에게 가해진 질투의 거대한 압력
> 그것은 나의 모든 선량함을 빼앗아갔다.
> L'invidia a me à dato sí de morse
> Che m'a privato de tutto mio bene.

'이교적 질투, 질투의 분노Invidia eresiarca, livore invidioso' 등에서 '질투'라는 표현이 끊임없이 등장한다. 그 스스로 그것을 강조하고, 동시대인들도 마찬가지다. 반응은 이중적이다. 체코는 '인비디아(질투)' 때문에 박해를 받지만, 그 역시 맹렬한 질투에 사로잡혀 다른 이들에게 그것을 보인다. 오르카냐가 그린 피렌체 산타 크로체 교회의 최후의 심판 벽화에 이 '시인 겸 마법사poeto-mago'는 저주받은 사람으로 그려져 있다. '인비디아'가 사실상 육신을 입고 녹색 가면을 쓴 채 체코 다스콜리의 연구와 일상을 괴롭힌다.

이런 배경음은 프란체스코 스타빌리의 이름이 잊히지 않고 전해지게 된 사유를 둘러싸고 울린다. 그것은 바로 그와 단테의 관계다. 물론 이것도 증거는 불분명하고 때로 모순되기도 한다.

다스콜리는 살아생전에 이미 단테를 경멸하고, 단테의 우월한 위치와 그의 작품의 명성을 질투했다고 알려져 있다. 베네치아의 조반니 퀴리니는 피렌체가 체코와 그의 저작을 불태워서 단테를 달래준 것을 칭찬했다. (그러면서도 혹시 남아 있는 『라체르바』의 비밀 사본이 있다면 얻고 싶다고 부탁했다.) 어떤 이는 체코Cecco가 '장님cieco'이라서 단테의 명백한 우월함을 못 본다는 말장난을 했다. 카르두치도 여기 동조해서 『라체르바』를 『신곡』의 실패한 모방작으로 분류한다. 카르두치의 주장에 따르면 시 형식이 '도피아 테르치나doppia terzina'*인 것도 그 때문이다. 거기다 이 뒤틀린 작품에는 단테를 직접 나무라는 연도 두 개 있지 않은가? 다른 연구자들은 체코의 이런 질투에 문학적, 이론적 토대가 있다고 주장한다. 체코의 무

---

* 3행이 1연을 이루고, 이것이 2연씩 짝을 이루는 형식.

례한 문체는 단테의 고상하고 나아가 거만한 문장에 대한 대항이라는 것이다. 그것은 진실의 언어다. 단테는 『제정론*De Monarchia*』으로 교회의 반감을 샀다. 한때 연금술과 점술을 행했다는 의심도 샀다. 하지만 그는 교회 및 수도사들과 능숙하게 화해한다. 『라체르바』의 우주론은 '과학적'이고, 가설적 모험을 취한다. 단테는 규범적인 안전장치와 비합리적 황홀에 의존한다. 아니면 무언가 숨겨진 논쟁이 있었을까?

루이지 발리는 1928년 로마에서 『단테의 비밀 언어와 '사랑의 신도들'*Il lingiaggio segreto di Dante e dei 'Fideli d'Amore'*』을 출간했다. 이 책은 단테, 페트라르카, 프란체스코 데 베르베리노, 체코가 모두 신성한 지혜의 여신 소피아를 숭배하는 비밀 종교의 신도였다고 주장한다. 이런 비밀 종교는 당시에 드물지 않았다. 이들은 암호로 연락을 주고받고, 성당기사단 및 기벨리니(친황제파)와 교류했으며, 신비의 장미를 상징으로 삼았다. 그 후 이 상징에는 지식인 집단에 널리 퍼진 이슬람과 페르시아 신비주의와 카발라의 특징도 들어왔다. 발리의 주장에 따르면, 단테는 그곳 신도들과 결별하고 구엘프(친교황파) 권력자들의 이해를 구했다. 그리고 체코 같은 여성 혐오자가 볼 때 더 나쁜 것은, 『신곡』의 〈천국편〉에 보이는 베아트리체 숭배와 화려한 마리아 우상화가, 추상적이고 비밀스러운 개념인 소피아에 대한 용서할 수 없는 배신이라는 것이다.

이런 주장 자체도 극단적이지만, 우리가 가진 텍스트들은 전혀 다른 시각을 전달한다. 오늘날 다수의 권위 있는 해석학자들은 『라체르바』에 담긴 단테 공격이 나중에 허위로 추가된 것이라고 본다. 체코의 시는 『신곡』의 반향을 감추지 않고 뚜렷이 보인다. 2권의 16부는 〈연옥편〉 21부를 칭찬한다. 더욱이 체코 다스콜리가 단테의 추방과 생명의 위협—그도 피렌체로 돌아가면 화형을 받게 되어 있었다—을 자신의 운명과 닮은꼴로 여긴 표현이 여러 곳에 있다.

　하지만 시의 의도를 완벽할 만큼 예리하게 짚어내는 잔프란코 콘티니는 『라체르바』가 '안티 『신곡』'이라고 규정한다. '탐욕스러운 질투avara invidiossa'—체코 자신의 표현—의 그림자는 가시지 않는다.

　단테를 옆에 두고 철학적 서사시인이 된다는 것은 어떤 느낌일까? 셰익스피어와 같은 시대에 극작가가 되는 것은? "다른 사람이 있다면 내가 어떻게 그 자리에 가겠는가?" 괴테는 묻는다. 나는 프린스턴 대학의 고등연구소에 있던 시절, J. 로버트 오펜하이머가 젊은 물리학자에게 "자네 같은 젊은 나이에 벌써 이렇게 성과가 없다니?" 하고 말하는 것을 들었다. 그런 말을 들으면 자살밖에는 할 수 있는 일이 없을 것 같다. 경쟁, 질투, 시기의 주제는 수많은 이야기의 소재가 되었다. 그것은 다윗의 벼락출세에 대한 사울의 분노, 호메로스의 테르시테스가 퍼붓는 독설처럼 유서 깊다. 살리에리가 모차르트에게 질투를 느껴 살의를 품었다는 것은 허구일 가능성이 높지만 음악, 연극, 영화로 만들어졌다. 이아고와 이아키모는 어떤가? ('이아'라는 발음은 셰익스피어에게 불쾌한 느낌을 주었을까?) 아니면 윔블던에서 해마다 로저 페더러와 가망 없는 경기를 해야 하는 선수들은? 봄과 성장을 나타내는 녹색은 '인비디아'와 담즙을 상징하기도 한다. (그래서 질투의 맛은 쓰다.) 유다가 그 밤에 서둘러 배신한 것이 예수가 다른 사도를 품에 안았기 때문일까? 예로 들 수 있는 시나리오, 우화, 서사, 도덕 교본은 헤아릴 수 없이 많다.

신화나 문화적 원형 중에는 이유 없이 차별당한 카인이 아벨을 죽이는 내용이 없는 것이 드물다. 로마의 건국자는 질투로 형제를 죽였다. 17~18세기의 '모랄리스트'*들은 질투와 그것을 감추는 세속적인 위선에 특히 주목했다. 그들 이전에는 몽테뉴가, 또 그 전에는 유베날리스와 마르티알리스가 그랬다. 하지만 질투에 대한 철학적 탐구, 깊이 있는 현상학은 부족하다. 거기 가장 가까이 다가간 것은 우화적 교훈 그림들이다.

---

* 파스칼, 라브뤼에르, 라퐁텐 등의 프랑스 철학자를 지칭하는 용어.

이 주제는 금기에 가깝고, 스위프트가 직감했듯이 쓰레기 취급을 받는다. 솔직히 까발린 자아의 상처를 탐색하는 것은 너무도 고통스러운 일이다. 자아의 어두운 구석에서 올라오는 공기는 너무 역해서 들이마실 수 없다. 상상하기 힘들지만, 체코 다스콜리에게 화형의 고통은 그의 인생 최악의 고통이 아니었을 것이다.

히브리 성서는 '질투하는 신'을 말한다. 하지만 이 번역어는 본래의 언어에 함축된 다양한 뜻을 제대로 전달하지 못한다. 모세 5경과 시편에는 히브리의 신이, 자신이 이겼지만 역사가 더 깊은 작은 신들을 질투하는 내용이 있다. 바벨탑 사건에서는 신이 하늘까지 오르는 인간의 기술과 정치 조직을 질투한다. 에우리피데스의 표현은 더 미묘하고 불안하다. 혼돈에서 갓 태어난 고대의 신들은 정말로 인간의 도덕적 품위를 두려워하게 되었고, 그것은 당연한 일이었다. 인간은 올림포스 신들의 원시적 분노와 복수를 비난하며 그것을 초월할 줄 알게 되었다. 『히폴뤼투스』에, 그리고 『바쿠스의 여신도들』의 참혹한 결말에 보이는 신들의 유치함에 대한 강렬한 비난을 보라.

하지만 충돌의 결론은 대체로 반대 방향으로 기운다. 인간이 신을 질투한다. 그들의 힘, 아름다움, 성적 자유, 무엇보다 불사의 몸을 질투한다. 호메로스의 신들은 상처를 입기는 하지만 곧바로 낫는다. 인간은 신(들)에게 부당 대우, 타격, 통제를

받는다고 느낀다. 밀턴은 분노를 드러내지 않고 이런 감정을
사탄에게 투여해서 사탄이 여호와의 부당함, 편애, 천사 계급
내부의 처벌에 분개하게 만든다. 신의 아들에 대한 사탄의 이
유 있는 질투와 시기는 지옥의 불길보다 더 뜨겁게 타오른다.
그가 우리의 감성에 그토록 매혹을 주는 것은 그런 감정이 너
무도 '인간적'이기 때문이다. 그에 따른 반항은 원형적 오만이
된다. 테바이를 공격한 거인 장군 카파네우스는 제우스를 모욕
한다. 그는 단테의 〈지옥편〉에 나오는데 "거대한 혼령이 계속
불에 타면서도" 욕설을 멈추지 않는다. 말로의 탬벌레인은 자
신보다 우월한 힘이 존재한다는 것을 참지 못한다.

> 나는 운명의 세 여신을 쇠사슬로 단단하게 묶어두고,
> 내 손으로 운명의 수레바퀴를 돌린다.
> 탬벌레인이 살해되거나 패배하는 것보다
> 해가 하늘에서 떨어지는 것이 더 빠를 것이다.

거인들의 하늘 전쟁 플롯으로 극화되는 이런 콤플렉스는 강
력한 클리셰로 흔히 '프로메테우스적'이라고 불렸다. 이것은
반항적 질투를 표현하는 한편으로 신정론神正論, theodicy*에
대한 해묵은 도전도 제기한다. 전능한 신의 형상에 따라 창조
된―너무도 불분명하고 거의 조롱하는 듯한 개념이지만―존

재가 어떻게 이렇게 고통, 불행, 유혹에 무릎을 꿇는단 말인가? 이런 피학적인 실험 또는 게임의 의미는 무엇인가? 전능한 신은 그런 (모든 의미에서의) 수고에 대해 저주를 받아야 하지 않는가? 『리어 왕』이 헤매어 다닌 황야에서, 키르케고르의 불행한 아버지가 신을 저주한 유틀란트 반도의 불모지에서 신들은 우리를 '재미 삼아' 괴롭히고 죽인다. 우리가 원해서 태어난 것도 아닌데.

창조자와 피조물 사이의 '인비디아'는 직접적 경쟁의 형태를 띠는 경우도 많다. 흔히 논리의 요약본 역할을 하는 신화가 그 사례들을 목격한다. 명랑한 한 처녀는 자신이 아테나 여신보다 더 예쁘고 장식이 화려한 베를 짠다고 자랑하다가 거미가 되었다. 아폴론은 음악 연주의 라이벌을 산 채로 가죽을 벗겼다. (티치아노의 그림 〈마르쉬아스〉는 질투로 인한 복수의 끔찍함을 잘 보여준다.) '아곤agon', 대결은 당연히 상호적이다. 창조하는 인간은 자신의 성취가 아무리 대단해도 신이 만든 자연 세계에 못 미친다는 것을 안다. 이런 대결의 불가해한 특징은 〈욥기〉에도 나온다. 고통받는 자신의 종에 대한 신의 대답, 그가 욥에게 안기는 이유 없는 비극에 대한 신의 변명은

---

* 악의 존재를 신의 섭리의 관점에서 설명하는 이론.

아주 미학적이고 어떻게 보면 '네로적'이기도 하다. 그것은 건축 장인과 일급 공예가의 자랑이다. 인간은 신의 작업물이 지닌 권능, 화려함, 아름다움을 능가하는 건 말할 것도 없고 거기 비교도 할 수 없다. 인간이 아무리 장엄한 그림을 그린들 여명에 비교할 수 있을까? 우리의 음악을 천구의 음악에 비하면 어떻겠는가? 〈천국편〉은 이런 비교 불가능성을 고전적으로 진술한다. 사람의 유일하지만 강력한 반대 진술은 말, 즉 욥이 처한 상황의 문법뿐이다. 신은 자기 뜻을 전달하려면 언어를 사용해야 한다. 신기한 것은, 인간이 질문하고 도전했다가 좌절하는 줄거리는 고전 신화와 성서의 권위가 사라진 뒤에도 오랫동안 이어진다는 것이다. 초현실주의는 정해진 현실, 지루한 이성적 질서에 대한 패러디이자 대안이다. 거기 담긴 무신론은 불안한 전복을 보여준다. 그것은 죽은 신보다 낫다. 뛰어난 현대 예술가들도 신의 질투, 그리고 작가나 예술가의 반항을 주제로 다루었다. 톨스토이는 자신의 유한성을 의심했다. 그리고 나타샤나 안나 카레니나를 낳지 못했을 '큰 곰'과 씨름하러 숲으로 들어갔다. 피카소는 옆방에 있는 창조의 라이벌을 거론했다. 마티스는 방스에서 "내가 이 예배당을 그린 것은 신을 위해서가 아니라 나 자신을 위해서"라고 말했다. 양가성의 뿌리는 깊다. 그리고 창조하는 인간도 때로 자신의 창조물을, 그것들이 자율성을 얻어 창조자의 목적과 통제를 벗어나려는 복잡한 역동을 질투한다. 그래서 자신의 창조물을 파괴하고 싶어하기도 한다. 많은 작가, 작곡가, 미술가가 창조의 뿌리에 뒤엉킨 여러 이유로 자신의 작품을 파괴한다. 아니면 자신이 빚거나 작곡, 집필한 것이 상상 가능한 어떤 초월적 모델을 능가할지 의문을 품는다. 신은 햄릿이나 코델리아를 어떻게 생각할까? 바흐의 수난곡이나 〈장엄 미사〉에 대한 그의 솔직한 의견은 어떤가? 그를 기리기 위해 만든 걸작들이 가장 강력한 문제를 제기하는 경우도 많다. (잘 알려져 있다시피 셰익스피어는 분명한 종교적 입장을 취하지 않았다. 그것이 그의 창조성과 깊은 관련이 있을까?)

세속적 환경에서도 질투의 샘은 곳곳에 있다. 가장 강력한 힘을 발휘하는 것은 부당함에 대한 인식이다. 내 수고의 대가가 다른 사람에게 갔다. 내 기고는 조용히 퇴짜 맞았는데, 벼벌이 2류 작가, 심지어 표절 작가가 영광을 얻었다. 파파라치를 통해 노벨상이 자신보다 훨씬 못한 사람에게 갔다는 소식을 듣자, 생존한 이탈리아 최고의 시인은 무력한 눈물을 터뜨렸다. 부당함은 출생에도 달라붙는다. "나는 못생기고 심지어 불구로 태어났다. 그는 잘생기고 균형 잡혔으며 카리스마도 있다." 사람의 아름다움은 특히 마음을 어지럽히는 도발이다. "사회적, 물질적 상황이 처음부터 내게 불리했다." 알리기에리가는 피렌체의 명문가였다. 덕분에 단테는 최고의 교육을 받고 고위 공직에 들어갈 수 있었다. 나 체코는 시골에서 스스로의 힘으로 가난과 무지를 떨치고 나왔다. "이름없는 밀턴들"이 그렇게 된 것은 인종 차별, 계급 편견 또는 천년에 걸친 여성 차별 때문이었다. 나는 순전한 우연으로 월계관을 빼앗기고, 우승자의 "장식" 역할이 되었다. "훌륭한 장군인 것만으로는 부족하다. 행운이 따라주어야 한다." 아주 나폴레옹다운 말이다. 이 '행운'은 쉽게 잡히지 않는 도깨비, 클라이맥스를 떠받치는 막간극이다. 고대인들은 해석 불가능한 운명의 신에게 제단을 세웠다. "내가 그 두 야심찬 경쟁자가 활용한 엑스레이 회절을 좀 더 면밀하고 대담하게 들여다보았으면, 분자 활동의 핵심을 발표하고 트로피를 받을 사람은 나였다." 사람들은 아물지 않은 상처를 안고 결정적 기회를 잃은 순간들을 살펴본다. 행운과 불운의 룰렛 때문에 공정함이 심하게 훼손되었다는 인식은 독기를 배태할 수 있다. 사람들은 '인비디아' 때문에 배신하고, 위증하고, 표절하고, 심지어 살인도 한다. 행운의 경쟁자가 가까이 있다는 사실이 혐오를 더 숨 막히게 한다. 사무실에서, 연구실에서, 연대 구내식당이나 문단 원유회에서 그의 다정한 인사, 별로 감추지도 않는 연민에 마주치면 그 다정함은 역겨움을 안겨준다. 관련 환경과 위계가 명확할수록 그 맛은 더 쓰라리다. 에드거 앨런 포는 이런 연관성을 통찰한 작가였다.

나는 다른 글에서 교사와 학생, 스승과 제자 사이의 긴장, 불가피한 심리적 거세의 가능성을 분석해본 적이 있다. 양쪽 모두 오만과 질투를 동시에 느끼기 때문에 관계는 일종의 모순이 되고, 악명 높은 딜레마가 작동한다. 스승은 지식과 기술을 전달하면서 스스로를 소비하고 자산을 위축시킨다. 시간은 그에게 적대적이다. 그런 한편 교육자의 명시적 목적과 명성을 이루는 것은 제자의 진보, 학생의 발전이다. 기술이 확실히 전달될수록, 교사의 능력도 높이 평가받는다. 하지만 동시에 그가 밀려날 위험도 커진다. 발전과 자기 파괴가 동시에 작동하는 변증법이다. 학습자들은 전수자의 업적과 명망을 기뻐하며, 무의식적으로도 스승의 걸음, 발성, 붓터치나 타건을 흉내 낸다. (프린스턴에는 오펜하이머의 버릇을 흉내 내는 사람이 많았다.) 그리고 이별할 때는 통속적 세상에 대고 말한다. "이분은 우리의 스승, 명성 속에 눈을 감고 / 우리의 어깨에 실려 계십니다."(로버트 브라우닝) 하지만 스승에게서 배울 때 제자, 수련생, 견습생은 모방만을 목표하지 않는다. 수련 과정 자체에 추월의 충동이 내재해 있다. 스승은 학파와 유산을 물려주는 것만이 아니다. 그들은 추월당하게 되어 있다. 이것을 가장 잘 보여주는 것은 프로이트의 오이디푸스 해석이다. 아버지 인물, 스승 인물은 후세대가 극복하고, 상황에 따라 파괴해야 하는 대상이다. 음악실, 화실, 집필실, 실험실의 스승은 파괴로 이어지는 이런 도전을 잘 안다. 그는 진실로 차라투스트라처럼 그런 도전을 육성하고 권장해야 한다. 자신의 퇴진을 인정하고 기뻐해야 한다. 양자는 그렇게 해서 '거짓된 상황에en fausse situation' 놓인다.

순수 미술, 작곡, 연주 분야에서 이런 파괴적 관계는 끊이지 않는다. 중년의 유명 화가가 무명의 수련생에게 프레스코 벽화 구석의 미미한 인물을 맡긴다. 결과가 나오자 베로키오는 레오나르도를 바라본다. 그가 마주한 것은, 이제 자신의 작품은 잊힐 거라는 사형선고다. 음악원의 유명 교사 겸 연주자가 우연히 문이 열린 방에서 고집불통 학생이 즉흥 연주를 하는 것을 듣는다. 그와 사이가 나쁜 학생 글렌 굴드의 연주다. 그의 귀는 그 자리에서 자신의 성취의 빛이 꺼지는 것, 연주가 다른 차원으로 양자 도약하는 것을 받아들인다. 행운이 따르면, 그의 이름은 천재의 인생의 각주로 살아남을 것이다. 티코 브라헤가 동정심으로 고용해서 천문학과 천체 역학 연구의 '조수famulus'로 삼은 굶주린 케플러는 그때까지의 난제를 푸는 데서 더 나아가 스승의 우주론 전체를 뒤집는다. 그리고 정신분석 집단도 수련생들이 하나하나 반발하며 떨어져 나가서 경쟁 이론과 치료법을 구축한다. 정신분석의 아버지-창시자인 프로이트가 자신을 모세와 동일시하며 우울해한 것은 그 때문이다. 철학사에서는 존속 살해가 본질적이다. 아리스토텔레스는 플라톤을 등져야 한다. 비판과 절연 장면이 이어진다. 독일 학계에서 '조수Assistent'는 자신을 키워준 스승을 흔들고 조롱한다. 후설에 대한 하이데거의 논문이 악명 높은 예다. 최근까지 문학계에는 이런 일이 드물었다. 문학계에서는 정식 지도를 받는 일이 드물었기 때문이다. 하지만 이제 '문예 창작' 프로그램이 급증하면서 여기도 같은 길을 갈 것이다. 2류 작가가 더 많을 지도자들이 어떻게 학생의 참신한 원고를 이해할까?

그래서 현실에서 병적인 결과가 빚어지는 일이 흔하다. 스승은 제자를 속이고 그들의 작품을 폄하하고 열정을 꺾는다. 미술계와 음악계는 그런 일화가 그득하다. 경연, 지원금, 직급 수여가 두려운 신인을 좌절시키는 데 쓰일 수 있다. 악평과 부정적 추천서는 재능과 야심이 아주 큰 사람도 꺾을 수 있다. 때로 성적 압박까지 동반하는 이런 간교함은 특히 재능 있는 여자들에게 많이 사용되었다. 반대로 젊음이라는 비할 데 없는 무기를 지닌 학생이나 수련생이 스승의 실력을 능가하고, 그의 견해를 낡은 것으로 만들어서 그를 파괴하기도 한다. 조롱은 젊은이들에게 강력한 무기다. 그것은 아도르노를 무너뜨렸고, 그 정점은 1968년 학생 반란 시절의 낙서였다. "이제 스승은 없다. 죽음에 가까운 자들은 죽은 자를 가르쳐라."

진정한 교사―그런 이들은 많지 않지만―는 더 재능 있고 창의적인 학생을 질투하지 않을 것이다. 비트겐슈타인의 우화를 빌리자면, 그런 교사는 제자에게 "네가 타고 올라간 사다리

를 걷어차라"고 말할 것이다. 심지어 자신의 강의실에 젊은 뉴
턴이 나타나면 그에게 자신의 역할과 자리를 넘겨주고 물러
나기도 한다. (이미직 배모가 그랬다고 한다.) 그들은 약간 슬
프지만 능력과 명성에서 자신을 능가할 이들을 가르치고, 발
견하고, 독려하는 것이 교사의 가장 큰 보상임을 인정한다. 나
는 50년 동안 교수 생활을 하면서 나보다 더 뛰어나고 독창
적이며, 위기와 현대 사회에 대한 수용력이 더 큰 학생을 네
명—셋은 남자고 하나는 여자—만났다. 그중 둘이 정치적, 심
리적 근거로 나를 공격했다. 그들은 내 연구를 조롱했다. 한 명
은 예의바르게 오만한 태도를 유지했다. 네 번째 학생은 자기
파괴로 내 희망을 박살냈고, 이것이 가장 지독한 질책이었다.
그럼에도 불구하고 나는 운이 좋은 편이다. 넷이면 훌륭한 숫
자다. 진정한 카발라 철학자도, 또 니덤이 보고한 일부 은거 스
승들도 한 명의 제자밖에 두지 못했다.

친밀성, 유사성, 동시대성이 있다면 먼 거리에서도 '인비디
아'가 자란다. 그 맥박만은 진단하기 아주 어렵다. 그것은 사
랑과 미움의 박동을 모두 수반하기 때문이다. '밉지만 사랑한
다Odi et amo.' 이런 정신과 감정의 움직임은 에로티시즘의 덤
불로 손을 뻗는다. 프랑스어는 이런 양면성을 정확히 반영해
서, '앙비envie'라는 단어가 '질투'와 '욕망'을 모두 표현한다.

우리는 질투를 일으키는 대상을 찬탄하고 우러른다. 그들의 작품을 연구하고, 그들의 유명세를 더해주고, 그들의 사회적, 물질적 보상에 감탄하면서 기쁨과 패배감을 모두 느낀다. 스스로를 더 강한 빛의 저주받은 그림자로 만든다. 우리의 자기 보호 반응은 (때로 서로 얽히기도 하지만) 대체로 두 가지 형태를 띤다. 하나는 아첨하며, 제자의 도리를 외치는 것이다. 열성적 지지를 표명하고, 스승의 성취를 전파하는 데 힘을 보탠다. 겸손하고 또 당연히 기생적인 가면을 쓰고, 자신이 스승의 성공과 명성에 역할을 했다고 생각한다. 피타고라스 이후 탁월한 자들은 언제나 '그루피groupie'를 거느렸고, 호메로스 이후에는 음유시인도 뒤따랐다. 하시디즘* 지도자 뒤에는 열혈 신도들이 모여서 추종의 기쁨으로 소리를 질렀다. 또 하나는 나직이 하지만 맹렬하게 스승의 작품을 깎아내리는 것이다. 그 더러운 침대는 정신 나간 미술 시장에서 수백만 달러에 팔릴지도 모르지만, 우리는 그것이 다다이즘의 한심한 농담, 뒤샹의 식탁에서 떨어진 마지막 빵 부스러기라는 걸 안다. 그 소설은 출간과 동시에 고전의 반열에 올랐을지 몰라도, 우리는 그것이 훨씬 뛰어난데도 잊힌 선구자의 모방작이라는 것을 보여줄 수

---

* 경건주의 유대교 일파.

있다. 해체와 후기 구조주의가 강의실들을 채우고 강의 계획표를 지배하지만, 우리는 이것이 일시적 유행이자 초현실주의적 말장난이고, 곧 조롱 속에 사라질 거라고 확신한다. 라디오파波에서 그 결정적 특징을 잡아낸 것은 노벨상 수상자가 아니라 보상받지 못한 그의 조수다. 시간이 이런 부당한 명성을 바로잡아줄 것이다.

하지만 이보다 더 미묘하고 고통스러운 '인비디아'의 방어 모드는 조정된 자기비하다. 우리는 월계관을 받은 사람을 찬양하는 한편, 우리 자신을 실패의 축에 위치시킨다. "나는 창조자가 아니다. 어떤 의미 있는 이론적 통찰도 하지 못했다. 어떤 운동도 학파도 창시하지 못했다. 어떤 종목의 기록도 깨지 못했다. 선거에 졌다. 내가 받은 상은 규모도 작고 이름 없는 것이다. 나는 푸시킨의 표현을 빌리자면 시인, 사상가, 정치 지도자, 사회 개혁가의 편지를 배달해준 배달부, '포스티노postino'다. 이런 지엽적인 역할이라도 하게 된 것, T. S. 엘리엇의 시에 나오는 '시종관attendant lord'이 된 것이 얼마나 행운인가(우리는 비하할 때마저 대가를 인용한다)." 이런 자기 낮춤은 예방적인 것이다. 다른 사람에 앞서 내가 먼저 스스로를 낮잡아본다. 나 자신의 자리는 내가 토론에서 이겼던 시인이 스톡홀름에서 돌아와 "미안하게 됐군" 하고 조롱의 말을 던졌을 때 회복 불가능하게 되었다.

이런 대결은 우정을 갉아먹는다. 냉소주의가 아니라 무신론이 열어준 사회적, 심리적 공간의 날카로운 통찰이 모랄리스트들에게 두 가지 잔혹한 격언을 주었다. 그것은 "친구의 불행은 우리를 그렇게 불쾌하게 하지 않는다"와 "내가 성공하는 것만으로는 부족하다. 옆에서 다른 이들, 특히 친구가 실패해야 한다"는 것이다. 이 고약한 진실을 부정할 자 누구인가? 가장 괴로운 것은 내면에서 냉소적이고 끈질긴 기록자가 성숙하는 것이다. 자신의 환상을 조롱하고, 그 별 볼일 없음을 밝혀주는 내적 목소리가. 이 내면의 목격자는 인내의 한계를 시험할 때도 있지만 꼭 필요한 감응 장치다. 그것은 우리가 '진짜'를 성취하는 일에 (다시) 실패했을 때마다, 그러니까 더 뛰어나고 재능 있는 동시대인이 성공할 때 그것을 감지하게 강제한다. 이 목소리를 질식시키면, 그러니까 '변명apologia' 또는 가학적 자기연민으로 뒤틀면 진실은 사라진다. 어쨌건 스스로에게 거짓말하는 것보다는 고통스러운 질투가 더 바람직하다.

이런 콤플렉스는 해당 인물이 객관적으로도 주관적으로도 모두 2등급의 엘리트 집단에 속해 있을 때 특히 더 고통스럽다. 단테를 바라보는 체코 다스콜리가 바로 그렇다. 학문, 예술, 경제, 군사, 정치, 체육 등 어떤 분야도 조직은 피라미드 구조를 띤다. 꼭대기에는 극소수만이 간다. 그 바로 밑에는 재능 있고 성실하고 야심찬 2등급의 남녀가 모인다. 그들 집단 역시 그렇게 크지 않다. 많은 내재적, 제도적 위계가 순위를 공개한다. 『중국의 과학과 문명』에서 논한 중국의 과거 시험, 프랑스의 콩쿠르, 대학 졸업 때의 '최우등summa' 또는 '우등magna' 표창, 정식 사원으로, 고등 법원으로, 군대의 장성으로, 축구 팀 주전으로 승급하는 일은 이런 능력별 순위제를 실행하고 공개한다. 그래서 어떤 이들은 선발되고 어떤 이들은 문턱에서 좌절한다. 『신곡』과 『라체르바』가 그렇다. 공식적, 수치적 차이는 미미할지 몰라도—소수점 이하의 시험 점수, 스키 대회전의 1/100초, 클럽 위원회나 이사회 투표의 반대 한 표—어쨌건 간격은 벌어진다. 절충의 여지는 없다. 천재는 냉혹하다. 특정 직업 영역에서는 이런 경계가 특히 더 강력하다. 열혈 아마추어는 체스 마스터에게 연전연패하고, 체스 마스터는 그랜드마스터에게 진다. 체스 챔피언은 거리낌 없이 승리를 만끽하며, 패배자에게 가차 없는 굴욕을 안긴다. 존재 자체가 '이차적인' 분야도 있다. 비평가, 해설자, 편집자는 당연히 매우 중요한 역할을 한다. 그들은 텍스트의 전파와 해설에 필수불가결하다. 위대한 비평가라는 말은 위대한 작가보다 드물다. 몇몇 비평가는 문체와 혁신적 아이디어로 문학 내부로 비집고 들어갔다. 하지만 근본적인 사실은 변하지 않는다. 영속적 지위를 얻은 시와 소설은 최고의 비평과도 거리가 까마득히 멀다. 푸시킨은 편지를 썼다. 내용이 아니라 기능이 핵심이다. 부통령은 그 가치가 '뜨거운 타액 한 양동이만큼'이라고 어느 부통령은 냉소했다.

이미 언급했듯이, 탈락의 고통이 가장 격렬한 것은 최고의 이류—옥스브리지의 용어 '베타 플러스 플러스'라는 말이 잘 표현하는—가 진정한 최고를 만날 때, 자신의 작품이 (외적 보상이나 실제 쓰임과 무관하게) 최고의 근처에도 가지 못한다는 것을 깨달을 때다. 천재의 작품이 인정을 못 받거나 조롱당할 때가 많다는 사실은 비평 자체의 자학적 불명료함을 키워줄 뿐이다. 정직한 비평가—특출함이 없는 사람들의 유효한 피난처는 정직함뿐이다—는 일류가 사람들에게 전해지고 정당하게 평가받게 하려고 노력한다. 일류의 빛이 자신의 야심에 큰 그림자를 드리워도 그것을 추구한다. 많은 사람은 각주 속에서 영속한다. 비평가나 학자가 매일 아침 "나는 X나 Y에 대해 비평하지만, 그들은 나에 대해 쓰지 않는다"고 말하지 않는다고 그들을 비난할 수 있는가? 이런 우울하고 진부한 사실은 최후의 심판을 담고 있다.

그런데 이런 고통에 대한 증언은 놀라울 만큼 드물다. 이 주제는 금기에 가깝다. 이것은 생트뵈브의 질투와 영감이 넘치는 비평과 묘사에서 조용히 타오른다. (그 명예는 결국 프루스트가 파괴했다.) 독일 제국의 몰락 이후 철학적, 정치적 예언자로 명성을 누린 카를 야스퍼스는 나치 치하 마르틴 하이데거의 개탄스러운 행동과 거짓된 변명과 관련해서 질문을 받았다. 그는 한때 친구이자 동료였던 하이데거에 대한 생각을 적었다. 그 책 『하이네서에 대하여』는 예기치 못한 통찰을 담은 매혹적 문서가 되었다. 하지만 시간이 지나면서 야스퍼스는 자신의 찬사받은 노작이 하이데거의 막강한 위상 때문에 빛을 잃을 것을 직감하게 되었다. "함께 달렸던" 이들의 수호성인이라 할 막스 브로트는 죽음을 앞두자, 자신의 일과 삶은 이미 세계적 작가가 된 프란츠 카프카에 대한 연구 속에서 적어도 당분간은 생명을 유지할 것을 알았다. 그러면 무엇이 더 나쁜가. 천재를 못 알아본 것과 천재 때문에 빛을 잃은 것 중에? 단테의 혁신성을 간과한 것과 거기 시달리는 것, 또는 그에 의해 '왜소한 사람ce petit monsieur'이 되는 것 중에?

나는 1327년 9월 15일 밤, 악취 풍기는 피렌체의 감방을 상상해 보려고 한다. 내일 아침이면 산 채로 불에 탈 운명의 사람이 숨을 쉬고 용변을 보고 제정신을 유지할 수 있을까? 자살 충동을 막을 수 있을까? (벽에 사슬로 묶여 있어도 머리를 돌에 찧을 수는 있다.) 시간이 아침을 향해서 빠르고도 느리게 흘러갈 때, 인간의 의식은 어떤 예상, 어떤 끔찍한 고통의 예감에 사로잡힐까? 손끝을 파닥이는 촛불에 살짝 대보라. 그 통증을 극복하는 연습을 해보라. 하지만 손끝과 전신은 어떤 비교도 불가능하다. 어떤 연습도 불가능하다. 당신이 경험한 어떤 고통도, 담석증, 출산, 몸이 뒤틀리는 고문도 불길이 다리를 기어올라서 불지옥을 열어주는 일에 대비시켜 주지 못한다. 시간이 얼마나 지나야 기절할까? 어쩌면 그대는 비명이 터지는 입을 크게 벌리고 연기와 불을 삼키면 더 빨리 죽는다는 이야기를 들었을지도 모른다. 처형 담당자가 그대를 화형대에 목매달거나 뜨거운 발밑에 폭약 주머니를 놓는 자비를 베풀어 줄까? 하지만 그런 자비가 가능하다면, 종교 재판소의 판결에 언급되었을 것이다. 그러니까 그대는 '산 채로' 불타게 된다. 근육 하나하나, 사지 하나하나, 머리카락 한 올 한 올이 다 타고, 눈알은 삶아져서 눈구멍 밖으로 떨어질 것이다. 그 느낌이 어떨지 밤새 생각하고 그려보고 상상해보라. 공포 이전의 공포를 천번만번 겪어보라. 그대, 체코 다스콜리, 점성술의 왕자, 대공의 주치의, '대모신Magna Mater'에 정통한, 서늘한 사비나 언덕의 키벨레 여신의 벗이여.

피렌체를 빠져나가서 지역 권력자들과 주교들의 혼란스러운 다툼을 이용할 수는 없었을까? 아니면 종교 재판소와 화해하는 것은? 그는 정말로 별점을 잘못 읽어서, 자신이 나락에 떨어질 것을 몰랐던 것인가? 아니면 그 공포의 밤에 체코는 별과 행성의 합이 거짓을 전했을 가능성을 생각했을까? 그것들이 악의를 품고 자신을 속였을 가능성을? 어쩌면 별들이 자신들을 너무 잘 읽는 이에게 질투를 품었는지도 모른다. 강령술로 미래를 읽는 일은 불경하게 여겨졌다. 〈지옥편〉이 10권은 그렇다고 말한다. 공허와 조롱을 담은, 새로운 어둠이 감방으로 들어왔다. 그것은 별빛도 아니고 그가 들여다보는 12궁도의 깜박임도 아닌, 마지막 아침의 첫 빛이었다.

불에 태워질 것은 그의 육신만이 아니었다. 그가 쓴 글도 모두 장작더미에 던져질 것이다. 다스콜리는 그의 산더미 같은 저작이 (모두 필사본이었기에) 한 점도 살아남지 못할 거라 예상했을 것이다. 모든 것이 재가 될 것이다. 그의 미완성 걸작 서사시 『라체르바』는 흔적 없이 사라질 것이다. 반면에 단테의 『신곡』은 불멸의 길을 갈 것이다. 단테의 토스카나어도 이미 경쟁 언어들을 굴복시키고 있었다. 캄캄한 공포 속에서 모든 것이 헛되었다는 목소리가 들린다. 정신이 맑고 집중된 순간, 체코는 자신이 단테의 천재성과 명성을 질투하는 경쟁자, 조롱받는 동시대인에 지나지 않았음을 깨닫는다. 이 깨달음이 주는 고통이 적어도 순간적으로는 임박한 참혹한 죽음에 대한 두려움보다 더 가혹했을 것이다.

나는 아인슈타인과 괴델이 있었던 프린스턴 연구소, 이어 하버드 대학과 케임브리지 대학에 있는 동안 '진짜'를 관찰할 기회가 있었다. 스톡홀름에서 옆방에 전화가 걸려온 것만 두

번이었다. 그리고 그날 밤 축하 모임에 가서 유명 시인과 소설가들을 만나고, 우리 시대에 발자국을 찍은 이론, 인류학, 사회사상의 대가들과 이야기를 나누었다. 그들 중 일부는 이미 여러 언어에 자신의 이름을 새겼다. 나는 놀라운 행운을 누렸다. 교사, 비평가, 논평가는 창조자들에게 문을 열어줄 수 있다. 그들은 검열되거나 간과된 것을 되살려낼 수 있다. 그것은 축복받은 일이다. 하지만 그럼에도 불구하고 그 일은 엄격하게 이차적이고 보조적이다. 아무리 잘해도 A-마이너스다. 나는 르네 샤르의 말을 잊을 수 없다. "N'est pas minuit qui veut." ("그렇게 되기를 원하는 것은 자정이 아니다." 여기서 '자정'은 시적, 지적 깨달음일 수도 있고, 파울 첼란이나 샤르 자신, 또는 프랜시스 크릭일 수도 있다.) 의식이 또렷하고 명쾌하면, 미래는 금방 명확해진다. 사람들은 뻔한 변명조로 자서전에 〈정오표Errata〉라는 제목을 붙이기도 한다.

나는 체코 다스콜리에 대한 연구서를 쓰지 않았다. 관심은 있었다. 하지만 그것은 고통스러운 진실에 너무 가까이 있었다.

에로스의 혀

THE TONGUES OF EROS

농아聾啞자의 성생활은 어떨까? 그들은 어떤 자극과 리듬에 따라 자위할까? 농아자는 어떤 방식으로 리비도와 섹스를 경험할까? 신뢰성 있는 증거를 찾기는 어려울 것이다. 나는 이에 대한 체계적인 연구 계통을 알지 못한다. 하지만 이 질문은 아주 중요하다. 에로스-언어 관계의 신경 중추를 다루기 때문이다. 그것은 섹슈얼리티의 의미 구조와 언어 역동이라는 중대한 문제에 힘겨운 초점을 맞춘다. 우리는 섹스를 할 때 삽입 이전, 중간, 이후에 모두 육성이나 침묵으로, 또 내적, 외적으로 화자와 청자가 된다. 두 방향의 소통과 두 육체의 실행은 서로 떼어놓을 수 없다. 분출은 양쪽 모두에 필수적이다. 욕망의 수사학이라는 담론 범주에서는 발화 행위와 섹스 행위의 신경생리학이 서로 얽힌다. 구두점도 유사하다. 남자의 오르가슴은 느낌표다. 알려진 바에 따르면, 맹인의 섹슈얼리티에는 내면화된 재현, 언어화된 이미지가 중요한 역할을 하고, 거기서는 언어와 촉각이 서로를 강화시킨다. 인간 내부의 접촉면 가운데 신경화학적 요소가 의식 및 무의식의 회로와 이렇게 밀접하게 융합된 곳은 없다. 여기서는 심리 상태와 유기체적 요소가 하나의 통합된 시냅스를 이룬다. 신경학에 따르면 성적 반사는 부교감신경계의 작용이다. 심리학은 인간의 성행동을 인간의 수의隨宜적 충동과 반응으로 분석한다. '본능' 개념―그 역시 아직 그다지 밝혀지지 않은―이 육체와 두뇌, 생식기와 영혼이 이루는 상호작용의 핵심 영역을 특징짓는다. 이 영역은 언어로 포화되어 있다.

이런 언어적 몰입―우리는 언어 안팎을 넘나들면서 섹스를 준비하고 실행하고 회상한다―의 요소가 너무도 다양하고 복잡한 데다 그 서사가 감정에 크게 좌우되어서, 이에 대해서 합의된 분류는 고사하고 전체적인 목록 작성도 어려운 지경이다. 언어는 보편적이면서도 사적이고, 집단적이면서도 개인적이다. 더없이 자유로운 남녀도 당연히 동원 가능한 기존의 언어와 문법 구조를 이용한다. 우리는 가능한 어휘와 문법 안에서 움직인다. 인간은 자신의 정신 능력, 사회적 환경, 교육 정도, 생활공간, 역사적 유산에 따라서 각자의 언어를 이해한다. 하지만 똑같은 집단의식과 인종, 경제, 사회적 환경에 몸을 담아도, 개별 인간은 눌변에서 달변까지 다양한 수준의 '개인 방언', 즉 자신에게 고유한 어휘와 구문 기호를 만든다. 별명, 발음의 연상, 은밀한 시칭이 그런 고유성을 이룬다. 형식논리학이나 기호논리학과 달리 동어반복을 피하는 곳에서, 언어는 기초적 수준에서도 다의적, 다층적이며, 언제나 불완전하게 의도를 표현한다. 언어는 암호를 만든다. 이런 암호화는 공유된 기억, 역사적 소망, 정치 사회적 맥락에서 이루어져서 인지가 가능하다. 하지만 그것은 핵심적인, 하지만 개별화되고 사유화된 필요와 의미를 감추기도 한다. 언어는 그 자체로 다언어적이다. 그 안에는 여러 세계가 있다. 어린이들의 언어를 보라. 표현된 것은 내포된 의미의 빙산의 일각인 경우가 흔하다. 우리는 '행간'을 말하고 읽는다. 이해와 수용은 암호 해독 행위다.

이런 '행간성'이 에로티시즘의 영역보다 더 만연하고 큰 영향력을 발휘하는 공간은 없다. 유혹의 수사학과 연출에는 기만적 표현, 빌려온 상투어, 뻔뻔스러운 거짓말이 가득하고, 욕망의 대상은 이런 것을 해석해야 한다. 오르가슴에 동반하는 소리—때로는 언어의 문턱에 이르고 때로는 선사시대의 언어를 상기시키는—는 의도된 허위일 수 있다. 그런 소리들은 에로틱한 표현의 장식과 과장처럼 야수적 위선의 시학을 품고 있다. 독백과 대화—이것도 엄밀히 보면 둘이 하는 독백이다—는 체계적 분석이 불가능한 풍성한 리듬과 뉘앙스를 담고 서로 교차하거나 융합한다. 직관에 따르면, 자위 중에는 언어와 이미지가 어떤 인간 소통 과정보다 더욱 밀접히 결합하고 더욱 '변증법적으로' 상승한다. 제임스 조이스가 노라에게 보내는 편지는 이런 상호작용의 생생한 증거다. 단어 하나, 음절 하나가 숨 막히는 흥분을 촉발할 수 있다. (프루스트 작품의 유명한 '카틀레야 하기'를 생각해 보라.*) 이미지는 소리 안에서 펼쳐진다. 그래서 자위의 문법은 침묵의 문법이다. 하지만 그 사적 공간, 내밀한 공간에도 공적 요소가 작동한다. 미디어의 에로틱하고 섹슈얼한 어법, 영화와 텔레비전의 성적 은어, 광고와 대중 시장의 열변은 섹스에 참여하는 수백, 수천만 명의 리듬과 속도와 추론 요소를 양식화하고 인습화한다. 유해 포르노가 넘치는 선진국들에서는 수많은 애인, 특히 젊은이들이 의식적, 무의식적으로 이미 정해진 기호론적 방향에 따라 섹스를 '프로그램'한다. 자발적 무정부성, 개별적 탐구성과 창조성이 가장 넘쳐야 할 인간 접촉이 '대본'에 따르게 되었다. 어쩌면 마지막 자유, 최종적 진정성은 정말로 농아자에게 있을 수도 있다. 우리는 알 수 없다.

---

* 카틀레야는 난초의 일종인데 『잃어버린 시간을 찾아서』에서 '카틀레야 한다'는 말은 '섹스를 시작한다'는 뜻으로 쓰인다.

나는 『바벨 이후』(1975)에서 지상의 언어가 수천 개로 갈라져서 서로 이해하지 못하게 된 것―그중에는 현재 사멸하거나 사멸해 가는 것이 너무 많다―은 재난 신화나 우화들이 말하는 것과 달리, 저주가 아니라고 주장했다. 그것은 반대로 축복이고 환희다. 인간의 언어는 하나하나가 다 존재와 창조를 내다보는 창이다. 같은 창은 하나도 없다. 사용 인구가 작고 환경이 열악해도 '작은' 언어란 없다. 칼라하리 사막의 어떤 언어들은 아리스토텔레스가 알던 것보다 더 다양하고 미묘한 접속법을 사용한다. 호피어* 문법이 표현하는 시간과 움직임의 뉘앙스는 인도유럽어와 앵글로색슨 계열인 우리 언어보다 상대성과 불확정성의 물리학에 더 잘 어울린다. 언어에 박힌 문화적-심리적 뿌리와 발전 덕분에―그 뿌리는 무의식까지 뻗어있다―, 모든 언어는 환원 불가능한 방식으로 정체성과 경험을 표현한다. 각 언어는 시간을 여러 단위로 나눈다. 많은 언어의 문법이 시제를 과거, 현재, 미래로 똑 떨어지게 나누지 않는다. 히브리어 동사의 '정지' 형태는 형이상학과 진실로 신학적인 역사 모델을 수반한다. 안데스 지역에는 예를 들면, (상당히 합리적으로) 미래는 화자의 뒤에 있어서 안 보이는 반면 과

---

* 북미 원주민의 언어.

거는 앞에 환히 보이는 언어들이 있다. (하이데거의 존재론과 흥미롭게 유사한 대목들이다.) 공간이란 신경생리학적 구조인 동시에 사회적 구조이기도 한데, 그것을 구획하고 굴절시키는 것도 언어다. 언어들은 공간에 다른 방식으로 기거한다. 언어 공동체들은 '지도화cartography'와 명명을 통해서 지형의 각기 다른 특징을 강조하거나 생략한다. 에스키모 언어에 담긴 눈의 다양한 색조와 질감의 스펙트럼, 아르헨티나 '가우초gaucho'의 은어에 담긴 다채로운 말 색깔 표현이 대표적인 예다. 우리가 공간을 움직이는 수단인 인체의 축도 언어가 규정하고 실현한다. 영국 방언들에는 왼손잡이와 관련된 단어와 표현이 백개가 넘는다. 왼손잡이를 불길한 것과 동일시하는 것은 (라틴어의 '왼쪽sinistra'을 떠올려보라) 지중해 문화에 공통된다. 구조주의 인류학에 따르면, 친족 개념과 판별도 근본적으로 언어적이다. 심지어 부모나 근친상간 같은 기본 개념도 언어가 제시하는 (집단적, 경제적, 역사적, 의식儀式적) 선택지들과 떼어놓을 수 없는 분류와 어휘, 문법적 기호에 의존한다. 우리는 자신과의 관계도 타자와의 관계도 언어로 표현하고 음악에서처럼 '악구로 나눈다phrase'. '나'와 '너'는 통사적 요소다. 이런 구별이 흐릿한 언어들도 있다. 예를 들면 고대 그리스어의 양수兩數형*이 그렇다. 우리 꿈의 구조는 아무리 '초현실주의적' 형태를 띠어도 언어적으로 조직되고 분화하며, 그 수준은 역사적, 사회적으로 제한된 정신분석의 지엽성을 훌쩍 뛰어넘는다. 예를 들어 알바니아어로 악몽을 꾸거나 몽정하는 일은 얼마나 풍요로울까.

그래서 무한한 가능성이 생겨난다. 모든 인간 언어는 저마다 독특한 방식으로 현실에 도전한다. 미래와 희망, 종교적/형이상학적/정치적 전망, '앞서 꿈꾸기'의 규모는 기원법과 가정법 동사 형태의 개수와 동일하다. 희망은 통사 구조가 만든다. 나는 (증거를 내놓을 수는 없지만) 이 세상에 '어이없을 만큼 많은' 언어—인도에만 400개가 넘는다—가 존재하는 이유는 다윈의 적소 모델을 적용해서 설명할 수 있다고 생각해왔다. 모든 언어는 인간 환경의 다른 측면과 가능성을 이용하고 전달한다. 모든 언어는 각각의 부정 否定과 상상 전략이 있다. 언어는 그 전략을 통해 우리 존재의 물리적, 물질적 속박에 대해 "아니다"라고 말하게 된다. 우리는 언어의 덕으로 유한한 인생의 단조로움을 거부하거나 희석할 수 있다. 모든 부정에는 완강한 초월의 요소가 있다. 이런 '가망 없는 희망'의 집요성이 우리가 끝없이 잔혹하고 부조리한 물질적, 역사적 조건을 인내하고, 거기서 회복하게 만든다. 언어가 쓸데없이 많은—그

---

* 두 개의 사물을 표현하는 명사의 문법 형태.

렇게 보이는―이런 상황이 우리로 하여금 현실의 대안을 찾게 하고, 예속 중에 자유를 말하게 하고, 결핍 중에 풍요를 계획하게 한다. 부정과 '타자성他者性'의 폭넓은 문법이 없다면, 미래에 대한 이런 도박은 불가능할 것이다.

그래서 한 언어가 죽으면, 그에 따른 상실과 기회의 축소는 진실로 회복 불가능해진다. 그런 죽음이 일어나면, 기억의 축―과거 시제 또는 그 등가물―, 현실이나 신화의 풍경, 역법만 사라지는 것이 아니라, 상상 가능한 미래의 형태들도 사라진다. 창 하나가 완전히 닫힌다. 우리가 지금 목도하는 언어의 사멸―해마다 수십 개 언어가 되돌릴 수 없는 침묵에 빠진다―은 동식물군의 파괴와 흡사하고 불가역성은 더욱 크다. 나무는 다시 심을 수 있고, 동물 종의 DNA는 적어도 부분적으로는 보존하고 재생할 수 있다. 하지만 죽은 언어는 계속 무덤에 있거나 학술계의 동물원에서 교육적 목적으로만 명맥을 유지한다. 그 결과 인간의 심리 생태계는 더 한층 불모화된다. 진정한 바벨의 비극은 언어가 여러 개로 갈라지는 것이 아니다. 반대로 인간 언어가 몇 개의 '다국적어'로 줄어드는 것이다. 이런 수렴 현상은 대중 시장과 정보기술로 더욱 가속화되며 오늘날의 세계를 재형성하고 있다. 군사적 기술적 과대망상과 자본주의적 탐욕은 영미어의 어휘와 문법을 에스페란토어로 만들고 있다. 중국어는 내재된 어려움 때문에 이 슬픈 주권을 빼앗지 못할 것이다. 만약 인도가 그런 일을 한다면, 그 언어는 영미어의 변종일 것이다. 그래서 9월 11일 세계무역센터 쌍둥이 타워가 붕괴한 사건에는 바벨탑 사건의 역겹고도 섬뜩한 복제simulacrum가 있다.

창조적 다양성이라는 축복은 다른 언어 사이, 즉 '언어간'에만 있는 것이 아니다. 그것은 어떤 언어 안에서도 풍성하게 작동한다. 간략 사전이란 속기록 요약본이나 마찬가지다. 출간되었어도 폐간물이다. 구어와 문어를 막론하고 모든 언어의 어휘와 문법은 끊임없이 변화하고 분열한다. 그리고 크고 작은 방언으로 갈라진다. 언어의 분화는 사회 계급, (명시적, 암시적) 이념, 종교, 직업의 분화와 똑같이 일어난다. 어법은 도시마다 촌락마다 달라질 수 있다. 방식은 아직 다 밝혀지지 않았지만, 언어는 젠더에 의해서도 빚어진다. 여성과 남성은 같은 단어를 다른 의미로 사용하는 경우가 종종 있다. 여자의 "아니"라는 대답을 곧이곧대로 듣지 말라는 것이 그 상징적인 예다. 세대 내에서 또 세대 간에 의미와 의도가 달라지는 일은 끊임없이 일어난다. 특정한 사회사, 가족 의식, 반사적 상호 인식의 순간에는 이런 변화가 극적 형태를 띠기도 한다. 숨 가쁜 현대 사회에서 정보 기술로 분리된 연령 집단 사이는 더욱 그렇게 보인다. 그래서 사회 계층, 지역, 젠더, 연령 집단이 달라지면 거의 서로 이해할 수 없는 지경이 된다. 만년필과 아이팟은 소통되지 않는다.

언어의 파편화는 공격에도 방어에도 도움이 된다. 우리는 말을 이용해서 우리를 '옹호'하기도 하고, 남을 유혹, 배신, 거부하기도 한다. 높은 교양과 문법 지식을 바탕에 둔 발화에도 친밀감이나 배타성을 강조하기 위한 소량의 '속어'가 포함되어 있다. 명문 학교 학생, 신입생, 풋내기 사관생도들은 또래 집단에 합류하면 이런 언어의 뉘앙스를 익힌다. 조직 폭력배, 축구 훌리건의 은어도 그에 못지않게 오만하고 정교한 틀을 갖추고 있다. 따라서 모든 의미 교환은 사용 언어가 같고 친밀한 사이라 해도—어쩌면 그런 경우에 더욱—, 의식적이고 공들인 번역 과정을 수반한다. 모든 메시지, 발신자와 수신자 간 통신의 모든 궤적은 해독이 필요하다. 즉각적 이해란 침묵을 이상화한 것이다. 통상적으로 해독은 즉석에서 부지불식간에 일어난다. 하지만 사적, 공적 긴장이 발생하면, 그러니까 불신이나 반어나 어떤 허위 요소가 끼어들면, 상호 통역이라는 해석 행위는 힘들고 불명확해질 수 있다. 그럴 때면 보조 신호가 작동한다. 어조, 억양, 몸짓 언어가 의미를 밝히거나 가린다. 발설하지 않은 것이 가장 목소리가 크다.

이런 특징과 불명확성은 에로스와 섹스의 언어에서 최고도에 이른다. 내가 이미 언급했듯이, 인간 행동의 어떤 영역도 생리학이 심리에—이것 자체가 논란을 일으키는 구분이지만—이렇게 강력한 압박을 주는 곳은 없다. 섹스 중에 잠재의식은 신경 자극과 감성의 전 영역으로 뻗는다. 상상이 육체를 입는다. (말 그대로 '체현'된다.) 그런 뒤 육체가 상상에 참여해서 목소리를 높인다. 이것이 진정한 성육bodies forth*이다. 어원이 같지는 않지만, '정액semen'과 '의미론semantics'은 각각 육체와 언어의 사출이라는 점에서 공통된다. 나는 이미 언어의 '음부'에 대해 말했다. 이것은 독백과 대화 모두를 활성화한다. 파트너가 있는 섹스뿐 아니라 오나니즘의 언어도 통시적, 사회적 계측기와 개인적이고 은밀하고 독특한 기준 양편을 넘나든다. 이곳에서 '사적 언어'가 꽃피어난다. 더없이 진부하고 일상적인 표현도 은밀한 도발과 숨겨진 자극을 풍성하게 일으킬 수 있다. 마스터베이션은 독백의 역설을 실행한다. 마스터베이션의 언어 흐름은 (때로는 들리게, 때로는 들리지 않게) 음성, 소리, 은유, 기억, 기대를 내폭한다. 우리는 청각적 관음증의 복잡한 과정을 통해서 스스로를 엿듣는다. 반문맹 수준의 사람들은 이런 압축 과정이 약간 엉성하고 반복적일 것이

---

* 셰익스피어의 『한여름 밤의 꿈』 5막 1장 14행에 다음과 같은 대사가 나온다. 'And as imagination bodies forth the forms of things unknown 상상력이 알려지지 않았던 형상들을 구체화함에 따라'(최종철 역)

다. 어휘와 문법 지식이 풍성할수록, 내적 연출도 창조성을 띤다. 나는 다시 한 번 조이스의 편지와 『율리시즈』에 나오는 에로틱한 독백의 기교를 소환하고 싶다. 하지만 "뜨거운 열정의 마스터베이터" 존 쿠퍼 포위스의 재능도 그 못지않다. 파트너가 있을 때—상호 마스터베이션은 성애 문학과 포르노의 영원한 주제다—, 그 변이 형태들은 너무도 세밀하고 다양해서 일일이 열거할 수도 없다(사드는 계몽주의 시대 백과사전을 패러디하려고 이에 대한 방대한 색인 작업을 시도했다). 커플들은 욕망과 해소에 대한 고유의 방언을 만들어낸다. 그들의 침실 언어는 흔히 출판물이나 시각 미디어 같은 공공 자료에서 유래한다. 하지만 그것은 그런 자원을 토대로 해서 밀교적, 신조어적, 사적인 양식을 띨 수 있다. 업다이크의 소설은 이런 사적 공간에 대한 강박과 성적 교류의 독창성을 예리하게 감지한다. 애인들은 서로 의미를 감춘 선물을 준다. 그들은 창세기의 아담처럼 그들의 에로틱한 공간을 장식하는 물건과 사건들에 이름을 붙인다. 그들의 신체 부위, 체위, 옷을 벗기 전의 애무 행위에 이름이 붙는다. 나보코프는 이런 가슴 뛰는 명명, 특히 모국어가 다른 파트너 사이의 행위를 찬양한다(이것에 대해서는 뒤에 다시 말하겠다). 애인은 파트너에게 그런 말을 하게 해서 흥분을 이끌어낸다. 에드나 오브라이언의 소설은 이런 의식을 현기증 나게 묘사한다. 성적 교합이 물리학의 미해결

'삼체문제three-body problem'처럼 되면, 사적 담화와 공적 담화의 결합, 진부한 것과 참신한 것의 결합은 거의 해독 불가능한 수준이 될 수도 있다. 셰익스피어 소네트의 중층적, 다의적 어휘와 구문에는 제3의 목소리가 침입해서 커플의 목소리를 두텁게 하면서 동시에 해체도 하는 것 같은 단계들이 있다. 이런 게임은 악명 높은 젠더 모호성 때문에 더욱 다성적多聲的이 된다. 우리는 소네트 곳곳에서 'spend' 'expend' 'expense' 같은 어휘들이 '2인무pas de deux'와 '3인무pas de trois'를 펼치는 것을 본다.

그런 까닭에 모든 언어와 언어 내 하위 집합은 각기 고유한 음조로 섹스를 추동하고 서술하고 소환한다. 이 과정은 끊임없이 움직이고, 쉼 없이 변한다. 에로스 특유의 숫자도 있다. 현대 서구 사회에서 '69'의 의미를 생각해 보라. 이런 변수들이 섹스 행위와 성적 언어의 모든 요소를 (사적 영역, 공적 영역, 단독 행위, 결합 행위를 막론하고) 채우고 있다. 유혹, 전희, 성교, 오르가슴 이후, 차후의 서사는 (내면화되건 외표되건) 어휘와 문법들만큼이나 다양하다. 그 언어 내부의 하위 언어와 층들은 모두 허용되는 표현과 금기 표현 사이, 밤의 어휘와 적법한 용례 사이에 다른 경계선을 그릴 것이다. 그것은 미묘하지만 강력하게 섹스의 속도와 리듬을, 흥분과 해소의 시간표를 분할하고 조율할 것이다. 다양한 언어와 언어 내 언어들은 각기 다른 신체 부위와 기능을 각자의 시각으로 에로틱하게 묘사하고, 표상하고, 평가한다. 그리고 그에 따라 그것들을 명명하거나 은폐한다. 르네상스 시대 시들은 인간의 성적 체형을 자세히 묘사한다. 그것은 '블라종 뒤 코르les blasons du corps'*를 이룬다. 한 발화 체계에서는 용인되는 명칭이나 노출 정도가 다른 체계에서는 감추어지고 심지어 신성시되기까지 한다. 이 미로의 뜨거운 중심에는 의미의 구강성과 다양한 오럴 섹스의 행위적 연관성이 있다. '혀tongue'는 토론 행위와 생리적 행위 양쪽에 모두 핵심적 요소다. 입술도 양쪽 모두에 중요한 역할을 한다. 마르티알리스의 풍자시들은 이 복합성의 지침이다. 바로크 시와 난봉 시에는 달변을 펠라티오 또는 커닐링거스와 비교하는 표현이 신중한 포장막 속에서 반짝인다.

성적 표현, 에로티시즘의 어휘, 포르노 용어에 대해서는 상당한 분량의 논문이 있다. 이것들은 통상적으로 민족지학eth-nography 연구의 형식을 띤다. 라블레와 셰익스피어 같은 개별 작가의 음란 표현을 분석한 연구가 있고, 왕정복고기 희극과 계몽주의 시대의 불온 소설—예를 들어 로체스터, 크레비용, 디드로의—의 성적 암유와 중의법에 대한 연구가 있다. 고대

---

* 애인의 신체 부위를 묘사하며 찬양하는 16세기의 시 장르.

의 고전에서 에드워드 시대까지의 매춘의 은어와 속어를 수집하거나, 다양한 인종 집단과 지하 범죄 집단의 성적 표현을 수집한 연구도 있다. 아프로-아메리칸 재즈(재즈라는 말 자체에도 성적인 뜻이 있다), 힙합, 헤비메탈 가사의 풍부한 성적 함축을 소개하는 연구도 있다. 어딘가에는 제인 오스틴의 소설에 담긴 에로틱한 요소를 찾는 연구자도 분명 있을 것이다. 법 이론과 사법 재판은 언어적, 회화적 음란물의 딜레마와 씨름했지만, 대체로 실패했다. 이 문제를 다루기 어려운 것은 적절한 경계가 항상 유동적인 데다 이념적 갈등도 끼어들기 때문이다. 포르노그래피와 그 매체에 대한 사법적 접근은 독자적 영역을 이루지만, 이 영역은 대체로 모호하다. (『심벨린 Cymbeline』의 몇몇 구절들만큼 외설스러운 것이 또 있을까?) 매스미디어에 넘쳐나는 포르노, 젊고 자유분방한 이들에게서 끊임없이 변화하는 성적 표현의 역할은 불안한 관심의 대상이 되었지만, 그 관심 자체가 음란할 때가 많다. 아마도 허용적 태도가 유일한 상식일 것이다.

하지만 우리에게는 섹슈얼리티와 언어, 리비도와 (내적, 외적) 언표의 상호 작용을 체계적, 역사적, 심리적으로 밝혀주는 현상학이 부족하다. 에로스의 체계적 시학과 수사학, 즉 사랑 행위가 어떻게 단어와 구문 생성과 연결되는지에 대한 연구가 없다. 어떤 아리스토텔레스도 소쉬르도 이런 중대 과제를 맡지 않았다. 더 나아가면, 내가 아는 한 섹스가 서로 다른 언어 및 언어 환경―인종, 경제, 사회, 지역적―에서 어떻게 경험되고 수행되는지에 대해서는 개괄적 연구조차 없다. 직접성과 유창성의 수준은 다양하지만, 다중언어 사용 환경 자체는 전혀 희귀하지 않다. 스웨덴, 스위스, 말레이시아 같은 많은 공동체가 그런 특징을 지녔다. 많은 사람이 유아기부터 하나 이상의 '원어'를 사용한다. 하지만 그들의 독특한 에로티시즘에 대해서 어떤 유효한 설명도, 개인적, 사회적 기록도 없다. 바스크어나 러시아어로 하는 섹스는 플랑드르어나 한국어로 하는 섹스와 어떻게 다른가? 모국어가 다른 애인들은 어떤 이점과 단점이 있는가? '성교coitus' 또한 기본적으로 번역 행위인가? 내가 아는 한, 어떤 다언어 사용자도 다양한 언어 환경 속의 섹슈얼리티를 기록하지 않았다. 침묵 속에 또는 에스페란토어로 하는 섹스는 이론적으로는 가능하겠지만 현실에서는 극히 드물다.

나는 다언어 사용자만의 '돈후안주의', 그들 고유의 에로스가 있다고 믿을 충분한 이유가 있다. 몇 개 언어에 유창한 이들은 사용하는 언어에 따라 다른 방식으로 유혹하고 소유하고 기억한다. 다언어 사용자의 사랑과 색정은 한 언어만 알고 거기에만 충실한 사람과는 분명 다르다. 셰익스피어의 『아테네의 티몬』에서 알키비아데스는 말이 "상처를 입힌다"고 말한다. 성애에서 이 통증은 언어와 방언에 따라 달라진다. 돈후안 자신도 그 애정 행위의 위업을 스페인어, 이탈리아어, 프랑스어, 독일어, 러시아어를 비롯한 다양한 언어로 달성했다고 알려졌다. 그는 귀족의 어법, 철학적 아이러니, 무지한 농부의 말투를 넘나들었다. 하지만 이런 '끝없는 다양성'에 대해 아무 보고도 남기지 않았다. 우리가 살펴볼 만한 문서가 있을까?

자코모 카사노바의 회고록은 신뢰성 없기로 유명하다. 그래도 거기 담긴 심리적 통찰, 화려하고 솔직한 사회 비평은 의미가 깊다. 그 책의 최고봉을 이루는 것은 두 가지 격언이다. "말이 없다면 사랑의 즐거움은 3분의 2 이상 줄어든다." 그리고 "내 정신은 나의 물질적 부분과 하나의 실체를 이룬다". 언어가 섹스와 융합하는 것은 전략적, 세속적 동기 때문만은 아니다. 에로스의 언어와 섹스는 유기체의 삶 내부에서 화합한다. 생갈의 기사Chevalier de Seingalt*는 다언어 사용자다. (그는 유대인을 비난하지만, 그 역시 유대인 출신일 가능성이 높다.) 사실과 허위가 섞인 그의 12권짜리 '추문의 기록chronique scandaleuse'은 성욕의 지침서다. 카사노바는 여러 이탈리아어의 시적 감각, 음악적 특질, 화려한 요소를 구별했다. 베네치아

---

* 카사노바가 사용한 이름 중 하나.

어는 그 자체로 이미 다중적이라서 '베네치아 공화국Serenissi-ma' 귀족과 민중의 언어뿐 아니라 인접 공동체들의 토착 방언들도 받아들였다(골도니의 희극은 그 방언들의 어휘적, 문법적 강점을 잘 보여준다). 카사노바는 이탈리아어의 방언인 파도바어, 밀라노어, 볼로냐어, 토스카나어의 다양한 특징을 보여주고, 시에나어가 자랑하는 순수성과 나폴리어의 중층된 에너지를 살펴본다. 그는 라틴어 사용에 어려움이 없어 보이고, 로마와 교회의 수사법에도 익숙해 보인다. 그가 열망하는 것은 "약간의 스페인어"뿐이다. 그는 히브리 성서를 원어로 인용하기도 한다. 카사노바는 런던, 암스테르담, 상트페테르부르크를 모두 자신의 영토로 삼았지만, 이런 경계 지역의 의사소통은 당시 보편어였던 프랑스어를 통해서였다. 네덜란드어와 터키어는 그가 손대지 못한 것으로 보인다. 하지만 기초 포르투갈어는 약간 보인다.

카사노바의 모험에는 '언어 섹스'—이렇게 이름을 붙인다면—의 모든 시나리오가 등장한다. 언어를 공유한다는 사실은 유혹을 매끄럽게 해준다. 반대로 소통 불능은 유혹을 (때로는 우스꽝스럽게 때로는 심각하게) 저해한다. 여자는 영어와 폴란드어밖에 못한다. 독일어를 할 줄 안다고 했는데, 알고 보니 스위스식 독일어는 '이탈리아어와 제노바어만큼'이나 천지차이다. 달빛 아래서 억양과 부정확한 어법은 많은 것을 드러내

준다. 이를 테면 베일 쓴 수녀가 베네치아인이 아니라 프랑스인이라는 것 같은. 에로틱한 신호는 때로 뉘앙스에 의존한다. "교양 있는 나폴리어에서 신사나 숙녀가 처음 만난 사람에게 처음으로 호감을 표시할 때는 그를 2인칭 단수로 지칭한다." 공모가 피어난다. 하지만 언어적 오해와 해석 오류는 사랑을 가로막기도 한다. 파르마어는 미세한 뉘앙스 표현이 지역 치즈만큼이나 종류가 다양하다. '사정하다décharger'가 여자 앞에서, 심지어 여자가 침대에 있어도 쓸 수 없는 저속한 표현이라는 것을 그가 어떻게 알겠는가? 요부 라샤르피옹이 빛나는 다리를 오므리고 있을 때, 카사노바의 리비도는 '부드러움, 분노, 합리성, 질책, 협박, 격정, 절망, 기도, 눈물, 비방, 지독한 모욕' 등 '가능한 모든' 의미로 폭발한다. 여자는 지고의 무기를 휘두른다. "그녀는 대답도 하지 않고 나에게 세 시간 동안 저항했다." 카사노바에게 침묵은 에로스의 패배 또는 발기불능과 같다. 나이가 들고 육체가 쇠하면 언어가 섹스가 된다. 오르가슴은 서사, 열락의 기억의 절정으로 변형된다. 카사노바의 회상은 프루스트처럼 정교해진다. "우리는 말없이 서로를 바라보았다. 무슨 말을 하는지도 모르고 이야기했다." 애무는 더 이상 불멸의 약속을 전하지 않는다. 카사노바는 애인을 떠나 도버로 돌아간다. 다른 승객 여남은 명은 모두 뱃멀미를 앓지만, "나는 그저 슬플 뿐이었다"고 말한다. '성교 후의 슬픔post coitum.'

독일어는 아무리 어지럽고 복잡한 문장에서도 동사가 문장 끝에 올 수 있고, 실제로 대부분 그렇게 쓰인다. 문장의 의미는 숨을 참고 기다리다가 마지막에 역동적인 완결을 이룬다. 삽입 섹스와의 유사점이 떠오른다. '정지'가 오르가슴을 이룬다. 이것은 그저 통사적인 유사점일 뿐이다. 하지만 이를 통해서 언어 구조가 섹슈얼리티를 자극하고 방출하는 심리적, 신경학적 심층부를 탐색해볼 수 있다.

S.는 옷을 벗으면서 무심한 듯 전래 동요를 흥얼거렸다. 동요에서—소시지를 훔쳐 달아나는 개구쟁이를 푸주간 주인이 칼을 들고 쫓아가는 내용—거세의 상징이 분명하게 읽혔다. 나에게 경고하는 건가? 나의 명백한 욕망을 경멸한다는 암시인가? 독일 전래 동요와 동화에는 마스터베이션, 성교, 분변糞便에 대한 암시가 가득하다. 독일어는 내가 아는 다른 언어들보다 조금 더 (잘못된 인상일까?) 섹스와 사디즘, 삽입과 공격성, 오르가슴과 통증, 유아성과 성인성의 원시적 상호작용이 아이들이 유아 때부터 부르는 동요와 장난 노래에 조롱하듯 흐른다. 빌헬름 부슈의 〈막스와 모리츠〉도 섬뜩하고, 그 공포는 알반 베르크의 오페라 〈보체크Wozzeck〉의 종결부—부모가 살해당해 고아가 된 아이가 목마를 타고 있는—에서 장난기와 뒤섞여 다시 울린다. S.는 입을 비죽 내밀고—더 적절한 표현은 없다—속옷을 벗었다. 하지만 노래는 이따금 새를 흥내

낸 트릴로 끝났다. 다른 인도-유럽어들처럼 독일어는 남자의 성기 삽입을 새의 쪼는 동작과 연관 짓는 표현이 많다(영어의 'pecker'*와 프랑스어 '베크터becqueter'**). 독일어는 이런 연관을 더 깊이 끌고 간다. 성적 진입은 말 그대로 '새 사냥'이다. 독일어는 그 f 소리의 스펙트럼—라틴어 유래의 '간음fornification'에서 프랑스어의 '푸트르foutre', 이탈리아어의 '포테레fottere', 영어의 '퍼킹fucking'까지***—에서 중심적 위치를 차지하고 있는 것 같다. (도대체 f가 왜?) 독일어의 '성교하다vögeln'에는 부리와 갈고리발톱이 가득하다. 그 돌진하는 리비도의 공포를 히치콕보다 더 날카롭게 포착한 사람은 없다. 생리 현상은 독일어 에로스에서 끈질긴 역할을 한다. 그것이 제공하는 흥분과 즐거움은 퇴행적, 유아적이고, 그래서 순수한 느낌을 보존한다. S.도 Ch.도 배뇨와 배변의 양가적 기쁨—이것이 양가적인 것은 훈육과 위반의 추억이 가득하기 때문이다—에 대한 생생하고 폭넓은 어휘를 자랑했다. 유아기의 공포이자 금지인 '오줌 싸는 일'을 피하기 위해 함께 배뇨하는 일은 공모감과 자극을 키우는 의식이 되었다. 이런 공모는 배변까지 이어

---

* '쪼는 새' 또는 '페니스'.

** '쪼다' 또는 '키스하다'.

*** foutre, fottere, fucking 모두 욕설에 쓰이는 말.

지지는 않았다. S.는 사랑은 배설물의 집에 기거한다는 예이츠의 발견을 흔쾌히 받아들였지만, 그러면서도 자신의 배변을 보는 것은 변태적인 일로 여겼다. Ch.는 새똥을 자신의 배설물과 비교하는 시구를 읊었다. 그래서 독일어로 섹스를 말할 때는 날개가 파닥거리고, 갈고리발톱이 오므라들고, 부리가 격렬하게 망치질을 한다. 에로스의 우화작가와 해부학자들이 흔히 그러듯 Ch.도 자신의 음모를 '둥지'로 보았다. 그러면서 여자한테는 '난자egg'가 있지 않느냐고 말했다(뮌헨의 고급 호텔에서 조식을 먹으면서 꽤 큰 소리로).

Ch.의 깔끔한 학술적 독일어 아래에는 바이에른 출신다운 바로크적 선율이 이어졌다. 그녀는 클라이맥스에 다가가면 낮은 목소리로 '성Sankt 네포무크'의 이름을 외쳤다. 초기 중세의 무명 성인인 성 네포무크는 티롤 경계 지역에 성소가 있었는데, 피나무로 조각한 성상은 집게손가락이 유난히 길었다. 감사나 속죄 기도를 위해 그를 부를 때면 Ch.는 그 손가락에 대한 전설도 기억했다. 그 전설은 그녀가 수녀원 학교 기숙사에서 친구들과 함께 마스터베이션을 할 때 공유되었다. 열렬하게 상상하며 흉내 내는 상크트 네포무크의 손가락은 개별적이면서도 공유된 열락으로 가는 길을 가리켜 보였다. 독일의 로마가톨릭교와 루터교 지역 청소년들의 성적 속어와 은어의 차이를 조사해 보는 일은 의미 있을 것이다. Ch.는 청소년기 소녀의 성기를 가리키는 금지된 표현을 열두 개나 기억했고, 처녀성을 지키는 수녀와 수녀 지망생들의 '가려움증'을 가리키는 어휘들도 있었다. 그녀는 이런 풍성한 금기어가 자신의 '묵주'라고 했다. 그리고 자연스럽게 많은 별명이 촛불에 빗대어 만들어졌다. (『맥베스』 대사의 유명한 패러디도 이런 연상에서 작용한다.) 절제를 강조하는 루터교에도 이런 보물창고가 있었을까?

V.의 섹스 문법은 오스트리아 빈의 언어로 되어 있었다. 그녀는 자신의 커다란 몸과 애인(들)의 몸에 빈의 세부 지역과 교외 지역에서 파생된 지명을 붙였다. 그래서 "전차를 타고 그린칭으로" 간다는 것은 부드럽고 점잖은 항문 접근을 의미했다. 젬머링 고개로 가는 길에 교외 카페에서 황금빛 와인을 마시는 것은, 드물지만 파트너의 오줌을 먹겠다는 뜻이었다. "'호이리거Heuriger'* 한 모금만 줘요."―그 부드러운 목소리, 그 부탁은 아직도 나를 어지럽게 한다. 날카로운 지성의 소유자인 V.는 '괴짜' 유대인 섹스 의사 프로이트의 이론이 실제로 그 시대 빈의 돈 많고 여성화된 (또 상당수가 유대인인) 부르주아들의 어법에 좌우되었다는 것을 직감했다. 프로이트의 꿈 해석과

---

* 오스트리아와 바이에른 지방에서 생산된 그해의 와인.

언어 연상은 특수하고 일시적인 언어 자료에 토대했다. 그의 남근적 시가와 뾰족한 우산도 "지역 거주지와 이름"을 담았다. 프로이트 씨는 일반인의 밤의 대화와 화장실 유머를 전혀 몰랐다는 게 V.의 견해였다. 그녀 자신의 꿈은 고양이, 요강, 왼손잡이 소방관이 가득했다. 프로이트가 그에 대해 무슨 말을 했던가?

독일어는 다른 언어들과 마찬가지로 방대한 규모의 성적 속어와 음란 표현을 갖추고 있다. 하지만 특정한 기백과 삐딱한 시심은 결여된 것 같다. 놀랍게도 독일 문학은 유럽 '방탕lib-ertinage'의 고전에 필적하는 작품이 거의 없다. 독일판 『패니 힐』, 또는 좀 더 현대로 와서 『O의 이야기』는 어디 있는가?* 독일이는 추상과 속악함 사이, 숭고함과 따뜻한 오물 사이의 중간 지대를 잘 만들지 못한다. 이름을 잊어버린 한 여자가 있다. 기억나는 것은 우리를 인근의 호텔로 가게 만든 폭우다. 그리고 그녀가 젖은 타이츠를 벗느라 어색하고 섬세하게 뒤틀던 몸. 그녀는 이런 상황은 자신에게 익숙하지 않다고 했다. (사실 이건 아니건.) "내가 나 맞나요? 선생님은요?" 그 질문은 물론 모르고 한 말이겠지만 피히테의 자기 취소에 대한 명상에서

---

* 『패니 힐』은 1748년 영국에서, 『O의 이야기』는 1954년 프랑스에서 발표된 도색 소설.

나오는 것 같았다. 독일어로 하는 섹스는 수고로울 수 있다.

  상투적이지만 정곡을 찌르는 묘사: 음악성, 독보적인 관능성, 남성 우위를 향한 내재적 굴절, 손쉬운 과장, 장황함과 웅변투를 향한 유기체적 충동, 적절한 모음을 이루는 섬세하고 육감적인 입술 모양—이 모든 것이 이탈리어어의 특징이다. 물론 단일한 표준 '이탈리아어'는 없다. 이탈리아어는 작은 뉘앙스 차이에서 거의 독립적인 방언까지 망라하는 지역적 용례의 모자이크다. 베르가모는 자신만의 어휘와 문법이 있다. 나폴리어와 시칠리아어의 형식은 외부인에게는 사실상 닫혀 있다. 루카의 욕망의 사전은 바리에서는 쓰이지 않는다. 우리는 이 모든 것을 카사노바와 관련해서 보았다. 게다가 다른 어떤 언어에서도 언어의 역사와 발달이 사랑의 역사와 이렇게 밀접하게 얽히지 않았다. '새로운 언어와 새로운 에로스La nuova lingua e il nuovo eros'는 불가분이다. 불가타 성서*는 사랑의 시에서 아름답게 빛난다. 이런 깨달음이 단테의 자전적 시집『새로운 인생Vita Nouva』을 채운다. 멀리 오비디우스, 프로페리티우스, 프랑스와 시칠리아의 로망스뿐 아니라 동방의 텍스트들에서도

---

* 16세기에 가톨릭교회의 공식 성서로 선포된 라틴어 성서.

영향받은 18세기 '예의바른 사랑amor cortese'은 다성적 기호를 연마해서, 지고한 숭모를 열렬한 애욕으로, 순수의 빛을 불길로 변조시켰다. 이탈리아어의 사랑의 담론에는 (단테 이전, 단테 자신, 페트라르카와 보카치오에게서 드러나듯) 죄와 관능, 육체성과 초월성에 대한 가톨릭의 중대한 양가성이 내재되어 있다. 이런 불안한 공생은 미켈란젤로의 신플라톤적 우정에서 파솔리니의 방탕에 이르는, 호모에로틱하거나 공공연하게 호모섹슈얼한 관계에 대한 풍성한 진술들에서 강력하게 드러난다. 이 계열은 심지어 이성애적 맥락에서도 일정한 여성혐오를 보인다. 그것에 대한 표현은 모라비아에서 강력했다. 여자는 남자의 '짐승 같은 취향bestiale appetito'에 책임이 있다. 그들은 데카메론에 나오는 '의심스러운 동물sospettoso animale'로 분류될 수 있다. 하지만 이탈리아 여자는 확실히 '신의 어머니'라는 이미지를 띤 '어머니'다. 노령과 발기불능은 이런 양가성과 갈등에서 쓸쓸한 해방을 안겨준다. 스베보는 『노쇠 *Senilità*』에서 이런 굴욕적 해방을 기록한다.

나폴리의 어느 민족언어학자는 내게 그 지역 성적 언어의 미로 같은 지하 세계를 소개해 주었다. 그가 나열한 남성의 기관에 대한 명칭만 19가지였다. 그중 둘은 아랍어에서 왔고, 하나는 아마도 비잔틴 그리스어에서 온 것으로 보인다. 고환—행운을 위해 공개적으로 만져도 되는—에 대한 표현도 그에 못지않게 풍부하다. 그것은 힘이 넘칠 때는 영웅적, 거의 기사적인 용어로 찬양받는다. 하지만 나이가 들어 시들면 조롱의 대상이 된다. 이런 변덕의 폭 때문에 '고환'을 '지갑'에, 정액을 돈에 비유하는 일은 (이런 비유는 다른 유럽 언어에도 많지만) 유머러스하면서도 예리하다. 남성의 정력을 부 또는 빈곤에 비유하는 것은 벤 존슨의 『볼포네_Volpone_』에서도, 또 셰익스피어의 『오셀로』에서 이아고가 로드리고에게 "지갑에 돈을 채우라"고 조언하는 데서도 잘 드러난다. 영어의 '쓰다to spend'는 이런 이중성을 간직하고 있다. 이탈리아 구어는 독일어와 달리 구체적, 시각적으로 표현할 수 있는 것을 추상적으로 표현하지 않는다. 배설물—다양한 체액, 그리고 깊이 박힌 미신—은 섹스의 은어와 관용어에서 근본적인 진실을 보여준다. 강건한 진실성과 거기 곁들여진 섬뜩하고 악마적인 암시들은 특히 이탈리아 남부 시골 지역에서 많은 속담과 주술적 격언, '담화적 제스처'를 촉발한다. 아브루치와 칼라브리아의 비교적 고립된 지역을 연구하는 민족지학자들은 인간과 동물의 섹스를 명확히 구별하지 않는 많은 속담을 기록했다. 그 일부는 고립된 염소치기들이 일으키는 실제 수간 사례들을 반영한다. 대중적 차원에서 이탈리아의 성적 속담은 동물과 인간 신체에 대한 솔직한 표현이 가득한 반면, 이탈리아의 서정적, 철학적 사랑의 찬가는 지고의 영성과 신플라톤적 면모를 띤다.

그래서 『신곡』의 사랑의 순례는 음란한 지옥에서 시작해서 ("그 지옥에 낙원이 있다"고 사드는 말했다) 어떤 언어로도 표현할 수 없는 천국의 황홀로 상승하는 길이기도 하다.

A.-M.이 나에게 유혹의 연도連禱를 일러준 곳은 제노바였다. 나는 이탈리아어에서 언어적 전희—사회적 관례와 자발적 요구가 함께 작용하는—가 그렇게 중요한 것은 욕망을 품은 남자가 그것을 통해서 여자의 저항에 다소 위선적인 경의를 바치기 때문이라고 생각한다. 모차르트의 돈 조반니는 이런 준비 과정의 명인이다. 학자들은 '꽃말', 즉 꽃의 이름과 형식에 사랑의 희망과 행동의 암호를 새기는 일은 고대 페르시아에도 있었다고 말한다. 원예는 A.-M.의 취미 중의 하나였다. 그녀는 꽃의 비유와 상징을 꿰고 있었다. 게임은 커피와 함께 시작했다. 수백만 명의 이탈리아인이 출근길에 바쁘게 마시는 에스프레소가 아니라 오후나 이른 저녁에 애인들이 어둠침침한 바에서 마시는 종류의. 이탈리아는 커피의 종류가 무궁무진하다. 강도와 감도가 미세한 차이로 갈라지고, 라테, 크림, 시나먼, 초콜릿 가루가 동반된다. (카푸치노는 왜 그렇게 에로틱한 암시가 강한 걸까? '리스트레토ristretto'*는 왜 그렇게 외로움과 이

---

* 농축된 에스프레소의 일종.

별을 암시하는 걸까?) 그리고 꽃이 나왔다.

A.-M.은 자신의 '불타는 덤불'을 자랑스러워했다. 정원은 언제나 밀회의 장소이고, (타소의 작품에서처럼) 성적 주술의 장소다. 내 혀는 먼저 바깥쪽 꽃잎의 이슬을 살짝, 아주 살짝 스친다. 삽입으로 가는 길에는 거의 참기 힘든 '점점 느리게 ralentando'와 가벼움이 필요하다. 몽롱히 잠든 제비꽃을 깨우고, 메리골드는 잎을 하나씩 떼고, 로벨리아는 타액으로 부드럽게 물을 주어야 한다. 그런 뒤에야 이끼에 감추어진 샘처럼 향기롭고 촉촉한(페트라르카 참고) 내실로 들어갈 수 있다. 거의 모든 에로스의 향연에서 황홀경의 흑장미가 피어나서 마법적으로 펼쳐지는 내실로. A.-M.은 에어리얼을 몰랐을지 몰라도, "벌이 꿀을 빠는 곳에서 나도 꿀을 빤다"는 건 알았다. 그리고 내 입술에 '자신의 꿀'을 문질렀다. 정원 구석에 사는 달팽이의 진주빛 점액. "나의 꿀벌님, 이제 꿀주머니가 다 찼나요?" 그녀가 속삭였다. 한 가지 (말하기 어려운) 애무는 '우리의 선인장꽃'이라고 불렸다.

이 반대쪽 끝에는 프롤레타리아 청년, 파솔리니 작품 속 깡패나 남창의 피학적 경제가 있다. 〈석유Petrolio〉의 연쇄 오럴 섹스는 언어의 입을 막는다. 파솔리니의 냉혹한 미니멀리즘을 단눈치오의 관능적인 수사학과 비교해 보라. 가톨릭 의식과 상상은 양자 모두에 영향을 미친다. 이탈리아어는 에로틱한 욕망과 성취, 죄악과 정화를 풍부하게 표현해서(펠라치오가 그 성례communion다), 사랑과 죽음의 유사성이라는 거대한 클리셰를 깊이 품는다. 그것은 프로이트보다 천 년 전에 어머니에 대한 남자의 열망을 알렸다. 하지만 수많은 민담, 의식, 기복 행위에는 이교도의 자취가 기독교보다도 더 오래고 때로는 더 장엄한 영향을 미쳤다. 로마냐 지방의 커플들은 아직도 이교도의 제단이나 사라진 신의 남근이라고 하는 돌에 기대서 섹스를 한다. 어쨌건 20세기까지는 그랬다. "이제 내가 마실게요." A.-M.이 말했다. 내 정체성을 이루는 네 개의 언어 중 이탈리아어는 짙은 자주색에서 은은한 금색까지 아우르는 제비꽃, 또는 '비올라 다모레viola d'amore'*이다.

이탈리아어로 섹스를 하면 어떤 날은 하루가 25시간이 된다.

쓰레기 같지만 곳곳에 퍼져 있는 속설에 따르면, 프랑스는 그 문화와 감성이 유난히 호색하다. 즉 '사랑amour', 성적 추구―사냥꾼과 사냥감―에 대한 찬양이 (향수와 란제리에서 예술과 엔터테인먼트, 피갈의 거리들**에서 베르사유의 사슴 정

---

* '사랑의 제비꽃'이라는 뜻으로, 17세기에 쓰던 현악기 이름이기도 하다.
** 파리의 유흥가.

원, 상송 가수들의 키스에서 정치인들의 방탕함까지) 프랑스의 다채로운 면면의 특징을 이룬다는 것이다. 앵글로색슨인 사이에는 첫 성경험과 에로틱한 모험의 장소는 프랑스가 가장 좋다는 인식이 퍼져 있다. 로렌스 스턴의 『감상 여행』은 도입부에 이런 인식을 담고 있다. 헨리 제임스 같은 예리한 관찰자조차 프랑스 심리학과 소설은 성에 집착하며, 파리는 (에로틱한 의미가 가득한) '삶'의 수도라고 여겼다. 수 세대의 영미권 청소년들이 센 강을 무대로 몽정을 했다.

하지만 실제로 프랑스 문명은 여러 면에서 속박되고 또 청교도적이다. 그곳은 다른 곳보다 특별히 더 방탕하지 않다. 현대의 바빌론은 오히려 암스테르담, 코펜하겐, 샌프란시스코, 방콕이다. 프랑스 공생활과 사생활의 많은 영역, 특히 지방 지역, 이른바 '라 프랑스 프로퐁드la France profonde'*는 상당히 '부르주아적'이다. 다른 사회에서도 그렇듯이 이런 보수성에는 위선과 은폐가 따른다. 고상한 레이스 커튼 뒤에는 지역의 쾌락 시설, 매춘 업소들이 감추어져 있다. 조르주 심농의 작품들은 이런 은폐 전술을 신빙성 있게 전달한다. 하지만 프랑스의 리비도 자체가 다른 선진 사회보다 더 강렬하거나 모험적이라

---

* '깊은 프랑스'라는 뜻으로, 파리를 추종하지 않는 시골 지방을 가리킨다.

는, 또는 프랑스의 남녀는 이웃 국가의 남녀보다 성적 접촉에 더 많은 시간과 에너지를 쏟는다는 증거는 없다. 화려한 신화는 관광업계와 영리 시설들의 것이다.

실제로 프랑스어로 하는 에로틱한 대화에서 인상적인 첫 요소는 그것의 '형식성'이다. 이것은 상당한 단계까지 간다. 나에게 오르가슴을 처음 가르친 연상의 여자는 내 위에 우아하게 걸터앉아서 아이러니와 연민 속에 "깊이, 더 깊이" 하며 나를 독려했지만, 그러면서도 계속 정중한 호칭인 '당신vous'을 사용했다. 프랑스 커플은 수 세기 동안 성교 중에 서로를 그렇게 불렀다. 명시적 약속 없이 친근한 호칭인 '너tu'를 사용하면 (내가 나중에 대가를 치르고 알게 되었듯이) 불뿜는 질책을 당할 수 있다. "어떻게 감히 나를 'tu'라고 부르지?" V.는 내가 그녀의 아름다운 다리를 벌리는 가운데에도 열을 올리며 말했다. '어떻게 감히Comment osez-vous?' 지금은 그런 사정이 미디어와 저속함에 대한 숭배 때문에 변하고 있다. 내가 갓 성년이 되었을 때나 아직 애송이였던 시절에는 섹스 중 뜬금없이 접속법이 튀어나오곤 했다.* 한 번, 앙제의 호텔에서는 접속법 대과거―프루스트가 이것을 수월하게 쓴 마지막 사람의 한 명일

---

* 프랑스어에서 접속법은 소망, 명령 등을 표현할 때 쓰는 동사 형태다.

것이다―때문에 도중에 멈추기도 했다. 프랑스의 섹스는 통사의 예법에 동반한다.

그 결과 프랑스 문학의 풍성한 관능적 표현―여기에는 넘쳐나는 포르노도 포함된다―은 흔히 양식화된 의미의 저장고에 의존한다. 『장미 이야기*Roman de la rose*』에서 사강, 비용Villon에서 『마담 보바리』, 아폴리네르까지 욕망의 방언은 양식화되어 있고 기본적으로 경제적이다. 사로잡고 사로잡히는 성적 매혹의 절정, 에로틱한 흥분의 극치는 라신의 대리석 같은 간결함, 햇불빛 아래 먹잇감을 보는 네로의 시선, 티투스와 베레니스의 거의 단음절어로 된 이별의 대화, "온전한 베누스"가 광기를 불어넣은 페드르에게서 드러난다. 보들레르의 레즈비언 시들, 랭보의 「배설물Les Stupra」의 강력한 섹슈얼리티는 고전 텍스트와 라틴어 유래 어휘에서 나온다. 음란성은 거의 수사적 성격을 띤다. 그것은 장 주네의 『하녀들』 속 섬뜩한 이인무처럼 언어의 안무를 이룬다. 그리고 사드의 자위적 노작을 싸늘하게 만드는 것도 이런 언어적 형식성이다. 고통과 변태적 가학의 소용돌이 속에서―"그 지옥에 낙원이 있다"―가해자도 피해자도 문법 오류를 저지르지 않고 말을 더듬는 일도 없다. 프랑스 문학과 예술의 급진적 포르노는 흔히 혐오의 포르노다. 그것의 지고의 창의성을 보여주는 것은 셀린*의 소설과 '팸플릿'의 착란된 지면―그것들은 언어의 폭을 변경하고 감염시킨다—이다. 프랑스의 감성에는 어두운 비밀이 있다. 미움이 사랑보다 더 자극적이고 더 음란할 수 있다는 것이다. 코르네유의 『르 시드 *Le Cid*』의 유명한 장면에서 격렬한 사랑을 인정하는 것은 정확히 "나는 당신을 미워하지 않아"라는 말이다. '오디 에트 아모 Odi et amo'는 불가분이다.

섹스의 해부학적, 신경생리학적 원리는(멀리서 보면 얼마나 우스운가) 모든 인류에게 공통된다. 하지만 인류의 최상단에도 최하단에도 모두 문화적, 역사적, 사회적 요소—이를 테면 할례 같은—가 끼어든다. 이런 것은 보편적 요소를 제한하고 구별짓고 재형성한다. 이런 변이 형태들 중 내가 볼 때는 언어가 가장 영향력도 크고 논증하기도 쉽다. 우리는 사랑 행위를 할 때 내적, 외적으로 모두 사랑의 언어를 쓴다. 프랑스어가 정말로 그 명백한 형식성과 추상 편향을 실제 행위에 도입한다면, 그것은 에로스와 관련해서 고유한 '자연주의'도 전개할 것이다.

그래서 프랑스인의 기질은 인간 섹슈얼리티의 진부함—그것은 진실이기도 하다—을 놀라울 만큼 잘 받아들인다. 남자는 여자와 동침하고, 여자는 남자와 동침하며, 남녀는 서로 동

---

* 프랑스 소설가로 파시즘과 반유대주의를 옹호했다.

침한다. 삽입 섹스란 신체 기능이 압도하는 행위, 즉 '자연의
부름call of nature'이기 때문이다. 리비도의 명령은 호흡이나
영양―지드가 찬양한 '지상의 양식nourritures terrestres'―에
대한 요구와 마찬가지로 선악을 넘어서 있다. 사람들은 계속
결혼의 울타리 밖에서 서로 동침할 것이다. 일평생 한 명의 배
우자에게 충실한 것은 현실 사례들로 보아 매우 드문 일이다.
간통이 죄악이라는 개념은 프랑스가 초기 '파블리오fabliaux'*
부터 현재까지 조롱하거나 무시한 역사적-신학적 법전에 속
한 것이다. 언어가 '간통adultery'에 '어른adult'을 집어넣은 악
의를 보라. 문제가 되는 것은 '불순함'이라는 징벌적 허구가 아
니라 '어른됨adulthood'이다. 좋은 결혼 생활은 시간이 지나면
서 성 충동이 시들고 욕망은 감퇴한다. 그리고 우정을 향한 마
술적 변화가 일어난다. 섹스에 잠재된 격렬함과 곡예스러움은
남녀 사이에 우정이 깊어질수록 낯설어지는 면이 있다. 그래서
'나의 친구mon ami(e)'라는 모호하고 폭넓은 호칭이 생겨난다.
독일어의 '프로인딘Freundin' 역시 '정부情婦'와 '친구'를 모두
가리키고, 한쪽에서 다른 쪽으로 미묘하게 옮겨가는 것도 가리
킨다. 앵글로색슨인의 청교도주의, 그것의 두려움과 금기, 미

---

* 중세의 희극적 우화.

국 종교를 특징짓는 음란성은 오랜 옛날부터 프랑스인에게는 낯설고 어색한 것이었다.

난해한 지식, 전문 분야의 자폐적 세목은 유아적 해소 욕구를 촉발할 수 있다. S.는 비잔틴풍의 복잡한 게임을 만들었다. 스크래블이라는 보드 게임과 스트립 포커를 결합한 것이었다. 성관련 용어들―그 일부는 중세 프랑스어의 것이었다―을 잘 정의해서 적절한 조합 속에 넣어야 했다. dard[투창/(곤충의) 침], lance d'amour[사랑의 창槍], manche[손잡이], nerf[힘줄]는 2점이지만, foutre[성교하다]나 chevaucher[올라타다]는 너무 흔해서 0.5점밖에 못 받는다. trou mignion[귀여운 구멍]이나 trou velu[털이 난 구멍]는 3점이었으며, enfiler[꿰뚫다], la petite cuisson[약간의 가열]의 적절한 해석에는 보너스가 있었다. S.는 그런 다음에 다양한 반라 또는 전라 상태로 자신이 잘 아는 바닷물 맛과 코냑 향이 나는 브르타뉴 요리를 준비하곤 했다.

사랑의 서정적 절정에서도 그것을 육체의 기능으로 (기쁘게 또는 우울하게) 받아들임으로써 프랑스어의 에로틱한 어휘들은 풍성한 신체적 요소의 모체에 닻을 내린다. 건강, 음식, 섹스는 뒤엉켜 있다. 오래 이어진 N.과의 관계에서는 소화, 편도통, 류머티즘, 변비, 알레르기가 (대부분 착각이었지만) 중요한 역할을 했다. 나는 많은 순간에 몰리에르가 생생하게 그린, 약국에 살고 거기서 성교하는 인상을 받았다. 시럽, 진정제, 하제가 침대맡에서 대기했다. 서구 문학에서 사랑의 어휘를 가장 풍성하게 사용한 라블레의 작품에는 의학과 메타의학의 용어와 암시가 넘친다. 그런 거침없는 익살과 뻔뻔한 저속함은 병동의 것이다. 의사인 셀린은 의학적 정직함을 외설의 적법한 통로로 사용했다. 라블레, 그리고 졸라를 비롯한 그의 후계자들은 미식의 탐욕과 그것의 신체적 대가인 배변, 구역질, 구토, 비만을 통해서 호사스러운 음식 소비의 모든 요소를 탐색했다. 드골은 프랑스에는 "치즈가 300가지나 된다"고 자조했다. 하지만 그 역으로 예술, 문학, 사회사상은 허기를 더욱 강력하게 인식했다. 폭식과 기아는 욕망의 '속어argot'뿐 아니라 욕망의 시학도 채운다. "나의 브리오슈, 나의 브리오슈Mon brioche, mon brioche." 절정으로 다가갈 때면 N.은 그렇게 말했다. 졸라는 사흘 밤낮 섹스를 한 뒤, 정액과 갓 구운 빵―동틀녘 애인의 성기처럼 따뜻하고 황금빛인―의 냄새에 싸여서 비틀비틀 거리로 나왔다.

　나는 이런 의식구조mentalité에는 철학-정치적 요소가 핵심역할을 한다고 생각한다. 섹스는 본질적으로 '자유liberty'다. 그것은 가장 절대적 자유의 실천이며 경험이다. 다른 언어들도 프랑스어에서 libertin[무종교, 자유사상], libertinage[무종교, 방종] 같은 어휘를 빌렸다. 그 안에는 물론 liberté[자유]

가 담겨 있다. 의미심장한 것은 프랑스 문법, 신화, 도상학이 자유를 여성으로 다룬다는 것이다. 자유는 혁명을 상징하는 들라크루아의 격렬한 그림에서 (북채의 남근성을 보라) 당당하게 가슴을 열어젖히고 우리에게 성큼성큼 다가온다. 서로를 안고 있을 때, 애인들은 자살 아닌 어떤 행동에도 없는 인간적 선택, 실존적 자유를 행사한다. 경제적 사회적 강압, 맹목적 비합리의 채찍질도 있지만, 성인의 섹스의 핵심에는 자유의 기쁨이 있다. 그것은 진부하고 예속된 일상적 존재 속에 훼손되지 않은 가능성의 공간을 열어준다. 강간이라는 강요된 에로스가 비열한 이유 중 하나는 이 공간을 무효화, 노예화하기 때문이다. 그보다 더 굴욕적인 구속은 없다. (상호 참고: 프루스트의 〈갇힌 여인〉). 하지만 자유롭게 영위할 수 있는 곳에서 사랑과 성적 충족은 인간 정신을 해방하고, 인간 육체의 수수께끼, 육체가 자아실현에 미치는 결정적이지만 수수께끼 같은 영향력을 깨닫게 한다. 우리의 손이 닿는 다른 어떤 현상도 이 특권에 필적하거나 그것을 뛰어넘지 못한다. "자유, 소중한 자유Liberté, liberté chérie", 프랑스의 국가는 애정을 담아 당당하게 외친다. 나이가 들어 성적 능력이 시들면, 불안한 오나니즘이 돌아와 성교를 대신하고 자유는 쇠퇴한다. 노령이 노예 상태인 것은 정확히 이런 의미에서다. 하지만 여기서도 기억은 해방 역할을 할 수 있다. "지난해의 눈"은 아직도 반짝인다. 다양하고 부끄러움 없는 섹스를 아는 남녀는 자유의 맛을 끝까지 간직한다. 파리의 어느 날 C.의 몸에 들어갈 때, 나는 자유 그 자체의 부드럽고 유선 같은 옷음소리를 들었다. 그것은 아직도 내 곁에 남아 있다.

영미 계열 언어(들)와 그 지리적, 인종적, 사회적 변형체들이 전 세계에 강력하게 퍼지면서(일시적인 현상이라 해도), 개별 사례들은 아무리 통용성이 넓어도 비전형적인 미미한 존재가 된다. 아프로-카리브 피진어의 싱커페이션에서 앵글로-벵골어의 섬세한 서정까지 포괄하는 성적 어휘와 문법을 한 사람이 어떻게 제대로 파악할 수 있을까? (앵글로-벵골어는 동남아시아의 영어 혼용 크레올어와 이스탄불이나 발파라이소에서 익명의 호텔 방으로 호송 서비스를 요청하는 다국적 상인의 암호로 이루어져 있다.) 언어학자들은 현재 맨해튼 최상부에서 롱아일랜드 최외곽 사이에 통용되는 '영어'의 변이형이 백 가지도 넘는다고 추정한다. 브롱크스 이디시어의 성적 속어와 미국어에 기반한 전 세계 포르노 '공용어' 사이에 공통점은 무엇이고 차이점은 무엇인가?

아마추어적 직관—'아마추어amateur'라는 말에는 '사랑하는 사람amatore'이 들어 있다—에 따르면, 미국 영어는 (이것도 추상적으로 환원된 개념이지만) 신화를 해체한다. 그것은 우화적, 상징적 간접 표현과 완곡 표현을 불신하고 뒤엎는다. 이런 표현들이 이를테면 페트라르카의 어법이나 낭만주의 작품 속 에로스의 담화에 신플라톤주의적 기원을 불어넣었기 때문이다. 미국의 성 관련 용어에는 구체성과 생생한 비공식성에 대한 지향이 새겨져 있다시피 하다. 청교도주의적 침묵, 프로이트 이전의 예의바른 완곡어와 비유가 "전에 없던 솔직함"(에즈라 파운드의 표현)에 굴복했다. 헨리 제임스의 복잡한 형식—한동안 호모에로틱한 기호 속에 지속된—마저 지워졌다. 이런 언어 앞의 적나라함은 아담 이전의 순수함, 타락 이전 에덴동산으로의 복귀라는 논리를 갖고 있고, 이것이 아메리칸 드림의 진수다. 욕망과 소유의 언어는 세속적이지만 죄가 없다. 그것은 각성했지만 유치한 '유아어'다. 성인됨을 유예하는 행위는 모두 에덴적이기 때문이다. 하지만 역설적으로, 이 네온불 밝힌 세상에 잃어버린 신화와 금단의 전율을 들여오려고 하는 것은 끝없는 노출과 허위의 포르노다. 일상 현실에서는 이제 '변태 성향'조차 낡고 차별적인 핑계로 보이기 때문에, 투박한 직설이 적용된다. 에두른 표현은 경제적으로도 낭비다. 시간과 리비도적 기회의 낭비. 신화는 일을 더디고 복잡하게 한다. 사치를 부린다. 미국의 풍토와 수출품들은 그런 감정과 시간의 낭비를 알지 못한다.

　이어서 대중적이고 상업적인 세탁의 물결이 금기 개념을 사실상 박살냈다. 2차 대전 이후 미군의 언어가 욕설을 보편화했다. 'fuck'과 'shit'은 아주 평범한 문장에도 자연스럽게 들어간다. 그 만듦은 친밀함, 은밀한 자극과 금지의 분위기를 모두 떨구었다. 그것들은 '무의미한 간투사' 이상이 아니다. 이 상스러움의 해체, 이 지하적 또는 악마적인 권능의 철폐는 영어와 그무수한 파생 언어를 사용하는 모든 곳에 퍼졌다. 영국 영어에서는 계급적 특징이 유지된다. 하지만 여기서도 성적 발화 행위는 빠르게 민주화, 저속화되고 있다. 런던과 영국 중부에서흔히 들리는, 냉담하고 가혹할 만큼 솔직한 서인도 제도와 자메이카의 어휘, 부르주아의 까탈을 조롱하는 힙합과 랩은 오랜금기를 치워버린다. 오르가슴은 소란스럽지만 즐겁고 진정한민주주의를 구현한다.

앞서 지적했듯이, 이로 인해 섹스의 언어와 실행은 전에 없이 표준화되었다. 미국의 청소년은 언어와 제스처 양면에서 모두 의례화된 클리셰에 따라 성관계를 시작하고 발전시킨다고보인다. 이것들 그리고 이것들이 활성화하는 리듬도 매스미디어가 제안하는 아이디어와 이미지에서 뻗어나온다. 그 결과 욕망과 만족, 수줍음과 유혹의 어휘가 좁게 제한된다. 언어 자원은 예측 가능하게 사용된다. 그런 환원적 획일성과 빈곤은 성인의 섹슈얼리티에도 어느 정도 영향을 미친다. 거기서도 사랑의 선언과 실행은 너무도 자주 판에 박힌 형태가 된다. 이런 것은 영화, 텔레비전, 대중 소설, 그리고 무엇보다 광고에서 큰 영향을 받는다. 역사의 어떤 순간, 어떤 문화적 환경에서도, 에로틱한 표현에 독창성과 참신성은 드물다. 리비도가 민주화되고 소비가 공공화된 미국 사회에서 성적 기호화 수단을 혁신하고 확대하는 데에는 천재성이 필요하다. 나보코프의 『롤리타』나 업다이크 소설의 빛나는 장면들이 그런 경우다. 거기다 흥미롭게도 나보코프는 모국어 바깥에서 그렇게 당당하게 입장했다. 지금 나머지는 대부분 구술적이건 전자적이건 문자 메시지일 뿐이다.

페미니즘의 물결이 여기에 어떤 다채로움과 풍성함을 안겨줄지 지켜보는 것도 흥미로울 것이다. 이 물결은 강력한 시와 분노한 산문을 낳았다. 그들이 말하는 감정의 정치학은 사랑의 방언에 새로운 방향과 창의성을 더해줄까? 지금까지는 영향력이 근소하다. 해방된 여성들 사이에 퍼진 것은, 거의 경멸스러운 남성적 언어의 외설성과 음성적 방종 같다. 어느 지루한 학회에서 내 옆자리에 앉은 저명한 여성 학자가 노트에 끼적인다. "이것보다는 떡치는 게 더 재미있지 않을까요?" "씨팔." 자동차 시동이 꺼지자 여성 운전자가 내뱉는다. 에로티시즘의 주류에 들어온 레즈비언의 어법은 아직 파악하기 어렵다. 어쩌면 그것이 혁신성을 드러낼지 모른다. 아직은 판단하기 어렵다. 오랫동안 억압되고 사회적으로 검열된 리비도적 표현은 여성이 평등을 얻고, 나아가 섹스의 협상과 실행에 주도권을 잡으면 표면에 떠오를지 모른다. 그들의 성기가 아직은 대체로 남성적인 말투와 어휘에 감싸인 '독백' 이상을 숙달하면. 오클라호마 주 털사에서 만난 흑단처럼 검은 피부의 눈부신 파트너는 내게 나직이 말했다. "자기는 아직 제대로 된 걸 못 봤어."

　나는 네 개의 언어로 말하고 섹스하는 특권을 누렸다. 그리고 그 중간중간에는 다른 언어들로 답답함과 장난기를 느끼기도 했다. 이런 폭의 경험은 흔하지는 않을 것이다. 하지만 나는 이성애로 인해 활력이 넘치는 중대한 영토와 물 밑에 숨겨진 다양한 보물에서 단절되었다. 언어와 섹슈얼리티의 상호 생성 관계—근본적 의미의 '오럴 섹스'—는 몹시 중요하지만 거의 탐색되지 않은 영역이라고 나는 생각한다. 이 연구는 문화사와 사회사, 심리학, 비교언어학, 시학, 신경생리학이 관여되기에 방대하고 까다롭다. 그나마 얻을 수 있는 증거는 대체로 삽화적이고 인상적이다. 의미론의 돈후안주의는 아직도 횡단과 탐색을 기다리는 미지의 땅이다. 아마도 오르가슴의 공유란 동시 통역 행위일지도 모른다. 내가 여기에 기여를, 심지어 선구적 기여를 할 수 있지 않을까 하는 생각을 했다. 하지만 그 과정이 내 사생활에서 가장 소중한 영역에 미칠 상처 때문에 할 수 없었다. (이 장의 내용도 이미 위험을 품고 있다.) 부주의에도 한계가 있어야 한다.

시온

ZION

생각을 하며 살아가는 여자와 남자 중에서 때때로 자신의 정체성의 분명한 이미지, 입증 가능한 개념을 얻고 싶지 않은 사람이 있을까? "내가 누구인가?" 하는 것은 인간 의식의 근원적인 질문이다. "내가 나 자신에게 나를 정의할 수 있는가?", 그리고 직접적이건 간접적이건, 나를 다른 사람들에게 정의할 수 있는가? 이 두 가지 방식의 자기 정의는 동일한가? 아니면 그 사이에는 건널 수 없는 간극이 있는가? 어떤 '나', 어떤 '자아'가 "나는 나다"라는 명제—철학적이건 일상적이건, 내면적이건 외표되었건—에 개념적, 실존적으로 내포되어 있을까? 그 명제는 조현병, 자폐증, 치매의 도전에 언제나 무력하게 무너지는데? 데카르트의 '고로 나는 존재한다ergo sum'는 내재된 불확실성을 회피한다. 그것은 자명한 진리라기보다 자랑에 더 가깝다.

그런데 유대인 남녀에게—'유대인'이라는 용어 자체가 끈질긴 문제로 가득하다—이런 자문과 자기 탐구는 특별히 격렬한 양상을 띠는 것 같다. "나는 스스로 있는 자다"(번역하기 어려운 문장이다)라고 공언하는 것은 모세의 신만의 특징이다. 유대인과 그들의 정체성의 관계는 너무도 불투명하고 긴장되고 역사적, 사회적, 심리적 모호성으로 가득 차서 이 사실 자체가 유대인의 정체성을 정의한다(정의 불가능성이 정의에 포함될 수 있다면). 신이 아담에게 준 선물 가운데는 실체와 실재가 확실한 명명권이 있었다. "아담이 모든 생물을 어떻게 부르건, 그것이 그들의 이름이 되었다." 진리함수를 실행하는 환상적인 힘이다. 최초의 유배는 인간이 불확실함의 진창으로, 언어-사물, 이름-실재 사이의 (때로는 아주 깊은) 틈새로 떨어진 것이다. 인간은 다소간 모두 이런 추방을 공유하고, 그것은 수많은 신화에 반영되어 있다. 원죄는 문법에 새겨져 있다. 하지만 유대인의 경험에서 이 유배는 결정적 역할을 한다. 유대인에게 자의식이라는, 성취도 유지도 어려운 균형 잡기는 추방 또는 (흔히 절박한) 귀향—을 향한 노력—을 수반한다. 아도르노의 지극히 유대인적인 격언에 따르면, 고향 같은 느낌을 주는 곳은 고향이 아니다. 이런 끝없는 진자 운동에 대해 사무엘하 14장 14절은 "하느님은 어떤 사람도 존중하지 않습니다.

하지만 유배된 백성이 하느님에게서 추방되지 않을 방법을 마련해주십니다"라고 대답한다. 추방된 '백성'이라는 말에서는 자부심이 읽힌다. '유배'와 '추방'의 구별은 유대인 역사 공간의 특징이다. 이스라엘의 하느님이 그 당당한 정의처럼 '어디에나' 있다면, 존재론적으로 그에게서 추방되는 일은 불가능하다. 하지만 이런 무소부재 상태에서도 유배는 가능하다. 우선 스스로에게서 유배될 수가 있다. 모든 인종적, 사회적, 신화적 집단 가운데 유대인보다 더 스스로에게 낯선 이들은 없을 것이다. 유대인의 유명한 방랑은 탐색, 끝없는 내적 편력의 우의적, 경험적 표현이다. 그들은 다른 이들에게 이방인이 되기 전에 먼저 스스로에게 이방인이다. 그리고 다른 이들은 그런 '기거할 데 없는' 특징을 꺼린다. 그것은 낯설고 편치 않은 느낌을 준다. 유대인은 스스로 의식하건 않건 더없이 불안하다. 다른 어떤 신앙과 경전이 "잠을 좋아하지 말라"(잠언 20:13)는 명령을 하겠는가? 이 명령의 해악과 특이함을 가볍게 여기면 안 된다. 그리고 프로이트는 남아 있는 잠에서 순수함을 빼앗았다. 그 역시 이전의 유대인 선각자들과 마찬가지로 "밤의 파수꾼"이었다.

자신을 '유대인'으로 여기는 사람들—여기서 '여긴다'는 동사는 헤아릴 수 없이 다양한 수준의 자부심 또는 부끄러움, 목격 또는 은폐, 진정성 또는 허위, 도전 또는 기회주의를 품

고 있다—은 애초의 기본적인 질문을 해야 한다. 왜 자칭이
건 타칭이건 특정 공동체와 개인들을 '유대인'이라고 부르는
일—그 개념이 아무리 논쟁적이라도—이 지속되어 왔는가?
이런 규정이 3천 년 이상 이어진 것은 어떤 의미로 해석해야
할까? 이들 못지않게 독특하고 뛰어났던 많은 인종 집단과 사
회가 사라졌다. 이집트의 테베, 페리클레스의 아테네, 제국의
로마가 역사 속으로 사라진 지금 '예루살렘'은 왜 있는가? 어
떻게 아직 유대인이 있을 수 있는가? (그리스어에서 유래한,
이에 적절한 신학 용어는 '스캔들'이다.)*

　모세 오경Torah을 믿는 사람들, (기독교인을 포함해서) 성
경을 곧이곧대로 믿는 사람들에게는 명확한 답이 있다. 그것
은 창세기 22장 17~18절에 큼직하게 새겨져 있다. "나는 너에
게 더욱 복을 주어 네 자손이 하늘의 별과 바닷가의 모래같이
불어나게 하리라… 세상 만민이 네 후손의 덕을 입을 것이다."
이 엄청난 약속은 말로는 다 할 수 없을 만큼 중요하다. 이것
은 믿는 자에게는 인생 자체의 보증이자 재보증이다. 이런 말
을 듣거나 쓴 자가 누구인가? 신이 아브라함과의 약속을 지킨
다면(어떻게 안 지킬 수 있겠는가?), 어떤 학살, 어떤 홀로코스

---

* 신학 용어로 쓰이는 '스캔들'은 '걸림돌'이라는 뜻이다.

트, 어떤 강제 이주, 어떤 고난 속의 흩어짐도 유대인을 멸종시킬 수 없다. 신이 있는 한 유대인은 있을 것이다. 그들은 재에서 일어나 다시 번식하고 시온을 되찾을 것이다. 그들은 다른 어떤 민족도 받지 못한 계약을 유산으로 받았다. 지상의 유대인은 곧 홀로코스트 이전만큼 늘어날 수 있다는 것이다. 이것은 어떻게 보면 어이없는 소리지만, 다르게 보면 그저 신이 아브라함에게 약속한 피할 수 없는 유산이다. 다른 신앙과 민족들은 시간과 파괴의 힘에 굴복했다. 유대인이라는, 인류의 신발 속에 든 작고 뾰족한 돌멩이는 그러지 않았다. "그날이 오면 내가 무너진 다윗의 초막을 일으키리라. 틈이 벌어진 성벽을 수축하고 허물어진 터를 다시 세워 옛 모습을 되찾아주리라."(아모스 9:11) 신은 박해받고 힘없는 자신의 종 이스라엘에게 또다시 크나큰 약속을 한다. 바빌론 강가나 나치 수용소처럼 개연성 없고 '사실에 반하는' 곳에서도. 그 약속은 그렇게 모든 확률과 합리성을 거슬렀지만 결국 실현되었다.

믿지 않는 자들, 합리주의자와 불가지론자, 히브리 성서를 신화 전승, 고대 의식, 부족 전설, 어이없을 만큼 세밀한 음식 관련 규정과 도덕적, 비유적 상상물로만 읽는 자들은 바로 이런 수수께끼에 맞닥뜨린다. 스피노자 이후 그것이 완전히 인간의 창작물이고, 모순과 잔혹 행위로 가득 차 있다고 여기는 모든 사람들은(상호 참고: 여호수아서). 하지만 어떤 합리적 회의주의, 어떤 텍스트 비평도 모세의 경전이 내세우고 시편과 예언서가 찬양한 생존의 계약을 부정하거나 반박하거나 무시하지 못한다. 인류학적 지식과 텍스트 분석을 통해 아무리 합리적으로 반박해도, 믿는 자들—그들이 모두 근본주의자는 아니다—이 (인간 언어와 이해력의 한계에 갇혀 있다 해도) 신의 말로 여기는 것을 논박하지 못한다. 레오 스트라우스 같은 사상가는 이런 논박 불가능성을 활기찬 수수께끼로 보았다. 합리성은 계시를 무너뜨리지 못한다. 지금까지, 그리고 지극히 불리한 환경에서도 역사는 성서 속 메시지의 손을 들어주었다. 아우슈비츠 이후 시온은 재건되었고, 유대인들은 살아 있다.

하지만 무엇이 그렇게 만든 것일까? 이것은 몹시 어렵고 논쟁적인 질문이다. 유대인을 정의하는 것은 반유대주의자들이라는 사르트르의 대답은 절반만 진실이고, 심지어 유대인을 혐오하는 어느 빈 시장의 말—"누가 유대인이고 아닌지는 내가 결정한다"—과도 완전히 일치한다. 정통파에게는 문제가 간단하다. 진정한 유대인은 안식일에서 안식일까지 매일, 매시간 일상의 상상 가능한 모든 상황에 대한 수백 가지 의식, 전례, 규범, 금제, 식생활과 의생활 규정을 준수하는 사람이다. 그는 (일차적으로는 남성이지만) "늘 그 등불을 야훼 앞에 있는 순금등잔대 위에 밝혀놓는" 사람이다.(레위기 24:4) "부엉이, 따오기, 백조"를 먹지 않는 사람(신명기 14:16), 신에게 돌 제단을 쌓을 때 쇠 연장을 쓰지 않는 사람(신명기 27:5), 결혼하면 아내는 남편이 결혼을 파기하지 않도록(민수기 30:13) "남편의 기분을 맞춰주기 위해" 노력해야 한다는 걸 숙지하는 사람이다. 이런 십계명과 레위기의 온갖 규칙에 탈무드의 해석과 '할라카'(규범, 율법) 전통에 따른 수많은 관행과 공식적 결정이 덧붙는다. 어떻게 보면 본질적으로 믿음보다 규범 준수가 더 중요하다. 그것이 비유대 세계에 물들지 않은 정통파 유대인을 구별해주기 때문이다. 외부인은 차치하고 현대의 '개혁적' 유대인도 이런 명령과 금기의 상당 부분을 불합리하게 여긴다. 정통파 학교와 종교 시설에서 벌어지는 예배의 거의 히스테릭한 행동과 제스처, 끝없고 단조로운 영송詠誦도 마찬가지다. 개혁적 유대인과 그들에게 돌을 던져 신성한 게토 밖으로 쫓아내는 검은 가운의 광신도들은 어떤 공통점이 있는가?

하지만 의심할 바 없이, 예루살렘이나 윌리엄스버그*의 성채에서 자신의 정체성에 가장 편안한 사람, 신이 아브라함에게 한 약속을 가장 확실하게 믿는 사람, 끈기와 확신을 가지고 메시아를 기다리는 사람들은 정통파 유대인이다. 그들과 그 아내, 자녀들은 금요일 저녁이면 어떤 비정통파 유대인과도 다

---

* 뉴욕 시의 유대인 밀집 거주 지역.

른 반짝이는 옷과 얼굴로 침례소를 떠난다. 이런 정통파 유대인들은 동화의 위험이 가장 작다. 유대 민족의 독특한 지위와 생존을 보장해주는 것은 심정적인 동의가 아니라 규범의 엄격한 준수다. 역설적이지만, 신에 대한 믿음이 아니라 매일 빼먹지 않고 토라를 읽는 것, 아사지경에도 금식을 중단하지 않는 것이다. "다리가 부러졌거나 팔이 부러진 사람"은 신에게 양식을 바치러 가면 안 된다는 가르침(레위기 21:19)을 알고 거기 의문을 품지 않는 사람은 관용과 상식의 유혹이 아무리 커도 배교하지 않을 것이다. 이런 현실의 엄격함에는 심오한 통찰이 있다. 가족과 공동체의 정체성은 철학적 추상이나 사적 공간이 아니라 행동의 공유와 그것의 반복에 있다는, 확실한 신앙은 생활양식이라는.

하지만 그 대가는 불길할 때도 있다. 다른 근본주의자들과 마찬가지로, 정통주의자들은 외부인을 멸시하고 심지어 혐오한다. 그들은 개혁파 유대인을 비하한다. 이스라엘 거주자들은 국가가 메시아의 인정을 받지 않은 것을 비난한다. 정통파 군중이 협박이나 폭력을 통해 세속적 자유를 침해하려고 하는 것은 유대인의 윤리적-철학적 가치를 우습게 만들지만, 그들의 놀라운 생존을 보증하는 일이기도 하다. (신화의) 성전 벽 앞에서 격렬한 동작을 곁들여 말하거나 관광객에게 시끄럽게 참회를 요구하는 정통주의자들에게 스피노자나 프로이트 같은 이들은 기독교나 이슬람 세계의 박해자들만큼이나—아니 그보다 더—역겨운 존재다. 하지만 죽음의 구덩이 앞에서 애도와 기쁨의 찬송을 부른 것은 정통파 랍비와 그 제자들이었다.

하지만 '개혁파', '자유주의자', 일 년에 한 번 정도 부모님을 위해 유대교 명절을 지키는 유대인, 히브리어를 모르는 유대인, 무신론자 유대인에게 정체성 문제는 고통스럽다. 점점 더 많은 유대인이 특히 미국이라는 환경의 포용성과 무관심 속에서 이 문제에서 빠져나간다. 외부인과의 통혼通婚은 기억 상실로 나아가는 문이다. 이런 세속적이고 비율법적인 유대인이 자신의 조건을 깨닫는 것은 오직 유대인 차별 사건에 부딪혔을 때—예를 들면 자녀들이 학교에서 차별을 받는 일 같은—뿐이다. 사르트르가 한 말의 진실이 바로 그것이다. 비정통파의 다양한 변화와 소외를 생각하면, 오늘날 유대인들에게서 어떤 공통된 결합 요소를 찾을 수 있을까?

고대 이래 '인종' 개념은 숙명적으로 ('파툼fatum') 유대인의 운명에 달라붙었다. 이런 고착은 상당 부분 유대교 내부에서 발생한다. 모세 오경이 그들을 '선택된 민족', 구별된 인종 집단이라고 선언하고, 그 내용은 히브리 성서 곳곳에서 재확인된다. 이런 선언은 다른 이민족들을 성나게 했다. 유대인 현자와 윤리학자들은 이런 분노를 달래기 위해 그들의 '피선택'

에 비극적이고 거의 피학적인 특징을 부여했다. 신이 유대인을 선택한 것은 허영이나 질투가 아니라 영속적 고통을 위해서라고. 유대인은 신이 선택한 피뢰침, 죄 많고 불온한 인류를 대신해서 신의 분노를 달래주는 속죄양이라고. 하지만 이런 견강부회식 해석도 유대인의 선민사상, 그들이 때로 과시적 슬픔 속에 품는 자부심에 대한 분개를 줄여주지 못했다. 그들은 평범한 곳에 들어오지 못할 것이다. 거기서 그 '피선택'이라는 말은 눈길을 끌게 된다. 이런 심리적 상징적 '인종 차별'은 생물학적 토대가 있는가? 자칭이건 타칭이건 유대 '인종'이라는 것이 실제로 있는가?

나치 치하에서, 그리고 야만적 역사 내내 인종 분류에 따른 광기의 유대인 학살이 끊이지 않았던 까닭에 이 문제는 중립적인 토론 자체가 불가능하고 혐오스럽게 되었다. '인종 차별'은 아무리 비유적으로 말해도 용납 불가능한 쓰레기다. 게다가 현대 생물학과 유전학 연구에 따르면, 인종적 순수함이나 불순함이라는 개념 자체가 위험한 허상일 뿐이다. 오랫동안 고립된 섬에는 유전 형질이 일정 정도 항상적인 소규모 집단이 있을 수 있다. 이것조차 확실하지 않다. 다른 공동체에 거부당하고, 강력한 동족혼 경향이 있고, 제한된 공간이나 카스트 내에 밀집해서 살면, 동일한 유전자 풀을 보존하고 전달할 수 있을지 모른다. 하지만 그런 동일성은 상당히 의심스럽다. 그에 대한 실질적 증거가 되는 것은 특정 질병에 대한 취약성뿐인 것 같다. 심지어 게토에도 외부의 혼성 유전자가 들어갈 수 있다. 수천 년 동안, 그리고 이주의 상호 공생을 통해서 유대인 역시 다른 민족과 마찬가지로 '혼합'되었다. 이런 혼합을 해소하고, 유대 '혈통'의 정확한 퍼센트를 판정하려는 정치적-입법적 조치들은 스페인 종교 재판소나 파시스트 정권의 광기, 역 인종 차별, 신경증을 담고 있다. 유대인의 신체 특징—악명 높은 '유대인의 코' 등의—에 달라붙은 온갖 시나리오들처럼(이 역시 고전 시대부터 있던 것이다). 유대인 중에는 금발에 파란 눈도 있고, 검은 피부의 털북숭이도 있다. 어떤 유전적 혈통적 통일성이 모로코의 유대인과 리투아니아의 유대인을 연결하는가? 철학자 마이모니데스와 오데사의 도적떼, 헤비급 권투선수 막스 베어와 앙상한 카프카 사이에 어떤 공통점이 있는가? 오늘날 불가지론이 득세하는 서구에서 외부인과 통혼이 많아지면서 혼합은 더욱 가속된다. 미국의 젊은 유대인은 별 노력을 기울이지 않아도 자신의 역사적 가족적 유산과 결별할 수 있다. 한두 세대가 지나면 그들이 가끔 믿는 유대교는 희미한 기억이 되고 민속의 영역으로 들어갈 것이다. 유대인의 인종을 합리적으로 정의하는 일은 지금은 그 어느 때보다 더 불가능하다. 아멘.

하지만.

나는 여기서 아주 취약한 영토에 발을 들여놓으려고 한다. 내가 전개하는 어떤 논점도 다 직관적이고 잠정적인 것이다. 어쩔 수 없이 개인적이고, 서사와 인상의 모자이크로 이루어질 것이다. 역사적, 사회적 상황에서 생겨난 게 아니라 반사 행동이나 기록된—대체로 신화적인—전통에서 비롯된 '유대인의 특징'이 있는가? 더 깊은 어떤 것이 있는가? 이 질문은 논쟁적 불안을 일으킨다. 반유대주의자들도 이런 질문을 제기하기 때문이다. 그리고 결국은 답이 없는 문제일지도 모른다.

확인된 사실만으로 보면, 다른 주요 공동체 가운데 기원이 알려진 언어를 사용하는 것은 중국이 유일하다(역사적으로 많은 변화와 확장이 있었지만). 이른바 기점 언어다. 히브리어는 수천 년 동안 유대인의 중심축이자 핵심이었다. 그래서 유대인의 생존을 히브리어의 생존과 동일하게 보고 싶은 유혹도 든다. (히브리어는 이스라엘에서 부활해서 완전한 생명을 얻었다.) 히브리어의 특징은 유대인이 자기 자신, 동료 유대인, 하지만 무엇보다 신과 맺는 관계를 인정하고 실현한다. 고대 그리스가 인간을 '말하는 동물zoon phonanta'로 정의한 것은 유대교와 반대되는 일이다. 그것은 아테네와 예루살렘을 구분짓는다. 유대교에서 말은 사람을 존재론적으로 독특하게 만들어서 동물의 왕국과 구별시켜 주는 것이다. 아담이 받은 언어라는 헤아릴 수 없는 선물 덕분에 신의 면전에서 의식하고 반응하는 일이 가능해지고 그것이 강제된다. 유대인의 역사와 계승된 정체성을 결정하는 것은 임재하거나 부재한 신과 나누는 대화다. (하지만 '대화'라고 반드시 대답이 보장되는 것은 아니다.) "하느님, 제 말씀을 들어주소서." "이스라엘아, 내 말을 들어라." 명사의 핵심적 격은 호격呼格이다. 하지만 그 의미는 문법적인 것 이상이다. 히브리어는 신의 부름, 신의 소환, 신을 향한 청원이다. 계명과 기도는 의사소통의 규칙과 뗄 수 없다. 히브리어는 때로는 끝없는 호명에 탈진한다. "눈이 빠지도록 당신을 기다리다가 목 쉬도록 부르짖다가 지쳐버렸습니다." (시편 69:3) 하지만 그 목소리는 시들지 않고 다시 터져나와서 타오른다. "하느님, 이 소리를 들어주소서."(시편 64:1) 언어는 감사와 기쁨과 경외를 전하지만, 한탄과 당황과 원망도 있다. 자신의 신에게 이토록 성난 민족이 또 있을까? "이렇게까지 화를 내다니, 될 말이냐?" 요나의 신이 가벼운 아이러니를 담아서 묻는다. 〈욥기〉의 신의 대결에 쓰인 이런 '호명'은 세계 어떤 문헌과도 다르다. 신의 응답의 커다란 부적절성도 마찬가지다. 그것은 대답이 아니다. "매가 떠올라서 날개를 펼쳐 남쪽으로 향하는 것이 어찌 네 지혜로 말미암음이냐?"(욥기 39:26) 마치 신이 자신만의 눈부신 수사, 장인적 비유를 기뻐하는 것 같다. (어떤 인간이 이런 문장을 쓰고 점심을 먹으러 갔을까?)

히브리어가 소멸하면(그보다 표현 능력이 부족하지 않았던 많은 언어도 소멸되었다), 신과 유대인 사이에 침묵이 끼어들면, 유대인 세계는 끝날 것이다. 홀로코스트는 유대인을 캄캄한 침묵의 벼랑 끝까지 몰고 갔다. 하지만 언어는 견뎌냈다. 전도된 심연에서, 유대인은 이제 신에게 기도하지 않고 '신을 위해' 기도했다. 파울 첼란의 찬송시는 이렇게 말했다.

> 미미한 자여, 그대는 복이 있다.
>
> 우리는 그대의 눈앞에서
>
> 만개할 것이다
>
> 그대의 원한
>
> 속에서.
>
> Gelobt seist du, Niemand.
>
> Dir zulieb wollen
>
> wir blühn.
>
> Dir
>
> entgegen.

　가벼운 차원에서도 유대교는 신과의 대화다. "전지전능한 신이 왜 굳이 인간을 창조하셨나?" 하시드* 유대인이 묻는다. "인간이 그분께 이야기를 해드리게 하려고."

히브리어가 결여된 유대인—이것은 반복되는 자기 의심의 한 원천으로 보이는데—도 언어에 대한 특별한 몰입을 보여 준다. 유배라는 조건과 남의 언어를 익힐 필요성만으로는 유대인의 언어 재능, 바벨의 재난에서 이룬 풍성한 소출을 다 설명할 수 없다. 신앙심이 없고 세속화된 유대인, 현대 사회에 동화된 유대인들도 정체성은 담론이고, 거기 최종 재가를 내리는 것은 불타는 떨기나무와 회오리바람 속의 목소리라는 의식이 있다. 유대인 코미디언, 유대인 미디어 사업가, 유대인 언어학자—로만 야콥슨, 발터 벤야민, 노엄 촘스키에서 부정의 데리다까지—들은 거대한 바퀴살처럼 중심부의 언어와 연결되어 있다. 그들은 발화 행동의 중심적 역할에 대해, 그리고 존재와 의미 사이의 계약에 대해 말한다. 히브리 성서는 문서적 천재성을 발휘해서 시, 서사, 예언, 율법을 탁월하게 지배했지만—이 막강한 지배력 없이는 서구 문학을 생각할 수가 없다—, 그럼에도 불구하고 구전 형태들에 비하면 확실히 축소되어 있다. 그것은 약간의 절약과 일반화를 통해 기록, 즉 직접화법의 기억을 기호화한다. 고뇌와 기도, 기쁨과 한탄, 계명과 반항은 '말로' 이루어진다. 우리가 그것을 듣는 것은, 히브리어

---

* 유대교 신비주의 분파.

가 듣는 일의 경이와 무게를, 모세가 시나이 산에서 받은 불의 문자를, 네부카드네자르 궁전 벽에 새겨진 복수의 말을 체현하고 있기 때문이다. 그래서 시오니즘은 히브리어 동사 구문에 새겨져 있다. 히브리어는 문법적으로도 형이상학적으로도 과거, 현재, 미래를 구분하지 않는다. 미래는 현재로 표현된다. 이것이 메시아사상의 문자 그대로의 의미이자 역설이다. 터전을 잃고 흩어져도 히브리어는 불가능해 보이는 귀향 선언을 포기하지 않았다. 그것은 부활의 형식적, 실존적 수단을 명확히 밝혔다. 오늘날 이스라엘의 소설가와 시인들은 시편 작가와 예언자들의 동시대인이자 변형된 후예다. "내년에는 예루살렘에서"*는 지금이다. 다른 어떤 언어, 다른 어떤 민족에 대해 이런 말을 할 수 있을까?

여기서 놀라운 전환이 이루어진다. '목소리'를 통해 존재를 얻고, 신과의 중단 없는 대화로 이어진 유대인이 마침내 '성서의 민족'이 되었다는 것이다. 이 클리셰는 그 의미가 엄청나게 크다. 그것은 영속하는 진실을 정의한다. 예나 지금이나 텍스트에 대한 집착은 유대인의 생활과 정서의 특징이다. 서판, 두루마리, 필사본, 인쇄물이 그들의 고향이 되고, 이동식 성찬이

---

* 유대인들이 명절에 부르는 노래,

되었다. 유대인은 구전의 터전이자 직접 대화의 성소였던 곳에서 쫓겨난 뒤, 문서화된 말을 추방과 유배의 긴 세월 동안 자신들의 어깨으로 짊어졌다. 그것은 그들의 피난처이자 난공불락의 거소가 되었다. 그래서 몇몇 랍비는 매일 토라를 읽는 일이 신의 사랑보다 더 중요하다고, 그 일이 그 사랑을 포괄한다고 판결하기도 한다. 게다가 놀랍게도 실제로 그것은 유대인들의 현실적 생존을 지탱해주었다. 죽음의 수용소에서도 비밀 토라 강좌는 지속되었다. 그리고 당연한 일이지만 성서에 대한 이런 몰입은 끝없는 주해와 주해에 대한 주해를 낳아서, 이 세상이 책의 여백처럼 보이게 만들었다. 나중에 교부들과 스콜라 학파가 이런 2차적 해설을 모방 생산하지만, 기독교도 이슬람교도 탈무드 주석이나 탈무드가 낳은 3차 해석의 밀도, 변형, 섬세함을 따라가지 못한다. 전도서가 말하듯, 유대교는 책 및 책에 대한 책을 만드는 일에 끝이 없다.* 또는 교양 있는 정치인 리처드 크로스먼이 나와 함께 한 토론에서 말했듯이 "유대인은 연필을 손에 쥐고 책을 읽는 사람입니다. 자신이 더 좋은 책을 쓸 생각이 있기 때문입니다." 유대인의 '부족적 특징'으로 '인내'보다 더 뚜렷한 것은 텍스트에 대한 열중이다.

---

* "많은 책들을 짓는 것은 끝이 없고 많이 공부하는 것은 몸을 피곤하게 하느니라."(전도서 12:12)

선행 텍스트에 기생하는 주해라는 텍스트가 넘쳐나다 보면 자율적 독창성이 저해된다는 주장도 가능할 것이다. 발터 벤야민이 기획한, 주석만으로 이루어진 책보다 더 유대인다운 것은 없다. 유대인은 분석가, 해설가, 잘해야 비평가지 창조자는 아니라고 비트겐슈타인은 자기 비하적으로 말했다. 하지만 유대인 중에 독창적인 시인과 작가도 적지 않다. 중세 스페인에는 예후다 할레비를 비롯한 유대인 시인이 성단을 이루었다. 하이네, 만델스탐, 파스테르나크, 또 파울 첼란도 있다. 유대인 소설가들은 20세기 후반 미국 소설계를 지배하다시피 했다. 거기에 극작가 아서 밀러, 해럴드 핀터도 유대인이다. 이스라엘은 일급의 소설과 시를 생산하고 있다. 흥미롭게도, 몽테뉴, 프루스트 같은 많은 유대 혼혈인이 대가의 반열에 올라갔다. 거기에 프란츠 카프카보다 더 위대한 작가가 있는가?

그래도 전체적으로 볼 때 그런 주장은 유효한 부분이 있다. 그 이유는 멀리서 찾을 필요가 없을 것이다. 히브리 성서가 실행적 풍부함도 내용적 창의성도 너무 커서, 후속 서사나 시적, 극적 형태가 거의 부적절하거나 잘해야 불필요하게 보인다는 것이다. 세속 작가들이 어떻게 창세기의 섭리, 사무엘기와 열왕기의 영웅적 전개, 예레미야의 웅변, 아가의 에로틱한 음악, 시편의 당당한 파토스를 능가는 고사하고 거기 견주기라도 할 수 있을까? 『길가메시』건 호메로스건 문학 작품의 어떤 내용이 요나단에 대한 다윗의 한탄이나 예루살렘 함락을 말하는 예언서의 환각적 예지를 넘어설 수 있을까? 시편 23장이나 전도서의 계절의 기도와 비교하면 인간의 어떤 텍스트가 쓸데없이 길거나 자기 미화가 넘친다는 평을 받지 않을 수 있을까? 하지만 어쩌면 핵심은 더 깊은 곳에 있다. 그것이 신의 영감으로 쓰여졌다고, (우리가 알 수 없는 방식으로) 신의 진짜 목소리를 담았다고 생각하고 읽으면, 이 텍스트가 말하는 진실은 어떤 문학 작품도 가공된 미문으로 격하시킨다. 그것은 다른 모든 이야기, 시, 소설이 근본적으로 허위이며, 때로는 기회주의적으로 보이게 만든다. 카프카가 비할 데 없는 작가인 것은 이런 가능성에 거침없이 직면하고, 그것을 성서나 탈무드처럼 무한한 다의성을 지닌 우화로 변형했기 때문이다. 『심판』에 담긴 '법의 우화'는 아마도 세속 문학이 토라에 덧붙인 유일한 부록일 것이다(자유주의적 유대 회당에서는 그것을 그렇게 읽었다).

반면에En revanche, 유대교의 텍스트 몰입은 역사, 철학, 사회, 과학 분야에서 걸작 산문을 많이 생산했다. 스피노자나 비트겐슈타인과 비교하면 어떤 철학적 주장이 과장되거나 엉성해 보이지 않을까? 프로이트, 게르솜 숄렘은 독일어의 장인의 반열에 있다. 특히 두드러진 것은 마르크스주의와 마르크스적 사회주의다. 정치 사회적 이념과 계획 가운데 이보다 더 학구적이고 탈무드적인 논의 방식을 택한 것은 없었다. 마르크스주의의 문헌은 끊임없이 인용한다. 헤겔에 대한, 마르크스주의 창시자들과 레닌의 올바른 해석에 대한 (말 그대로 살인적인) 그들의 논쟁은 랍비 논쟁의 인신공격을 그대로 닮았다. 트로츠키는 뛰어난 선전가였다. 스탈린마저 (가볍지 않은) 학술 논문을 썼다. 현대 심리학, 사회 사상, 사회 인류학—클로드 레비-스트로스의 문학적 위상을 생각해보라—은 모든 면에서 유대 전통의 텍스트 밀착성과 명확한 규범에 대한 본능적 욕망의 영향을 받았다. 오스트리아의 어느 반유대주의 정치인은 이렇게 말했다. "학구열은 유대인들이 서로 흉내 내는 것이다." 책을 태우면 유대인의 주요 동력 하나가 사라진다. 그래서 해체 속에는 반항의 논리가 있고, 그런 곡예를 수행하는 사람들도 상당수가 유대인이다. 해체는 텍스트의 경전적 무게를 선복하는, 즉 가부장적 권위auctoritas에서 의미를 해방하는 (정신분석학에 따르면 오이디푸스적인) 시도다. "여기서 우리는 인용을 하지 않습니다." 1968년에 내가 하던 한 강의에서 데리다적 반항자가 소리쳤다. 아니면 어떤 (재능 있는) 광대*가 말했듯 "언어 자체가 파시스트"다. 유대인에게 텍스트 밀착은 생존이자

---

* 롤랑 바르트를 가리킴.

굴종이고, 해방이자 속박이기 때문이다. 그것은 처음부터 양가적이었다. 전도서 11장 4절보다 더 매혹적이고 예지력 있는 문장이 있을까? "바람이 부는지 불지 않는지를 살피다가는 씨를 뿌리지 못한다."

이렇게 문헌에 밀착한 습성 때문에 유대인이 인문학과 과학 양쪽의 지성사에 상당히, 어쩌면 예외적으로 큰 공헌을 해온 것일까? 유대인이 다른 인종보다 '머리가 좋다'는 흔한 속설—냉소적 질투와 경탄 속에 표현되는—의 이유가 그것일까? 그런 속설에 대한 입증 가능한 실체가 있는지는 여전히 알수 없다. 멍청한 유대인도 당연히 있다. 반문맹 수준의 유대인도 소수지만 있다. 지적 열정과 문화적 열망이 없는 유대인 남녀도 있다. 그럼에도 불구하고 유대인의 지적 에너지는 임의적 분포 또는 통계적 확률을 뛰어넘은 것으로 보인다. 노벨상 수상자의 비율을 보면 경제학뿐 아니라 의학과 자연과학 분야에서도 평균을 훌쩍 뛰어넘는다. 유대인은 수학과 수리논리학의 특정 분야를 지배하다시피 했다. 몇몇 특출한 예외를 빼면세계 체스계도 독점했다. 음악계에서도 어디서나 두드러진 활약을 한다. 현대 사회를 형성한 사람들, 마르크스, 프로이트, 아인슈타인처럼 서구 의식의 '환경'을 이룬 사람들—오든의 표현—가운데 비유대인은 다윈뿐이다. 부가적으로 미디어, 엔터테인먼트, 국제 금융도 모든 측면에서 유대인이 비범한 역할을 한다. 오늘날 세계 문화와 금융의 중심지인 마법의 도시 뉴욕은(우디 앨런은 이 도시의 궁정 시인이다) 유대인들의 수도이기도 하다. 그들은 이런 성취와 탁월함을 정치적 억압, 사회적 차별, 대학살을 이기고 이루었다. 러시아 제국과 소비에트 연방이 수 세대에 걸쳐 유대인을 차별하고 혐오했지만, 유대인은 러시아 과학, 음악, 문학에서 최상급의 성과를 지속적으로 만들어냈다. 여기에는 어떤 원시적인 힘이 작용하고 있다.

이를 진단해보려는 모든 시도는 불가피하게 유전적 특징, 문화적 유산, 역사적-사회적 환경 각각의 인과 관계에 대한 논쟁으로 빠져든다. 유대인들은 정치계, 군사계, 그리고 오랫동안 학계에서도 정상적으로 야심을 키울 수 없었기에 (2차 대전이 끝난 뒤에야 미국 고등 교육과 의과대학에서 엄격한 유대인 쿼터가 깨졌다) 내적 압박을 받았다. 암기, 분석 기법 연습, 추상적, 상징적 변증 훈련은 유대인 구역과 회당의 중요한 활동이었다. 폭발력 있는 예리한 지성들이 한정된 사회적, 현실적 공간에 밀집되었다. 중부 유럽의 카페는 회당Schul의 세속적 후계자다. 해방이 오자—언제나 제한된 형태였지만—, 그동안 갈고닦은 지성의 용수철이 밖으로 튀어나왔다. '슈테틀shtetel'*의 탈무드 교사와 학자에 대한 존경, 가정 내의 끊이지 않는 종교적, 세속적 교육이 지식 계급을 만들어냈다(다른 어떤 신앙이 학자를 배출한 가정에 대한 공식 축복이 따로 있을까?). 그리고 그것은 학술 기관, 자유 교양, 열린 사회의 실험실의 동력이 되었다. 오랫동안 강요된 인내가 열매를 맺었다. 하이네가 이 물결을 예리하게 목격했다.

합리적이고 '정치적으로 올바른' 가설은 위와 같다. 이것으로 충분한가?

현재 논쟁의 추는 유전자 쪽으로 뚜렷하게 움직이고 있다. 분석의 결과, 많은 세대에 걸쳐서 고유한 특징과 능력이 거듭 나타나고 있다. 의학, 사회생물학, 민족지학 연구가 환경보다 유전자의 역할이 더 커 보이는 상황을 계속 밝혀내고 있다. 앞서 말했듯이, 시간과 혼합을 뚫고 보존된 유대인 유전자 풀이라는 개념은 추정에 불과하고 심지어 의심스럽기까지 하다. 하지만 이 공동체는 상당한 격리 속에 살았고 족외혼을 기피했다. 그러므로 일정 정도 유전적 계승이 있을 가능성을 완전히 부정하는 것, 유대인의 탁월성뿐 아니라 유대인의 평범성 또는 미비함에도 (생물발생적인) 특별한 혈통이 있을 가능성을 부인하는 것은 그리 합리적이지 않을 수 있다. 프로이트는 마지막까지 약간 비밀스럽게 라마르크의 이론을 신봉했다. 오늘날 라마르크의 이론은 완전히 부정되었다. 알려진 신체의 어떤 메

---

* 동유럽의 유대인 마을.

커니즘도 그것을 증명하지 못한다. 하지만 우리가 모르는 것도 많다. 획득 형질은 과학적 합리성과 자유주의적 분별력의 외곽을 (아이러니의 유령처럼) 떠돈다. 우리가 천성과 양육의 생성적 상호작용에 대해서 아는 것이 거의 없고, 어쩌면 놀랍게도 '반자유주의적' 명제가 진실일지도 모른다고 인정하는 것이 오만한 것보다 낫지 않을까? 힘들었던 시절의 어느 날 내가 밤늦게 키예프의 호텔 밖을 산책할 때, 한 남자가 다가와서 어설픈 이디시어*로 물었다. "혹시 유대인 아닌가요?" 내가 어떻게 아느냐고 묻자 그가 대답했다. "딱 보면 알겠는데요. 걸음걸이가요." 내가 2천 년 동안 위협 속에 살아온 사람 같았던 모양이다.

기독교 세계의 음험하고 위선적인 명령이 중세와 르네상스기 유대인을 고리대금업으로 몰아넣었고, 그래서 샤일록은 유대인의 전형이 되었다. 하지만 그게 전부가 아니다. 돈에 대한 유대인의 집착은 어떤 의미로 본능적이다. 그 기원의 뿌리는 모세 오경에 등장하는 여러 가지 재정 관련 명령과 동기까지 이어진다. 다른 신화들과 달리 유대교 경전에서는 돈이 행

---

* 유럽 중동부 유대인들이 쓰는 혼성 언어.

운 또는 배신의 이야기에서 중요한 역할을 한다. 유능한 행상은 흔히 방황하는 유대인이라고 여겨진다. 그들은 이후에 정보 기반 거래자, 국경을 넘나드는 상인, 은행가, 자본주의 중개인으로 발전한다. 프로테스탄트교의 이념적 층과 무관하게, 현대 자본주의의 발전과 그것이 일으킨 비판은 유대 공동체에 자연스럽게 수용되어 개조되었다. 그들은 오래된 기술과 성향을 활용하는 것 같다. 로스차일드 가는 샤일록을 대신한다. 19세기 말부터 금융시장, 투자금융, 벤처 캐피털, 증권거래소에서 유대인의 근면성과 창의성은 최고라 불리기에 부족함이 없다. 유대계 귀족인 블라이흐뢰더, 로스차일드, 바르부르크, 라자드 가는 거대 금융 분야를 이끈다. 골드만 삭스, 리먼 브라더스 같은 회사, 조지 소로스 같은 개인 투자자는 서구 금융 메커니즘에서 결정적인 역할을 한다. 다국적 기업 경영은 유대인의 유랑하는 세계시민 본능을 일깨웠다. 그것은 그런 상황에 '시민권'을 준다. 그래서 오늘날 세계 금융의 상당한 지분이 유대인 관리하에 있다. 유대인 논리학자와 과학자의 분석적, 메타수학적 재능은 초고도의 합리성과 악마성이 얽힌 돈의 영토에 눈부시게 펼쳐지고 있다. 그래서 디아스포라 유대인과 미국의 넘쳐나는 경제적 추진력이 화합을 이루었다. 하지만 공산주의 이후 러시아에서도 오랫동안 경멸과 박해를 받던 이 소수 집단에서 수많은 악덕 자본가, 억만장자 사업가가 수두룩하게 생겨났다.

그 변증법적 반대 지점도 그 못지않게 놀랍다. 아모스에서 마르쿠제까지 부의 추구와 우상화에 가장 뜨겁고 격한 비난을 퍼부은 것은 유대인이었다. 그들은 금송아지를 철저하게 배격했다. 온갖 유형의 사회주의와 공산주의도 그 원리와 역사에는 모두 유대적 가치와 영향력이 퍼져 있다. 칼 마르크스의 분노에 찬 예언의 수사학, 구약 성서 같은 분위기와 이미지는 골수까지 유대적이다. 유대인은 멘셰비키와 볼셰비키 운동에 다수 참여했다. 맘몬Mammon의 유산 속에서, 유대인 과격주의자, 사회주의자, 현실적 또는 이상적 마르크스주의자들은 부에 등을 돌렸다. 좌파적 '키부츠'는 금권 정치, 금전적 추구와 보상을 모두 철폐하고자 했다. 아모스는 부패하고 부에 젖은 도시에 대고 금욕과 청빈의 사막으로 들어가라고 설교했다(마오쩌둥이 그걸 읽은 걸까?). 메시아는 돈을 가지고 오지 않을 것이다.

하지만 자본주의 내에서 유대인은 재정적 성공에 토대해서 창조적 방향 전환을 했다. 그들은 자선 사업, 교육, 문화 시설, 의료 시설, 연구에 어떤 인종 집단보다도 훨씬 더 많은 돈을 기부한다. 미국의 고등교육, 병원, 박물관, 교향악단은 유대인의 후원에 크게 의존하고 있다. 이민자 출신이 다수인 유대인의 후원이 없다면, 영국의 학술 및 예술 분야의 재정 상황은 지금보다 크게 어려울 것이다. 이 점에서도 그 모범적 이상과 계명은 성서에서 나온다. 히브리 성서에는 자선을 장려하고 빈민과 이방인을 도와주라는 권고가 넘쳐난다. 잉여는 재분배되어야 한다. 그 결과가 모아브*인의 수중에 돌아간다고 해도. "이 희년에 너희는 저마다 자기 소유지로 돌아가야 한다."(레위기 25:13) 유대인은 차별적 강압에 의해서만이 아니라 내재된 능력을 통해서도 뛰어난 재정적, 사업적 능력을 발휘하지만, 그러면서도 항상 돈에 앞서고 돈에 오염되지 않은 기준을 잊지 않았다. 그들은 돈이 손에 귀찮게 달라붙기라도 하는 듯 그것을 나누어 주었다. 마르크스가 1844년의 『경제학 철학 수고』에서 부르짖은 사회, 즉 사랑은 사랑으로, 신뢰는 신뢰로 교환되지만 돈은 돈으로 교환되지 않는 사회보다 더 유대적인 것이 무엇일까? 오랜 유대 격언에 따르면, 부유하게 죽는 것은 패배이자 바보짓이다.

환경과 유전 모두가 작동하는 (아직 해독되지 않은) 유대인의 다른 고유한 특징도 여럿 있을 수 있다. 유대인은 유머가 풍부하다. 그것은 아주 독특하고, 또 절박함을 담고 있다. 그 자조적 농담들은 수난과 차별에 대한 불가사의한 저항을 담고

---

* 구약 시대 이스라엘의 적국 중 하나.

있다. 농담에 대한 철학적 탐구 중 유일하게 의미 있는 논문 두 편이 프로이트와 베르그송의 저작인 것은 우연이 아니다. 모든 민족은 자녀를 소중히 여긴다. 유대교는 그런 집중이 특히 대단할 때가 많다. 그것은 다른 어떤 신앙보다 더 아동에게 피해 입히는 것을 용서하지 않고, 그 점에서 나사렛 예수는 몹시 유대적이다. 오늘날의 어지러운 풍토에서도, 범죄학자들은 유대인의 소아성애와 아동 학대가 극히 드물다고 보고한다. 음식 관련 율법은 본래는 위생과 보건을 위해 생겨났지만, 그로 인해 유대인은 어디에서도 그 독특한 금기들로 두드러지게 되었고, 그런 순수함과 불순함의 구별은 인류학적으로 중요하다. 포경수술은 이제 널리 실행된다. 이 풍습을 비롯한 다른 금기들은 유대인의 섹슈얼리티에 어떤 특징을 부여했을까? 질문은 넘친다.

그 가운데 가장 중요하고도 곤란한 것은 끊이지 않는 반유대주의의 문제다.

그 기저의 원인을 찾아낼 수 있을까? 그것은 영원히 지속될까?

이 암종癌腫을 설명해보려는 시도는 많았다. 역사학자들은 고대 지중해에도 유대인 혐오의 흔적이 있다고 말한다. 또 고대 로마의 사회 문화에도 역사 속에 지속된 몇 가지 징후가 있었음을 밝혀냈다. 유대인의 독자성은 의심과 그 이상을 일으켰다. 그들은 도시와 제국의 온건한 의례조차 거부했고, 그 일은 통치자와 이웃의 심기를 거슬렀다. 그들의 통합 거부에는 오만한 신권정치theocracy가 달라붙어 있는 것 같았다. 혼합주의적 교회일치 운동이 벌어질 때 이스라엘의 신은 동참을 거부했다. 예루살렘을 점령한 로마인들은 성전의 지성소가 텅 비어 있는 데 놀랐다. 유대교 신앙의 추상성—유일신 신앙은 다른 데서도 생겨났다—과 시각적 표현 부재는 공포와 적의를 발생시켰다. 이 저항하는 소수, 민족들 사이의 파편은 수수께끼의 수단으로 숨은 힘과 접촉했다. 하지만 전체적으로 유대인에 대한 반감은 폭력성을 띨 때조차 이념보다는 정치와 영토의 문제였다. 타키투스가 그것을 기록했다.

하지만 사도 바울이 기독교를 전파하면서 이 모든 일이 달라졌다. 그 일은 유대인 역사에서 가장 결정적인 자기혐오 행위였다. 그 뒤로 유대인을 비난하는 공관복음서의 내용들이 경전화되었다. 기독교는 유대인들이 자발적으로 기독교에 합류하지 않는 것을 용서할 수 없었고, 실제로 용서하지 않았다. 어떤 면에서 그들의 이런 거절—바울 신학에 따르면 이것은 온 인류를 인질로 잡은 것이다—은 메시아사상과 구약 성서의 계시의 관점으로 보면 아직도 의아하다. (어쩌면 숄렘이 냉소적으로 말했듯이, 유대인은 예수의 이른바 부활 이후 2주일을 기다렸지만 아무것도 바뀌지 않았음을 확인했기 때문인지도 모른다.) 교부와 초기 학자들은 그리스도를 약속의 메시아로 인정하지 않는 사람들에게 분노했고, 그것이 수천 년의 차별과 박해를 일으켰다. 반유대주의는 점점 악의를 띠면서 '최종 해결'을 향해 나아갔다. 그 길은 때로 뒤틀리고 막히기도 했지만, 사라지지는 않았다.

어떤 기록도 그 오랜 공포를 제대로 담지 못한다. 악명 높은 특정 박해의 시기들이 있었다. 십자군 원정기의 학살, 중세부터 현대까지 중동부 유럽에서 거듭된 살상, 스페인에서의 추방과 마녀사냥의 잔혹한 여파, '피의 비방'*이 촉발한 지역적 살해의 무수한 사례가 그 역사를 이룬다(21세기 오스트리아 시골 지역에서는 이런 야만적 사건을 아직도 명예롭게 기억하고 있다). 하지만 더 중요한 것은 이런 폭발적인 잔혹 행위의 사례들이 아니라 기독교 세계에서 살아가는 유대인의 일상이다. 유대인들이 비교적 자유롭고 형식적으로 다원적인 사회에서 겪은 사회적 배척, 약탈, 사법 차별, 경멸도 우주의 '암흑물질 dark matter'처럼 계산 자체가 불가능하다. 유대인 아이들이 골목길에서 쫓기고(내가 직접 겪었다), 얼굴에 침을 맞고, 등교

---

* 유대인이 기독교인 아이들을 데려가 그 피를 의식에 쓴다는 민간 속설.

길과 하교길에 괴롭힘을 당한 사례는 일일이 기록할 수 없다. 그들의 부모가 공적, 전문적 자리에서 무시, 모욕, 외면당한 사례도 마찬가지다. 유대인은 어린 시절부터 공포를 안고 산다. 이들과 비교할 만한 배척의 역사를 지닌 집단은 집시뿐일 것이다.

이해도 설명도 불가능한 홀로코스트의 광기도 (광기가 흔히 그렇듯이) 나름의 논리가 있었다. 완전한 절멸만이 '유대인 문제'를 끝낼 수 있다는 것이었다. 살인의 이유는 존재의 층위까지 갔다. 즉 존재 자체를 없애야 했다. 유대인 태아는 세상에 태어나게 할 수 없었다. 그 아이는 임신한 어머니와 함께 도륙해야 했다. 나치 도살장에서 유대인의 원죄, 그들이 비유대인을 위협하는 역병은 그들의 존재 자체였다. 홀로코스트가 독특한 현상이었을 가능성에 대한 논의는 피상적이고 무의미하다. 스탈린은 히틀러보다 훨씬 더 많은 사람을 죽였다. 수백만 명의 이른바 쿨라크kukak (부농)와 그 가족은 쿨라크라는 이유로 계획적으로 아사당했다. 아르메니아인, 인도네시아인, 소말리아의 여러 민족이 집단 학살당했다. 오스트레일리아의 원주민Aborigine 학살, 벨기에의 콩고 학살에 대해(역사가들은 희생자 수를 5백만에서 1천만 명 사이로 추정한다) 믿을 만한 어떤 기록이 있는가? 호모 사피엔스는 살인 성향, 가학성이 있는 존재다. 통계적으로, 홀로코스트는 역사상 최악의 사례가 아닐 것이 거의 분명하다. 우리 지구에는 킬링 필드가 가득하다.

하지만 그래도 차이가 있다. 그리고 그것이 결정적일 수 있다. 히틀러 사상 바깥의 어떤 이념도 존재와 생존을 범죄로 선포하지 않았다. 어떤 이념이나 정치적 계획도 유대인이라는 유해 종족이 어떤 병적인 방법으로 비유대인의 존재를 위협하는 한 자신의 목적을 달성할 수 없다고, 박해를 뚫고 살아남은 소수 집단의 내구력이 다른 이들의 피와 영혼을 오염시킬 수 있다고 공공연하게 선언하지 않았다. 그래서 라인란트 학살*과 종교재판의 화형을 지나 나치의 가스실까지 가는 길은 구불구불하지만 분명히 이어져 있다. 최근 바티칸이 발표하는 참회 행위들은 대체로 분식적이다. 유대인을 불가촉천민으로 여기는 심리는 깊이 박혀 있다. "피투성이가 되어 소경처럼 거리를 헤매자 사람들이 그 옷깃에도 스치우기 싫어… 길목마다 지키는 자들이 있어 한길도 우리는 마음놓고 다니지 못했다."(애가 4:14-18)

이유를 합리적으로 설명할 수 있을까? 유대인과 접촉이 거의 없는 일본은 왜 악의적 위서인 『시온 의정서』**를 계속 출판하고 판매하는가? 이제 사실상 유대인이 거의 남아 있지 않은

---

* 1차 십자군 원정기의 유대인 학살.
** 이른바 '유대인의 세계 정복 계획'을 담은 책.

폴란드, 오스트리아에는 왜 유대인 혐오 정서가 사라지지 않는가? 공산주의가 붕괴된 러시아에서, 그리고 이따금 돌발적으로 서유럽 진역에서 시독한 반유대주의가 부활하는 건 무엇 때문인가? 온건한 영국에서도 유대인 묘지 테러는 며칠이 멀다하고 일어난다. "당신의 적대자들 그 우짖는 소리가 높아만 갑니다."(시편 74:23)

'왜?'

역사적, 사회적, 경제적 이론이 넘쳐난다. 유대인의 자족적이면서도 강요된 분리와 고립, 그렇게 오랫동안 전체 사회에 대한 통합을 거부한 일은 비유대인들을 분개시켰다. 그들은 목에 걸린 가시였다. 배척을 행하는 자가 배척당하는 느낌을 받으면 인화성이 생긴다. 유대인들이 입교를 권하지 않는 것, 동참을 원할 수도 있는 사람들—이런 성향은 특이하지만 그래도 없지는 않다—앞에 장벽을 두르는 것은 이런 상호배척의 느낌을 강화시켰다. 불길한 기억까지 포함해서 모든 것을 제거해야만 이 초월적 오만의 불편함을 해결할 수 있었다. 그리고 경제적 측면에서 유대인들은 대부업자였다. 아무리 강요된 일이고 오점 없이 행동한다 해도 마찬가지였다. 그들을 죽이고 장부를 태우면 빚을 없앨 수 있었다. 이 요소는 유대인 학살과 추방의 심리에 당연히 중요한 역할을 했다. 이미 언급했듯이 유대인이 성숙한 자본주의 사회에서 부를 쌓아가자, 수수께끼 같은 술수와 예지력이 자주 질투를 일으켰다. 그래서 반유대주의자들은 유대인을 볼셰비키이자 금권 정치인이라는 낙인을 찍는 데 성공했다. 이런 이중성은 나치 신화에서 두드러졌다.

이런 유대인의 상황에 복잡한 형태의 자기혐오가 특별한 바이러스를 더했다. 그것은 가장 뛰어난 자들, 마르크스와 바이닝거에게서 드러나고, 비트겐슈타인에게서도 약간 보이며, 시몬 베유에게서 격렬하게 표출된다. 이런 유대인이 스스로의 유산을 조롱하고 거부한다면, 외부인이 그러지 못할 이유가 무엇인가? 이 모든 것에 이제 시오니즘으로 이스라엘에 호전적 국가가 세워진 딜레마가 더해진다. 그 결과 오늘날 디아스포라 유대인은 불가피하게 충성이 흔들릴 가능성에 직면해 있다. 그들은 거주지의 비유대 공동체에 속해 있지만, 자발적으로건 아니건 이스라엘에도 속해 있다. 그들 내면의 궁극적 조국은 어디인가? 이스라엘은 '생존을 위해' 민족주의 국가가 되고, 때로 공격과 억압을 행하는 사회가 되었다. 그들은 압도적인 불리함을 극복하기 위해 국수주의 국가가 되어야 했다. 이 점은 나중에 다시 이야기하겠다. 지금 명백하게 드러나는 경향은 반시오니즘을 이용해서―반시오니즘 자체는 용납 가능한 신조다―모든 종류의 반유대주의를 흡수하고 엄폐하는 것이다. 양쪽을 구별하는 일은 점점 더 어려워진다. 신구를 막론한 좌파의 이스라엘 비난 중 얼마만큼이 유대인 혐오와 자기혐오에 뿌리를 내리고 있을까? (노엄 촘스키의 거침없는 '이스라엘 파시즘' 비난을 생각해보라.) 이스라엘 지지 세력이 프랑스 친나치주의자들이나 미국 남부의 근본주의 기독교도 같은 극우 세력이라는 사실은 역겨운 아이러니다. 좀 더 넓게 보면, 이스라엘이 중동뿐 아니라 (구소련에서처럼) 디아스포라의 핵심들까지 동요시키는 한, 우리의 지정학적 세계는 평화를 얻지도, 이슬람과 화해하지도 못할 것이라는 (대중과 식자층 모두의) 견해는 어느 정도 타당한가? 예이츠의 표현을 빌리면 어떤 "거친 짐승이 베들레헴을 향해 구부정하게 걸어" 가는가?

이 모든 요소와 그것들의 복잡한 총합이 중요한 역할을 한다. 이것들이 모여서 숨 막히는 그물을 짠다. 유대인들의 차별을 향한 반응이 애초에 반유대주의를 촉발한 그 특징을 더 강화하기 때문에 그물은 이중 삼중으로 얽힌다. 지옥의 나선이다. 하지만 아무리 복잡하다고 해도, 합리적으로 판단할 때 이런 상황적, 물질적, 심리적 동기들이 적절한 진단이 될 수 있을까? 다시 말하면 이런 근거가 유대인이 없었거나 유대인이 거의 사라진 나라의 반유대주의를 설명할 수 있을까?

나는 아니라고 본다. 그래서 나는 취약할 만큼 비유적이고 신학적인 개념을 도입해 보려고 한다.

신학적 그리스도론에 토대한 반유대주의는 초기 기독교에 중요했다. 이스라엘은 십자가에 못 박힌 그리스도를 거부했다는 이유로 '눈먼 자들'로 규정되었다. 유대인이 개종하지 않는 한 예수의 재림도, 궁극의 구원도 있을 수 없었다. 그리고 잘 알려져 있다시피 앤드루 마벨은 그 시간은 영원이라고 했다. 현대 사회의 불가지론으로 힘이 약해지기는 했지만 이 치명적 논점은 아직도 남아 있다. 홀로코스트로 (아마도 영구적으로) 무력화되고, 분산되고, 비난받고, 불구가 된 채로도, 유대교는 여전히 자신이 낳은 위대한 이단이자 후예인 기독교를 볼모로 잡고 있다. 로마서 11장을 보면 확실하다. 기독교의 신이 "유대인을 다시 접붙일" 때에만 불행한 인류가 우주의 평화에 참여할 수 있다. 하지만 그런 복된 통합의 신호가 어디 있는가? 모든 사도들 중 이름이나 신체 특징이나 돈에 대한 관심을 보면 최고의 유대인은 유다이다. 기독교는 2천 년 동안 무수한 설교와 교육, 성상과 성화를 통해서 그 점을 지적했다. 그는 붉은 머리와 매부리코에 은화를 소지한 용서할 수 없는 악당이다.

나는 그 너머를 생각해 보았다.

기독교 세계가 수 세기 동안 유다를 예수 살해자라 비난한 것은 그 자체로 황당한 일이다. 어떻게 인간이 신을 죽일 수 있는가(물론 유대인들이 불쾌해하는 전례인 성찬식에는 식인 의식의 흔적이 남아 있지만). 하지만 아무리 황당해도 유대인이 나사렛 남자의 페르소나로 온 '신을 죽였다'는 비난은 시대를 뛰어넘어 전해졌다. 약탈 군중이 외치고, 루터 같은 성직자들이 설명한 이런 언어도단의 논리는 수많은 남녀노소 유대인을 참혹한 죽음으로 내모는 데 기여했다. 나는 이전의 책에서 이런 공격은 사실 진정한 비난을 감추고 있다는 견해를 밝힌 적이 있다. 예수 살해라는 비난은 신화와 심리학에 흔한 전위 inversion로, 실제로는 정반대의 것을 가리킨다고. 유대인이 미움을 받는 것은 신을 '죽여서'가 아니라 신을 '발명'하고 '창조'했기 때문이라고.

아브라함과 시나이 산의 계시에서 시작해서 발전한 일신교는 인간에게 견딜 수 없는 도덕적, 심리적 부담을 안겼다. 초기 유대교는 이 가혹한 무게에 반항했다. 다신교는 이교 형태건 타협한 삼위일체 형태건 인간의 근본적 욕구와 상상력을 채워준다. 고전 신화의 죽지 않는 매력이 거기 있다. 상상할 수 없고, 다가갈 수 없고, 이름을 말할 수 없는 신, 사막의 공기처럼 텅 비어 있는 신, 감각적 비유적 재현을 금지하는 신은 평범한 인간의 감성에는 맞지 않는다. 그것은 말 그대로 '말할 수 없다'. 하지만 이런 얼굴도 없는 무한한 존재가 인간이 실천하기 힘든 수준의 윤리적 계명, 도덕적 명령, 사생활과 사회생활의 정의를 요구한다. 무소부재하고, 전능하고, 냉혹한 시나이 산과 회오리바람의 신은 자연적 인간에 대한 응답 불가능한 비판이다. 바울의 기독교는 매혹적인 천재성을 발휘해서, 그리스도의 희생을 매개로 사랑과 용서의 신, 조형성이 풍부한 신의 집으로 인간을 불러들였다. 그리고 사람을 "벌거벗고 두 발 달린" 피조물로 인식하고, 그 나약함을 축성했다. 우상파괴적 유대교에서는 불가능한 마리아 숭배, 수많은 성인, 미술과 음악의 개입은 삼위일체 신과의 관계를 거의 가정사처럼 만들었다. 이 모든 것이 유대교 일신론의 위압적, 논쟁적이고 끝없이 가혹한 추상 개념에는 낯선 것이었다.

유대교와 그 파생물들은 인간을 본성과 능력에 반하는 무시무시한 절대성과 도덕적, 사회적 이상에 두 차례 더 직면시켰다. 산상수훈은 전체적으로 예언서의 내용을 치환한 것이다. 예수가 추종 무리에게 "너희 인생을 생각하지 말라"고, 원수를 용서하라고, "단죄받지 않으려면 단죄하지 말라"고, 이웃을 네 몸처럼 사랑하라고 한 것은 이사야의 가르침과 예레미야의 권고를 새로 표현한 것이다. 예수가 요구하는 이타주의와 초월성은 세속적 삶에 대한, 그리고 우리의 자연스러운 행동을 이끄는 이기주의에 대한 심오한 질책이다. 산상수훈의 마지막 구절은 이렇다. "하늘에 계신 아버지께서 완전하신 것 같이 너희도 완전한 사람이 되어라." 실로 엄청난 요구다. 이런 명령은 거의 비인간적으로 여겨진다. 소수의 신성한 사람들, 광신적 고독 속의 금욕주의자들은 이 계명을 실천하려고 노력했다. 평범한 남녀는 말로만 따른다. 그들은 그토록 밝은 빛 속에서는 일과 삶을 수행하지 않고 그럴 수도 없다. 하지만 그런 실패는 마음에 분노를 키운다.

유대교의 세 번째 윤리적 요구는 유토피아적 사회주의다. 이것은 특히 마르크스주의의 메시아적 형식에서 두드러진다. 인류는 다시 한 번 요구, 아니 명령을 받는다. 스스로를 극복해서 물욕과 사소한 쾌락을 버리고, 타인과 아낌없이 공유하고, 규율을 갖춘 집단의 운명에 이기심을 던져넣으라고. 공산주의는 인간에게 큰 기대를 품었다. 그것은 급진적 공동체의 혁명적, 희생적 활동을 통해 수행되면서, 인간의 나약함을 뛰어넘는 스파르타적 극기와 헌신을 강제했다. 하지만 그런 희생이 착취와 파괴의 지구에 정의를 세울 이상이자 토대라고 여겼다.

자신이 충족시킬 수 없지만 반박도 할 수 없는—그것을 무의식적으로라도 인식하는—요구보다 더 혐오감을 일으키는 것은 없다. 이런 혐오, 이런 분개가 유대인 혐오를 배태하고 지속시킨다는 것이 나의 생각이다. 히틀러는 유대인을 '양심의 발명가'라고 말했다. 나는 '양심의 가책의 발명가'라고 말하고 싶다.

나는 반유대주의의 이런 도덕적-심리적 설명에 상당한 실체가 있다고 믿는다. 하지만 이제는 유대인의 생존이라는 단순한 사실—그 '추문'—이 비유대인 세계에 제기한 도발을 생각해 본다. 중국인들은 압도적인 인구 수 때문에 허용과 인정을 받는다. 유대인이 미미한 인구 수에도 불구하고 계속해서 절멸을 피한 것은 '기이하고' 또 '패악스러운' 일이다. 그들은 비유대인의 피부 속 가려움증 같은 존재다. 유대인의 생존은 몹시 부적절한 일이다. 그것의 적절한 사회적 심리적 형태는 정의하기 어렵다. 그럼에도 불구하고 나는 무엇이 이 장의 서두에 제시된 환상적 사실―왜 아직도 유대인이 있는가?―에 대한 확실한 답이 될지 더욱 절박하게 묻는다.

이스라엘이라는 국가는 당당한, 때로는 지나치게 당당한 답을 준다. 재를 딛고 일어난, 강철 발톱의 불사조. 그것이 세상에 태어난 일도, 적국들에 둘러싸여 생존을 이어가는 것도 기적이다. 돌을 하나하나 치워 땅을 개간하고, 거기 현대적이고 교육 수준 높은 민주 사회를 세운 일, 수많은 이민자를 통합한 일도 마찬가지다. 지상의 유대인은 이제 피난처가 생겼다. 이 모든 일은 역사상 유사 사건을 찾을 수 없는 진정한 경이다. 이스라엘의 건국은 유대인의 운명에서, 그들의 생존 가능성에서, 오래되었지만 동시에 유례없는 기적이다. 하지만 이스라엘은 존재하기 위해서 여호수아서 이후 잠자던 역량과 가치를 살려내야 했다. 그들은 군사 기술과 잔혹성을 개발했다. 내적 대가는 크다. 이스라엘 사회는 필연적으로 전투적이고, 자주 국수주의를 띤다. 디아스포라의 자랑인 문화적, 과학적, 미적 추구를 할 수 있는 시간이나 공간, 또는 경제적 수단이 (당연한 일이지만) 항상 갖춰져 있지는 않다. 노벨상이나 철학적 창의성이 넘치는 곳은 이스라엘 땅이 아니다. 하지만 그들은 아직 초기고, 그것은 핵심이 아니다.

2천 년 동안 힘없이 살아온 유배된 유대인, 게토의 유대인, 비유대 사회의 모호한 관용 속의 유대인은 다른 이들을 박해할 처지가 아니었다. 그들은 아무리 정당한 이유가 있어도 다른 사람을 괴롭히거나 모욕하거나 추방할 수 없었다. 이것이 유대인의 특별한 고귀함, 나에게는 다른 어떤 것보다 훨씬 더 커보이는 고귀함이다. 나는 '정치적, 군사적 필요성이 아무리 커도, 다른 인간을 고문하는 사람, 다른 남자, 여자, 어린이를 모욕하고 집에서 쫓아내는 사람은 인간됨의 핵심을 상실한다'는 것을 공리로 여긴다. 이스라엘은 생존의 필요성과 팔레스타인 땅에 정착한 윤리적 모호성 때문에(무종교 이스라엘인은 어떤 궤변으로 신이 아브라함에게 약속한 땅을 요구하는가?) 고문하고, 모욕하고, 축출했다. 비록 아랍과 이슬람 적국들보다 그 정도가 약하다 해도. 이스라엘 국가는 성벽을 둘렀고, 중무장을 하고 있다. 요컨대 이스라엘 국가로 인해 유대인은 '평범한 사람들'이 되었다. 그리고 인구 문제는 이런 오염된 정상 상태를 위협한다. 머지않아 이스라엘은 유대인보다 아랍인 인구가 더 많아질 것이다. 외부 세계에 재난이 없는 한 이민자의 신규 유입은 불가능할 것이다. 이스라엘의 붕괴는 디아스포라 전체에 회복할 수 없는 심리적, 영적 위기가 될 확률이 높지만 단정할 수는 없다. 유대인이 이스라엘보다 크고, 어떤 역사적 후퇴도 그들의 끈질긴 생존을 중단시키지 못할 수 있다. 기독교가 가장 강력했던 곳은 어쩌면 카타콤이었는지도 모른다. 그것은 알 수 없다. 하지만 어쨌건 이스라엘은 유대인을 평범한 국민으로 전락시키고 있다. 유대인의 비극적 영광이던 특출난 도덕과 타인에 대한 고귀한 비폭력을 감퇴시키고 있다.

나는 그들의 그런 강한 무력함이 어떤 잔혹한 비용을 치렀는지 안다. 이스라엘이 짊어진 짐과 위험을 외면하고 그들을 비난하는 일이 얼마나 손쉽고 값싼 일인지 잘 안다. 하지만 내가 시오니스트가 되지 못하는 것, 내 인생과 자녀들의 인생을 이스라엘에서 꾸리지 못하는 것은 바로 이런 전략의 감각 때문이다. 응접실 시오니스트들은 소련을 찬양하면서도 영리하게 그 나라에 한 발짝도 들이지 않은 이들만큼이나 경멸스러운 종족이다.

디아스포라 자체가 위기를 겪고 있다. 나는 동화와 통혼을 통한 끊임없는 삼출渗出이 그 원인이라고 지적했다. 하지만 이스라엘 바깥의 유대인, 적어도 그중 일부에게 생존은 임무일 것이다. 모세 율법과 탈무드 주석의 핵심적 구절은 이방인을 환대하라고 명령한다. 그들 자신도 이집트 땅의 이방인이었음을, 그들도 차가운 땅의 집 없는 피난민이었음을 잊어서는 안

된다. 나는 디아스포라 유대인은 '무리 중의 손님'이 되기 위해 생존해야 한다고 믿는다. 우리는 모두 의사와 무관하게, 그리고 납득할 수 없이 삶에 던져진 인생의 손님이다. 그리고 이제 우리가 훼손된 행성의 손님이라는 것을 무겁게 의식하기 시작했다. 우리가 서로의 손님이 되지 못하면, 인류는 상호 파괴와 영원한 혐오로 빠져 들어갈 것이다. 손님은 주인의 법과 관습을 받아들일 뿐, 그것을 고치려 하지 않는다. 주인의 언어를 익히면서, 그것을 더 잘하려고 노력할 수도 있다. 무엇보다 그는 (자유의사건 강제에 의한 것이건) 떠나게 되면, 주인의 거주지를 자신이 처음 왔을 때보다 더 깨끗하고 아름답게 해놓고 가려고 한다. 그가 그 집에 처음 왔을 때 본 것에 지적, 이념적, 물질적으로 가치 있는 것을 더해주고 가려고 노력—스피노자의 '코나투스conatus'*—할 것이다.

손님 되기의 기술은 연습이 거의 불가능하다. 주인의 편견, 질투, 영토 회복 의지가 끊임없이 위협한다. 애초에 아무리 따뜻한 환대를 받아도, 유대인은 항상 신중하게 짐을 싸놓고 있다. 다시 방랑에 들어가면, 그는 이런 경험을 한탄스러운 고난이라고 생각하지 않는다. 그것은 기회이기도 하다. 이 세상에

---

* 자기 보존의 노력.

배울 가치가 없는 언어는 없다. 탐험할 가치가 없는 나라나 사회도 없다. 불의에 떨어져도 떠나지 말아야 할 도시란 없다. 우리가 무관심해진다면 우리는 그것의 공범이다. 유대인의 암호는 '출애굽'이고, 그것은 새로운 시작, 새벽별의 박차다. 히틀러는 떠도는 유대인을 '공중의 사람'이라는 뜻의 '루프트멘셴 Luftmenschen'이라고 조롱했다. 하지만 공중은 자유와 빛의 왕국이 될 수도 있다. 이스라엘의 건국자 한 명은 말했다. "사람들 사이의 거름이 되어라. 민족으로 뭉치면 사람은 똥이 될 수 있다." 지금 이스라엘이 실현 중인 민족주의는 내가 볼 때 유대인의 내적 천재성과 그 생존 비법에만 어긋나는 것이 아니다. 그것은 "진실은 언제나 유배중"이라는, 하시드 지도자 바알 셈 토브의 가르침도 거스른다. 이 격언이 나의 아침 기도다.

나는 편력 국가가 모두에게 맞지는 않는다는 것을 안다. 그에 따른 위험이 극도로 크다는 것도 안다. 홀로코스트는 내 신념을 조롱거리로 만들었는지도 모른다. 하지만 나는 변함없이, 우리를 사람들 중의 손님으로, 존재 자체의 손님으로 생존하게 해달라고 기도한다. 명절 때 유대인은 불쑥 찾아올지 모르는 사람을 위해 잔칫상에 한 자리를 비워둔다. 그 사람은 거지일 수도 있고, 신이 보낸 정체를 감춘 사신일 수도 있다. 그런 사람을 돌려보내는 것은 금물이다. 주인 되기는 손님 되기이기도 하다. 그것이 디아스포라의 근본 목적이자 존재 이유다.

나는 이런 논지를 책 한 권 분량에 담아 펼쳐보고 싶었다. 하지만 그럴 만한 명확한 통찰력이 부족했다.

그리고 히브리어 실력도.

학교와 문해력

SCHOOL TERMS

나는 유네스코의 유관 기관이나 브뤼셀의 EU 위원회, 각종 문화재단에서, 유럽 대륙과 영국, 미국의 중등/고등 교육의 이상과 현실을 비교 연구해달라는 요청을 여러 차례 받았다. 이런 요청은 내 이력에서 비롯된 것이다. 나는 이 가운데 세 지역의 교육 제도에서 공부하고 가르쳤다. 이만한 경험의 폭은 그리 흔치 않을 수 있다.

나는 파리에서 태어나서 세 가지 언어를 익히며 자란 뒤, 전쟁 때는 맨해튼에 살면서 미국의 명문 고등학교에 다녔지만, 그러다가 프랑스식 '리세lycée'로 돌아갔다. 대학은 당시에 명성 높던 시카고 대학으로 진학했고, 이후 하버드로 갔다. 그런 뒤에는 약간 엉뚱한 시도로 옥스퍼드에서 대학원 공부를 했다. 그리고 케임브리지에서 가르쳤고, 20여 년 동안 제네바 대학에서 비교문학 분야의 가장 유서 깊은 강좌—'리테라튀르 제네랄littérature générale'이라는 멋진 이름의—를 담당했다. 나는 프린스턴, 스탠퍼드, 예일 대학의 방문 교수였고, 하버드 대학에서 엘리엇 노턴 시학 교수직에 있었다. 또 케임브리지 대학 칼리지 한 곳의 창립 펠로이고, 옥스퍼드 대학 칼리지 두 곳의 명예 펠로이다. 글래스고 대학과 런던 대학에서도 가르쳤고, 소르본 대학과 콜레주 드 프랑스에서도 가르쳤다. 볼로냐와 시에나의 대학, 로마의 프랑스 아카데미에서도 가르쳤다. 냉전 시대에는 동유럽의 대학과 학술 기관들을 방문했고, 동베를린에서 세미나를 열었다(이후 시절과 달리, 그런 방문에 요란한 법석이 일지는 않았다). 나는 스페인에 있는 신비로운 지로나 대학에서도, 중국과 일본, 요하네스버그에서도 가르쳤다. 더블린의 트리니티 칼리지도 나를 초빙한 적이 있다. 내 기억 속에는 프랑크푸르트 학생 반란 시절의 적대적인 청중도 있고, 만석을 이룬 멕시코 대학들의 열렬한 반응도 있다. 억눌린 프라하에서 다소 비밀스럽게 행했던 카프카 강연은 아직도 마법 같은 느낌을 안겨준다. 최근에는 가능할 때마다 중등교육 과정의 학생들을 만나고 강연도 했는데, 특히 이탈리아에서 많이 그랬다. 신학자와 철학자들은 코펜하겐과 포르투갈의 쿠임브라의 화려한 홀에서 나를 만날 때마다 환영해 주었다.

이런 다양한 경험의 폭은 내가 다언어 사용자이며 떠도는 인생을 살았기―여기에는 선택과 역사적 압박이 동시에 작용했다―때문만은 아니다. 내가 가르치는 일에 다소 민망할 정도의 열정을 품고 있고, 내 관심 분야―비교 문학, 그리고 시학과 철학의 접점―가 혼합적 성격을 띠기 때문이기도 하다. 플라톤이 시인의 가치를 절하하고, 파울 첼란이 마르틴 하이데거를 찾던 공간이다. 그 결과 나는 동유럽과 동북아시아에서 미국 텍스트를 가르치고, 프랑스와 이탈리아에서 영국 고전을, 미국에서 독일 낭만주의를 가르쳤다. 루카치와 마르크스주의 해석학, 순수 예술의 도덕적-정치적 비평에 대해 강의했고, 런던 코톨드 미술대학에서는 곰브리치 앞에서 강의했다. 학계의 대제사장인 움베르토 에코는 너털웃음을 터뜨리며 4개 국어로 강의하고 가르치고 출판하는 유랑 학자는 내가 유일하다고 (아니면 어쨌건 극히 희귀하다고) 말했다. 그것 역시 내가 살아온 인생 때문이기도 하고, 또 내가 공부하고 가르치는 분야 때문이기도 하다. 하지만 그런 것들이 모여서 비교 평가를 할 만한 수준이 된 것 같다.

하지만 장애물은 많고, 그것은 때로는 극복 불가능해 보이기도 한다. 내가 검토를 요청받은 세 지역 안에서도 지역적 차이가 엄청나다. 아칸소 주 시골 고교, 로스앤젤레스 도심의 학교, 뉴잉글랜드 귀족 학교 사이에 어떤 공통점이 있을까? 앨라배마 주의 농공대학 및 전문대학과 MIT 사이에는? 영국으로 가면, 헐 또는 해크니의 공립고와 이튼과 윈체스터 같은 명문교를 함께 일반화하는 일이 가능할까? 시칠리아 슬럼가의 학교와 피사의 유명 '리체오liceo(고등학교)'를 잇는 것이 (있다면) 무엇일까? 루르 지방의 초대형 대학들과 튀빙겐 같은 곳의 정예 학부는 입학과 학위 수여의 기준이 크게 다르다. 파리 외곽의 대중적 도시 캠퍼스들과 고등사범학교 역시 그렇다. 거기다 내 학창 시절은 오래 전이고, 이제 내 교육 경력도 그렇게 되어간다. 그동안 교육 제도에는 대격변에 가까운 변화가 있었다. 현재 서구 세계 전역에는 교육 수준의 위기로 여겨지는 것이 빠른 속도로 퍼지고 있다. 그 전에는 양차 대전, 대량 이민, 미국화, 그리고 사회 내 전통적 권력 관계의 부식이라는 더 큰 위기가 있었다. 이것은 기술 주도의 대중 시장 시대에 종교가 쇠퇴하는 복잡한 현상과 따로 떼어서 볼 수 없다. 나는 너무 많은 면에서 이미 낡은 관객이다. 그러니 어떻게 해야 제대로 된 비교 분석을 할 수 있을까?

통계 수치는 차고도 넘친다. 그래픽은 강력하다. 하지만 많은 데이터가 의심스럽고 또 이념적 동기를 깔고 있다. 현장 보고는 최고의 작가가 기록해도 인상주의적이고 단편적인 한계가 있다. 이론과 경험적 현실, 정치적 공약과 집행은 빠르게 표류하며 흩어진다. 경제적 차이, 사회적 변인, 이념적 시민적 경향은 공립학교와 사립학교만 가르는 것이 아니다. 그것은 겉으로는 표준화된 구조 안에도 복잡한 소용돌이를 일으킨다. 영국에서 여자는 최근까지 명문 사립고나 이공계열 대학에 입학하는 일이 힘들었다. 고등교육 기관의 교원이 될 가능성은 이제 겨우 천천히 열리고 있다. 독일의 상황도 이탈리아만큼이나 엄혹하다. 재능 있는 많은 여자가 학계에서 쫓겨나 변방으로 간다. 여기에 전자 혁명으로 교육과 학문의 모든 영역에서 컴퓨터, 웹, 인터넷의 역할이 기하급수적으로 커지는 것을 생각해 보라. 나는 앞선 장에서 이미 정신 자원의 훈련과 개발에 변모가 이루어지고 있다고 언급했다. 나 같은 컴퓨터 이전 시대의 학자와 새 시대 사이의 간극은 크다. 서구 고전 시대 이후 약간의 변형만 거치면서 유지되었던 근본적 개념들이 이제 말하자면 이행기에 있다. 암기는 뮤즈의 어머니였다. 이런 교육의 신화가 사이버 공간의 메모리 뱅크와 어떤 관련을 갖는가? 이렇게 변화와 불확실성이 가득한 상황에서 종합적인 것은 차치한다 해도 어떤 신빙성 있는 비교 연구가 가능할까?

나는 오래 전부터 수학 올림피아드와 비슷한 국제 문해literacy 및 '일반 지식' 올림피아드를 꿈꾸었다. 나이별로 선발된 학생들이 똑같은 시험을 치르고, 동일한 주제로 작문을 하고, 구두시험을 치른다. 이 학생들이 영미권, 그리고 러시아를 포함한 유럽 대륙의 교육기관을 대표하게 하는 것이다. 하지만 현실의 어려움은 크다. 각 나라와 사회 구조 속의 중등 및 고등 교육은 너무도 다양해서 동일한 기준으로 경쟁하고 비교하는 일이 불가능해 보인다(수학의 경우는 과제와 해결의 보편성과 개관성 때문에 이런 것이 큰 장애가 되지 않는다). 기초적인 것 이외의 어떤 기술을 공통적으로 가르치는가? 사전 조정과 대진 결정이 아주 정확하고 공정해야 할 것이다. 영국의 대입 예비반 학생이 프랑스 '리세' 1학년, 독일과 오스트리아 '김나지움' 졸업반과 겨룰 수 있을까? 어쩌면 엘리트 학생 수준에서는 이 일이 가능할지 모른다. 하지만 좀 더 포괄적이고 덜 '학구적인' 중등 교육을 함께 고려하면 수준 일치의 장애물은 넘어서기 어려울 수도 있다. 고등 교육으로 가면 공정한 비교의 장벽이 이보다 약해 보이지만, 실제로는 그 못지않게 어렵다. 목적이 동일하고 교환 프로그램도 많지만, 옥스브리지나 런던 정경대학은 미국의 아이비리그나 서부 해안의 세계적 학술기관 가운데 실질적인 상대역이 없다. 프랑스 고등 학문과 교육의 최고봉은 소르본 대학이 아니라 '그랑제콜Grands-Écoles'들이다. 이들은 나폴레옹의 중앙집권 조치와 공화제 엘리트주의의 독특한 산물이다. 이탈리아와 독일은 모두 특정 학부, 특정 학과, 심지어 스타 학자 개인이 방대하고 때로는 혼란스러운 구조 속에서 뛰어난 엘리트 집단을 대표한다. 튀빙겐 대학의 형이상학, 피사 대학의 고전학, 볼로냐 대학의 기호학을 생각해보라. 미국 대학들은 기초 필수 과목이 직업 훈련이나 그보다도 나쁜 것에 근접하는 경우가 너무 많다. 시민 통합을 목표로 하는 기관들에서 다양한 수준의 반문맹 상태가 허용된다. 그러니 어떻게 공평한 기준에 합의할 수 있겠는가? 공정한 배심단을 누가 구성할 수 있겠는가? 다시 한 번, 수학은 그 확실성을 측정할 수 있다는 이점을 누린다.

그럼에도 불구하고 나는 미국의 하버드, 스탠퍼드, MIT, 영국의 옥스퍼드, 케임브리지, 임페리얼 대학, 프랑스의 고등사범학교와 폴리테크니크, 파리정치학교, 뮌헨 대학 역사학과와 프랑크푸르트 대학 사회학과, 피사의 '스쿠올라 노르말레 Scuola Normale',* 모스크바 대학과 상트페테르부르크 대학의 최고 학생들이 참가해서 시험, 작문, 구술시험을 치르는 일을 상상한다. 여기에 교육 분야에서 점점 더 중요해지는 '제3연령기troisième âge'인 성인 및 평생 교육의 대표단을 더해보자. 이들을 어떻게 비교할까? 나는 항상 케임브리지 대학 올솔즈All Souls 칼리지의 최우수 펠로들이 하버드의 주니어 펠로들, 그리고 파리의 전설적 고등사범학교의 젊은 '아그레제agrégé'**들에 맞서는 일을 상상했다. 바르샤바와 프린스턴의 논리학자는 튀빙겐과 타르투의 논리학자를 어떻게 압도할까? 이런 상상은

---

* 이탈리아판 고등사범학교.
** 교수 자격증 소지자.

매혹적이다. 내 직감에 따르면, 고전에 토대한 학문 분야들은 엄격한 에든버러의 대학들과 피사 출신이 앞설 것 같다. 정치이론에서는 하비드와 런던정경대학을 물리치기 어려울 것이다. 계량경제학에서 시카고 대학을, 법, 사회학, 자연과학의 상호 관계에서 스탠퍼드를 누가 이길까? 외국어와 다국적 문해력에서는 프라하와 부다페스트 같은 동유럽의 기관들이 더 이름난 서구의 대학들보다 높은 자리에 올라갈 것이다. 특정한 지역성은 미국의 최고 교육기관들만 빼고 모두에게 장애가 된다.

내 개인적인 경험과 기억은 전체적으로 아주 거칠고 또 명백히 주관적이다. 나에게 가장 많은 요구를 하고 또 가장 독창적이었던 학생들은 뉴욕대학 야간 강좌에서 만난 이들이었다. 테이블에 둘러앉은 다인종 남녀, 출신 계층도 나이도 직업도 다양하고 은퇴자들도 섞여 있던 그 조합은 아주 강렬했다. 지적 발견의 기쁨—"도스토예프스키는 정말로 끝내주네요!"—과 정서적 놀라움, 공식적이고 권위적인 것들에 대한 저항, 토론의 격렬함은 미국 이야기의 최상의 부분이었다. 나는 이 학생들과 청강생들을 학술계의 엘리트들에 자주 견주어 보았다. 심지어 스탠퍼드의 박사 과정 세미나나 케임브리지의 특정 튜토리얼—내가 가르칠 수 있는 것보다 훨씬 더 많은 것을 배운—에 참여한 학생들하고도. 심지어 내가 제네바 대학에서 25년 넘게, 또 지로나 대학의 잊을 수 없는 청중 앞에서 꾸준히 수행한 비교문학과 지성사 세미나와도 비교해 보았다. 하지만 그런 것은 정량적 분석을 할 수 없는 일시적 인상들이다. 기억은 플래시 전구와 다를 게 없다.

프랑스 교육을 이야기하려면 프랑스 역사와 사회의 심층 구조를 건드리지 않을 수 없다. 18세기 이후 프랑스 교육의 형태는 관료주의적 통일성과 위계적 엘리트주의 측면에서 필적할 상대가 근대 이전 중국뿐이다. '교수들의 공화국République des professeurs'이라고도 불렸던 제3공화국을 보면 프랑스는 나라의 절반이 끊임없이 나머지 절반을 가르치고 시험 보게 했다는 느낌이 든다. 학업 성적은 그때도 그렇고 지금까지도 (강도는 줄었지만) 공적 관심과 주목의 대상이다. 내가 파리에 살던 시절에는 학부모와 자녀들이 바칼로레아 결과가 적힌 벽보를 보려고 더러운 파리 거리로 덜덜 떨면서 모여들었다. 언론에는 해마다 안도 또는 실망으로 기절한 사람들의 기사가 실렸다. '아그레가시옹agrégation'* 합격자들의 정확한 순위는 아직도 공개된다. 때로 소수점 이하의 점수가 영광을 가른다. 하지만 베르그송이나 사르트르, 레몽 아롱이 1등을 하고 시몬 드 보부

---

* 교수자격 시험.

아르가 2등을 한(실패한 자, 심지어 여러 번 실패한 자들도 나름의 은하를 이룬다) 시험에서 이러는 것이 문제일까? 정론지들은 바칼로레아에 나올 민한 주제들을 싣는다. 그러면 전문가들이 그것에 대해 논의를 한다. 계몽주의와 프랑스 혁명에서 '철학'과 평론가는 중요한 역할을 했다. 나폴레옹은 프랑스의 교육과 과학기술 연구로 통제력과 위신을 높이고자 했다. 보불전쟁(1870~71)에서 패배한 뒤 프랑스는 중등 및 고등 교육에서 독일을 따라잡겠다는 의지에 사로잡혔다. 드레퓌스 사건을 둘러싸고 발흥한 정치적 인텔리겐차와(소르본 대학 주변에서 가두 투쟁이 일어났다) 1968년의 혼란과 논쟁은 교육의 이론과 실천 양면에 깊은 영향을 미쳤다. 그들은 학교 교실과 대학 강당을 프랑스 국가적 정체성 논쟁의 모체로 만들었다. 유명 정치인들—스스로 수준 높은 교양인인—못지않게, 작가와 유명 기업가들 못지않게, 스승들, 그러니까 열정적 교사(알랭), 콜레주 드 프랑스의 카리스마 넘치는 강연자(바르트, 푸코)들이 국민적 관심을 받았다. 다른 어느 나라 정부가 교사들에게 '교육공로훈장palmes académiques'을 주고, 도로명에 시인이나 장군이 아닌 동양학 개척자, 학술 논리학자, 순수 수학자의 이름을 붙이겠는가? 파리의 라탱 구역은 정신사를 응축해 담고 있다. 프랑스어가 중국어의 '망다랭mandarin'*을 수입해서 사용하는 것은 모든 면에서 당연한 일이다.

프랑스의 교육은 언어를 강조하는 것이 특징이다. 그들은 프랑스어가 다른 모든 언어보다 더 정확하고 분명하며 우아한 어감을 지녔다고 여기며, 초등학교 때부터 그렇게 교육한다. 어린이는 '라 나시옹la nation'의 운명을 정의하고 지탱하는 데 언어가 중추적 역할을 수행한다는 것을 배운다. 이런 신조에는 수사학의 (명시적, 내면적) 중요성, 웅변에 대한 신뢰, 문체와 언변에 대한 존경이 수반된다. 그래서 "문체는 사람이다". 뛰어난 수사학이 현실을 가리고 재난을 막은 경우가 여러 번 있었고, 드골도 그런 사례 하나를 제공했다. 프랑스 어린이는 어렸을 때부터 '작문'으로 언어 표현 기술을 익힌다. 그를 위해 국민적 고전이라는 어휘, 문법의 보물을 연구하고 모방한다('텍스트 해석explication de texte'과 '모방pastiche'은 젊은 마르셀 프루스트의 최고의 훈련이었다). 그리고 무엇보다 어린 학생들은 갈수록 길고 밀도 높은 문장을 암기하도록 교육받는다. 맨 먼저 라퐁텐, 이어서 발레리 하는 식이다. 암기가 핵심적 역할을 한다. 그것은 주의력 근육을 깨우고 키운다. 말브랑슈에 따르면, 주의력과 집중력은 정신의 '자연 신앙natural piety'이다. 그것은 고전을 공유하는 공동체, 유산의 공동체를 만든다.

---

* 고위 관리, 엘리트.

그것은 우리 안에 저장되어 검열도 약탈도 불가능한 감정의 자원이 된다. 위대한 텍스트의 정확하고 적절한 인용, 자부심 어린 모방, 시민 생활 모든 면의 수사학적 장식을 통해 학교는 국가와 직접 연결된다. '리세'는 흔히 유명 작가와 사상가의 이름을 따서 명명된다. 최근의 사회 변화와 세계화가 이런 결정적 축을 부분적으로 부식했을 뿐이다.

전통적 프랑스 교육의 또 한 가지 두드러진 특징은 중등 교육 수준에서 이미 철학을 가르친다는 것이다. 바칼로레아가 시작되기 전부터 학생들은 철학적 주장과 논쟁의 고전들을 교육받았다. 초보적 방식이기는 해도 플라톤과 데카르트의 형이상학 개념들, 콩트의 실증주의, 그리고 때로는 현대 실존주의도 접했다. 유명 강연자들은 대학보다 이런 '졸업반' 수업을 선호했다. 공공 시험, 고등사범학교 입학시험에 나오는 문제들은 베르그송과 사르트르뿐 아니라 루소와 헤겔도 다룰 수 있다. 다른 어떤 교육 제도가 십대 학생들에게 "윤리학은 지식이라 할 수 있는가?" 또는 "존재의 증거는 모두 순환적인가?" 같은 질문을 던지고 이를 논할 것을 요구하는가? 교사는 이런 경전적 사상과 문헌의 자격 있는 실현자로서, 지방의 낙후된 '리세'에서도 오직 1914년 이전 독일이나 오스트리아-헝가리 제국하고만 비교할 수 있는 시민적 존경을 받았다. '무슈 르 프로페쇠르' 또는 '마담 르 프로페쇠르'를 집에 손님으로 모시는 것은 가볍지 않은 특권이었다. 베르그송, 사르트르, 시몬 베유가 어린 학생들을 가르쳤고, 말라르메도 그랬다.

그중에 지금 남아 있는 것은 어느 정도인가? 전통적 프랑스 교육의 과거 지향적 고전 교육, 과장된 수사학, 어설픈 궤변과 뒷공론에 대한 거센 비판에 어느 정도의 침식이 이루어졌나? 프랑스가 과학 분야에서 (순수과학과 공학의 특정 분야들은 빼고) 상대적으로 쇠퇴한 것은 학교 교육이 인문학적이고 심지어 고루하기까지 한 가치를 너무 숭상해서인지도 모른다. 암기는 자발성을 억압하고, 혁신, 즉 과학 발전에 꼭 필요한 이단적 견해를 억제하는가? 스스로의 상징인 언어에 몰입하면서 프랑스 지식 사회는 방어 모드에 들어갔다. 영미 문화의 조수가 내륙 깊숙이 밀려드는데, 프랑스 문화는 거기 잘 대처하지 못하고 있다. 순수예술 분야도 마찬가지다. 프랑스 학계 엘리트들에게 내재된 추상성과 정합성이 위축되고 있는가? 내 인생을 살 만하게 해준 많은 것을 나는 '리세' 선생님들 덕분에 얻었다. 하지만 발레리의 「테스트 선생」보다는 실수투성이 칩스 선생님*이 인간적 생존에 더 유용한 안내자였을지도 모른다.

---

* 영국 작가 제임스 힐턴이 1934년에 출간한 대중 소설 『굿바이 미스터 칩스』의 주인공.

영국에서는 지난 몇십 년 동안 중등 및 고등 교육에 중대하고도 혼란스러운 변화들이 있었다. 공식 위원회, 온갖 정치적 색채의 교육 싱크탱크들이 어이없을 만큼 많은 개혁 계획안을 냈다. 재조직이 시도되다 취소되고, 필수 과목과 강의안이 조정되었다. 전통적 아이콘은 거의 사라졌다. 전체적 방향은 하향평준화로 수 세대, 어쩌면 수 세기 동안 누적된 사회 불평등을 해소하려는 정치적 의도가 크게 작용했다. 약간의 계승 요소는 있었다. 대영제국이 고대 스파르타, 아테네, 로마를 본떠 중시하던 체육 교육이 그중 하나다. 프랑스 어린이들은 흔히 무거운 책가방을 메고 비틀거리며 집에 돌아오지만, 영국 어린이는 운동장에서 땀을 쏟았다. 웨스트민스터나 윈체스터 같은 소수의 엘리트 퍼블릭 스쿨은(여기서 '퍼블릭'은 '사립'이라는 뜻이다) 여전히 고전 언어들을 상당한 수준까지 교육한다. 이들의 약간 엄격한 성채에서는 아직도 다른 어떤 교육 제도에도 없는 학생장prefect에 의한 자치가 이루어지고 있다. 하지만 많은 변화가 근본적이고 또 혼란스러웠다. 튜더 왕조 시대부터 이어진 '그래머 스쿨'*의 구조—스트랫퍼드어펀에이번에 있는 그래머 스쿨은 한 유망한 학생**에게 오비디우스를 가

---

* 라틴어 교육이 중심이던 중등 학교.
** 셰익스피어를 가리킨다.

르쳤다―는 해체되었다. 이른바 '직접지원 학교'*들은 뛰어난 성과를 보인 곳도 많지만, 평등주의의 열망 속에 사라졌다(다른 이름으로 이어지고 있기는 하다). 신생 대학이 우후죽순 생겨났고, 그중 너무 많은 대학이 낮은 학문 수준과 직업 훈련에 머물러 있다. 요리, 미용, 수상 레저 마케팅에도 학위가 주어진다. 기술대학, 기능대학, 전문대학 같은 초급 형태의 대학들이 진정한 대학의 교과과정과 연구의 외곽에 불안하게 군생한다. 그리고 결정적으로 이런저런 3차 교육기관에 다니는 영국의 학생 수가 급격하게 늘었다. 예전에는 그 수가 지나치게 적었다. 여학생이나 소수 인종의 수도 마찬가지였다. 이민, 도심지의 요구, 해외 학생 유치―재정적 동기임이 공공연해도―로 인해 교육 현장 전체가 급진적으로 변했다. 변증법적 해결책은 찾기 힘들다. 미디어와 출판계에 영국 최고의 성취들까지 침묵시키는 문화적 피학성 한편으로는 정의에 대한, 너무 오랫동안 닫혀 있던 기회와 발전의 문을 열자는 열망도 있다. 분명한 것은 벤저민 조잇이나 매슈 아널드 같은 사람들은 현재의 상황을 이해하기 힘들리라는 것이다.

그래도 격차는 남아 있다. 옥스퍼드, 케임브리지, 런던, 브리

---

* 유상 학교지만 정부 지원금을 받는 대가로 일정수의 학생을 무상으로 받은 학교.

스톨 밖에도 뛰어난 학과, 학부, 연구실이 있다. 어떤 지역에서는 '대입 예비학교'가 빛을 발한다(영국 중등 교육의 마지막 단계는 그 수준이 대부분의 미국 내학 학부와 맞먹는다). 입학이 크게 어렵지 않은 도시의 많은 '아카데미'가 국가 공훈 비교표에서 놀라운 성과를 내고 있다. 여학교들의 자부심은 세계 최고 수준일 것이다. 하지만 전체적으로 보면 간극은 넓어지고, 그 결과는 절망적이다. 공부가 싫어서 학교를 떠나는 잉글랜드 청소년은 현대 생활과 취업에 필요한 기본적 문해력과 수해력도 갖추지 못한 경우가 허다하다. 그런 이들의 독해력은 11세 수준으로 평가되고, 수학은 기초 수준도 미지의 땅이다. 역사, 지리, 외국어 관련 무지는 엄청나다. 제도는 반문맹 상태의 하층 계급을 양산하고 있다. 그들의 부족한 어휘와 문법 지식은 감정도 야심도 황폐하고 저속하게 만든다. 보고서가 쏟아지고, 국회와 공론장의 토론은 끝이 없다. 통계 수치는 각다귀 떼처럼 날아다닌다. 그러는 동안 은밀한 선발 방식은 늘어나고 중산층 부모는 자녀를 좋은 학교에 보내려고 (큰 빚을 지고, 이사를 하고, 거짓 종교 생활을 하는 등) 어처구니없을 만큼 큰 노력을 기울인다. 노동당 정부의 반격과 주기적 위협에도 불구하고 (유구했던 물리적 폭력은 다행히 시들었지만) 일류 학교들은 특권적 학생들을 보존하고 늘려가고 있다. 저소득층 대상 장학금과 튜토리얼 지원도 도움이 되지만, 장벽은 아직 사라지지 않았다.

오랜 낙원도 압박받고 있다. 아마도 영국에 고유할, A-레벨* 교육과 시험이 구현하는 조기 전공 교육의 전통이 현실과 점점 간격이 벌어지고 있다(이에 대해서는 나중에 다시 이야기하겠다). 심층 교육은 세 과목 또는 많아야 (상호 연결된) 네 과목 정도였다. 전체적 스펙트럼을 가진 바칼로레아나 '마투라'**와 비교하면 A-레벨은 지나치게 폭이 좁다. 이튼 스쿨 학생들의 문해력 높은 가족적, 사회적 환경에서는 중등 교육 수준에서 극도의 전문성을 달성할 수 있을지도 모른다. 이제는 이런 특권적 배경을 당연시할 수 없다. 상위 대학 학생들도 일반 지식과 지적 기능이 놀라울 정도로 결핍되어 있다. 학생들이 A-레벨의 고전, 역사, 외국어, 문학, 수학 교육만으로도 고등 교육과 전문 직업 준비를 충분히 할 수 있던 시절은 거의 끝났다. 그래서 국제 바칼로레아라는, 13세 나이에 가볍게 수학과 과학을 포기하지 못하게 하는 커리큘럼을 지향하는 반항적 움직임들이 생겨났다. (새로운 범위를 누가 가르칠까? 그래서 옥스브리지에도 미국 모델에 대한 입문적, 개괄적 강좌를 도입할 필요가 생겨났다.) 명문 대학들은 심각한 재정 위기를

---

* 대입 예비생들이 준비하는 시험으로 대학 전공과 연계된다.

** 이탈리아의 고교 졸업 시험.

겪고 있다. 그들이 언제까지 대면 튜토리얼과 개인적 리포트 부과와 평가라는 사치를 누릴 수 있을까? 하지만 영국 최고의 교육 기관들이 탁월성을 유지하는 이유는 바로 그것들이다.

탁월성으로는 강고한 속물주의를 뒤집을 수 없다. 잉글랜드는—스코틀랜드는 덜하다—오래 전부터 '똑똑함', 지나친 지적 열정, '머리를 쓰는' 야심과 프랑스적인 엘리트주의를 불신했다. 그런 것은 학교와 사회 양쪽에서 모두 비난받았다. '지성'이라는 말은 거의 비난이나 조롱을 담고 있다. '사상가'라는 말도 편안한 자리가 없다. 영국 문학의 영광, 로저 베이컨 이후 과학의 위엄, 영국 철학의 위대한 순간들도 이런 뿌리 깊은 배척을 없애지 못했다. 최근에 국가 의식에 가장 중요한 사람을 묻는 여론조사에서 다윈은 10위였다. 윗자리는 정치인과 운동선수들의 몫이었다. 오늘날 총리 관저 내빈 명단에 가장 자주 오르는 사람들은 팝스타들이다. 하지만 이런 일이 완전히 부정적이기만 한 것은 아니다. 정확히 이런 속물주의, 모든 '신학적 대립odium theologicum'에 대한 이런 혐오(영국에 둔스 스코투스와 헨리 뉴먼 이외에 일급 신학자가 있었나?), 추상과 이념에 대한 이런 불신 덕분에 영국사는 관용과 카리스마적 인물에 대한 아이러니한 면역이라는 부러운 기록을 얻었다. 영국인들은 격렬한 논쟁, 지성적 분노와 참여—프랑스식 '앙가주망engagement'—를 꺼리며, 조롱 어린 실용주의, 신중한 무심함을 선호했다. 파시즘도 레닌-스탈린주의도 영국에서는 소수만을 사로잡았을 뿐이다. 영국의 신전에서는 파스칼도, 니체도, 키르케고르도, 마르크스도 높은 위치를 차지하지 못한다. 가장 높이 평가되는 것은 공평하고 조용한 관용과 로크가 모범을 보인 차분한 상식이다. 필요한 것은 영국 교육과 이런 치유적 반지성주의의 관계에 대한 철저한 해부다. 그리고 어쩌면 그에 대한 조용한 축하도 필요할지 모른다.

　로크의 희망찬 건전함은 미국 헌법의 이상과 정치 기관의 근본을 이루었다. 하지만 대륙적 스케일과 지역적 특징이 곧 역사를 압박했다. 미국에 생겨난 각종 학교, 변화무쌍한 직업/기술/고등 교육 기관은 너무도 다양해서 엉성한 일반화도 요약도 불가능하다. 거기에 인종과 종교 같은 복잡한 압력이 개입한다. 체계와 수준은 주에 따라서도 달라지지만, 주 경계선 안에서도 다르다. 교육구들은 제각각 고유한 역사와 목적이 있다. 펜실베이니아와 오하이오 같은 주는 대학이 수백 개씩 있는데, 그 가운데는 특정 교단 신도를 위한 소규모 대학도 있고, 수만 명이 재학하는 대형 주립대학도 있다. 주립 농공대학이나 종합대학은 후원자 1인의 거액 기부로 세워진 대학들—스탠퍼드, 듀크, 페퍼다인—과 비슷한 수준에 이른다. 이와 비슷한 폭을 가진 사회는 다른 어디에도 없다. 나는 시카고 대학과 하버드 대학에서 학부 생활을 했고, 프린스턴, 예일, 스탠퍼드,

샌타바버라 대학에 방문 교수로 있었지만, 이런 경험조차 극히 일부에 해당할 뿐이다.

　미국 중등 교육에 들이닥친 문해력 부족의 홍수도 이제 새로울 것 없는 이야기다. 실제 사례들은 거의 초현실적으로까지 느껴진다. 학생들은 성경이나 세계적 고전의 가장 유명한 구절도 모른다. 미국 역사의 핵심적 사건들의 날짜도 모른다. 고교 졸업자의 80퍼센트 가량이 아일랜드가 영국의 동쪽에 있는지 서쪽에 있는지 알지 못한다. 명문 대학 학생들도 아퀴나스, 갈릴레오, 파스퇴르의 활동 연대를 구별하지 못한다. 종속절이 있는 문장에 대한 이해력도, 어휘력도 감퇴하고 있다. 갈수록 더 많은 사람들이 기초적 계산도 고대의 수수께끼처럼 느끼고 있다. 공백의 목록은 이어진다. 학교 중퇴자, 실질적 문맹자의 수는 해가 갈수록 늘어난다. 미국 사회가 '바보 정치'라는 말에 이념적 뉘앙스가 덧붙는다. '정치적 올바름'이 간섭하고 검열한다. 보수의 심장부뿐 아니라 중도 지역에서도 종교적 보수주의, 심지어 근본주의가 협박한다. 조롱과 회의적 질문은 비애국적이라고 여겨진다. 진화론을 침묵시키려는 시도는 최악의 예일 뿐이다. 하지만 최상부를 보면, 미국의 대학원 교육은 비교를 불허한다. 그것은 순수과학과 응용과학, 경영학에서 세계를 선도한다. 미국은 국제 과학 출판, 미디어 연구, 정보 이론과 기술의 최강자다. 마이크로소프트와 구글은 지구를 덮고 있다. 유럽의 학자들도 미국의 대형 도서관과 자료실에 의존한다. 학교 폭력과 참담한 교육 수준의 도심 고등학교가 세계가 부러워하는 대학 캠퍼스나 연구 센터 인근에 자리하고 있는 일이 흔하다.

이런 대비가 생기는 근본적인 모순은 토크빌이 이미 간파했다. 공화국은 평등한 기회, 개선의 지속에 대한 약속 위에 세워진다. 미국은 언제나 내일이다. 그들은 다른 사회는 꿈꾼 적 없는 평등주의적 공동체에서 '행복을 추구'한다. 희망의 약속이 지향하는 것은 무심한 지식, 특히 과거의 지식이 아니라 '캘리포니아'의 실현이다. 오늘날 미국 학교 교육은 그 어느 때보다 더 통일적 애국심, 국가적 자부심, 미국의 신 아래의 통합을 목표로 하고 있다. '에 플루리부스 우눔E plurivus unum.'* 학교의 하루는 고전 암송이나 구구단 암기 대신 국기에 대한 맹세로 시작한다. 게다가 실패 사례도 많고, 경제적 사회적 낙후 지역이 도처에 널리고, 인종 갈등이 끈질기게 지속됨에도 불구하고, 미국의 실험은 그들의 유토피아적 오만을 상당히 정당화해줄 만큼 성공을 거두고 있다. 다른 어느 나라가 물질적 정신적 풍성함에서, 유례없는 안락과 번영을 안겨준 사람들의 수에서

---

* '여럿이 하나가 된다'는 뜻으로 미국 국새에 새겨진 글귀.

미국과 비교될 수 있을까? 아프리카와 아시아의 수억 명에게는 미국의 슬럼도 에덴으로 보일 것이다. 그러므로 교육은 그 자체로 목적이 아니다. 그것은 고독한 시간이나 역사적 위기를 극복하기 위한 훈련도 아니다. 미국에서 그것은 사회적, 정치적 꿈의 알파벳이다. 각성과 기억을 중시하는 유럽과는 거리가 멀다. 미국 교육의 이론과 행정에서 중요한 자리에 있는 내 아들은 "유럽은 형태를 보존하고, 미국은 내용을 갖는다"고 말한다. 이것은 헛소리일 것이다. 하지만 정말 그럴까?

문제의 핵심은 이런 밝은 이상들이 인간의 현실과 부딪힌다는 것이다. 사람은 육체적으로도 그렇듯 지적으로도 재능의 폭이 크다. 조력에 의한 발전도 큰 성취를 이룰 수 있지만, 그것은 한계가 있다. 재능 있는 사람과 평범한 사람 사이에는 크나큰 불평등이 존재한다. 최악의 악몽은(미국에서 가장 두드러지는 것인데) 이런 불평등이 인종과 관련 있다고, 거기 유전적 요소가 있다고 밝혀지는 것일 것이다. 생물학적 현실이 품위와 조화된다고, 또 그것을 가능케 한다고 인류에게 약속한 사람이 누구였는가? 사회 정의는 탁월함을 만들지 않는다. 그것은 하향평준화한다. 이런 자연의 경향을 반박하려고 하는 것, 인간 존재의 항상적 불평등을 (위선적으로라도) 개선하려고 하는 것은 미국의 명예다. 대가는 엄청나다. 정치적 이류성, 부패, 맹목적 대중 영합이 넘쳐나는 것만이 아니다. 높은 지성이 주변으로 내몰리고, 언어에 대한 사랑이 매스미디어의 강력한 유치성에 깔려 시드는 것이다. 플라톤과 토크빌이 예견했듯이, 대중적 민주주의는 정신적 삶과 본질적으로 맞지 않는다. 떠들썩한 미국 환경에서 지적 몰두는 낯설고 의심스러운 고독의 암종이다.

어쩌면 우리가 물어야 할 질문은 이것일지 모른다. 다국적적이고 점점 더 하나로 얽혀가는 지구에서 인간의 영적, 현실적 문제 해결에 필요한 핵심적 문해력은 무엇일까?

서구에서 '문해력literacy'의 개념은 로마 제국 쇠퇴 이후 수도회와 교회 학교가 성장한 것과 깊이 관련되었다. '문해자'란 성서를 읽을 줄 알고 편지를 쓸 수 있는 사람이었다. 그 능력이 (대개 기본적 수준이었지만) 관련 깊은 두 직업인 성직자와 학승學僧 사이를 갈랐다. 교회, 법원, 정부, 외교계의 고관들은 라틴어—비록 과도적인 혼성 형태라도—를 어느 정도 알았고, 드물게는 비잔틴이나 이슬람을 통해 고대 그리스어도 접했다. 이 문해 엘리트들, 이 식자층—그중 여자는 극소수였다—이 가장 실제적인 의미로 고대 문명의 단편들을 보존하고 전달했고, 기독교는 그 전달을 둔화시키고 거기 수정을 가했다. 그래서 문해력은 '지식인'을 정의했고, 또 교회와 국가의 통치를 가능하게 한 이념적 정치적 권력 관계를 정의했다. 단테가 속어와 문학 교육에 대한 소책자에서 훌륭하게 설명한 이 유산에서 현대—단순히 중세 이후라는 의미의—서구의 문해력 및 그 쓰임에 대한 개념들이 파생되었다.

그런데 이 유산은 '문해력'이라는 말을 모호하게 만들기도 했다. 그 말은 두 개 이상의 중요한 의미를 띠었다. 상층부에서 문해력은 공유된 '공동체communitas', 학자들의 공유된 참고 기호를 가리켰다. 또 읽기와 쓰기에 필요한 물질적 수단의 소유를 가리켰다. 그래서 에라스무스와 몽테뉴에서 20세기 중반에 이르는 위대한 개인 장서의 시대를 뒷받침하게 되었다. 그것은 문헌literature 생산자와 소비자로 이루어졌다(literacy라는 단어의 원천과 내용을 생각해보라). 그들은 입법가와 성직자, 자연과학자와 철학자, 정치사상가와 역사가, 형이상학자와 시인이었다. 성 히에로니무스가 책상에 앉아 있는 모습은 이 '문법 연방'의 아이콘이다. 벨 레트르Belles lettres,* '애서가bookman', 그리고 학교에서의 직계를 가리키는 '준교수reader'(이 용어들은 지금도 영국 고등교육 기관에서 쓰인다), 유럽 '문명국civilitas' 전역의 공생활과 사생활에서 '편지를 쓸 줄 아는' 남녀를 가리키던 correspondent, 이런 카테고

---

* '아름다운 글자'라는 뜻으로 문학 작품을 가리킨다.

리들은 '문해력'이라는 단어의 폭과 핵심을 잘 보여준다. 고급 문화와 통신 기술은 원치 않는 삼투를 통해서 아래로 느리게 스며 내렸다. 그것은 초보적이고 미미하던 읽고 쓰는 능력에 일정 정도 영향을 미쳤다. 공공 도서관이 생기고, 학교가 확대되었다. 계몽주의의 결과, 프랑스 혁명과 산업 혁명의 결과, 그리고 빅토리아 시대 교훈적 사회개선주의—존 스튜어트 밀과 매슈 아널드의 문해력 중시를 생각해 보라—와 초기 모델 복지국가의 결과로 문해력이 다수 대중에게 퍼졌다. 인쇄술과 인쇄물—싸구려 간행물 같은—의 역할이 중요하고 두드러진다. 하지만 주의해야 할 것은 이런 넓은 의미의 2차적 문해력은 예전부터 지금까지 주변적이라는 것이다. 교육은 수 세대에 걸쳐 초보적 수준에 머물렀다. 농민과 노동 계급, 하녀나 식모로 일하는 여자들, 이른 나이에 학교를 그만둔 학생들 다수는 문해력이 극히 피상적이고 제한된 수준이었다. 그들은 잘해야 기초적인 글을 읽을 수 있을 뿐이었고, 쓰는 능력은 거의 없었다. 그들이 어떤 책을 소유는 고사하고 읽기라도 할 수 있었을까? 사회사 학자들은 이런 어두웠던 상황의 증거를 계속 발굴하고 있다. 통계가 전하는 이야기는 생생하다. 프랑스는 1914~18년의 징집병 3분의 1 이상에게 임시방편식 읽기 보충 교육을 해야 했다. 영국 학교 중퇴자들의 상대적 무지에 대해서는 이미 말한 바 있다. 미국의 광고와 매스미디어 업자들은 되도록 2음절 이상의 단어나 가정법 문장을 피한다. 종속절은 찾아볼 수 없다. 의약품 구매자 다수가 상표와 복용법을 해독할 수 있는 지 하는 문제는 긴급한 수준에 이르렀다. 아시아, 아프리카, 라틴아메리카의 상당 지역이 해당하는(하지만 지중해 연안의 시골 지역들도 포함하는) 이른바 '제3세계'에서 문해력은 산발적일 뿐이다. 텔레비전은 막강한 교육적 잠재력이 있다. 하지만 지금까지 그것이 베푼 혜택은 양가적이다. 그림은 자막을 압도한다. 터키, 소련, 중국에서 정부 주도로 실행한 급속한 문맹 타파는 효과적이었다. 이것은 독재 정치의 확실한 결과다. 독재자는 명령할 수 있다. 대중 시장 민주주의는 관대하다. 스포츠와 패션의 천국인 영국에서 수백만 명에게 역할 모델이 되는 어느 슈퍼스타는 말했다. "내가 왜 책을 읽어야 하죠?"

문해력의 불균등한 분포 속에 과학은—이론/응용, 순수/기술 분야 모두—놀랍게 발전했다. 이런 발전은 거슬러 올라가면, 바빌로니아의 천문학과 피타고라스에, 플라톤의 기하학 찬양에 뿌리를 두고 있다. 우리는 니덤을 통해 고대 중국의 과학을 보았다. 하지만 결정적 돌파의 지점은 갈릴레오가 자연, 즉 운동하는 현실의 언어는 (인간의 이성에 의해 포착되어 정리되면) 수학의 언어라는 원리를 밝힌 것이었다. 갈릴레이와 케플러에서 뉴턴과 아인슈타인까지 우주론과 물리학 역사에 강력한 추진력이 된 것은 수학적 도구와 개념의 급격한 발전이었다. 수학 통계가 다윈의 진화론과 분자생물학을 지탱했다. 대수학과 위상학이라는 도구 없이는 체계적 기상학이나 유전학, 실험심리학과 행동과학은 어떤 것도 불가능하다. 심지어 오랫동안 수학과는 상관없다고 여겨지던 언어학, 사회 이론, 인류학 같은 학문도 대수적 알고리즘에 대한 의존이 커지고 있다. '계량경제학'이나 '계량경제사' 같은 어색한 명칭이 이런 편재성을 잘 보여준다. 컴퓨터와 정보 이론, 인공 지능과 웹의 세계는 수학의 세계다.

그래서 당연히 요구되는 수해력numeracy 수준은 세대를 거듭할수록 높아졌다. 오늘날 대학 신입생은 가우스와 하디도 당황할 수식 처리를 익혀야 한다. 경제학이나 보험 통계, 인구 통계를 전공하는 학생은 오래지 않은 옛날 순수 수학자들만 다루던 원리를 활용한다. 초등학생들은 컴퓨터에서 프랙탈의 결정 구조를 가지고 논다. 과학과 기술, 또 우리 일상의 철학적 논리와 기계화를 지배하는 수학의 제국주의를 살펴보면, 내면적 역동, 어느 것과도 비교할 수 없는 통합의 힘이 느껴진다. 갈릴레오와 데카르트가 공언했듯이 지식의 덩어리, 데이터와 통찰의 집적이 어느 정도 수학적 처리가 가능해지면 과학, 즉 정합성 있는 학문으로 성숙하게 마련이다.

그에 따라 생겨난 한 가지 결과는 '두 문화' 논쟁이다. 내가 볼 때 C. P. 스노가 시작한 이 불쾌한 논쟁은 한 가지 핵심적 논점을 간과했다. 인문학과 과학 사이의 근본적 차이는 시간의 방향이다. 과학과 기술은 자명하게도 앞으로 움직인다. 미래는 현재보다 더 풍성하고 넓어진다. 다음 주 월요일이면 또 새로운 지식, 새로운 이론이 나올 것이다. 개인적으로 이렇다 할 창조성이 없는 과학자나 엔지니어라도 역량 있는 팀이나 실험실에 참여한다면(과학은 이제 기본적으로 팀 작업이다) 그 역시 상승 엘리베이터에 타고 있다. 반면에 서구 인문학자들이 하는 일은 대부분 뒤를 돌아보는 일이다. 그들은 철학, 문학, 음악, 미술, 과거사를 연구하고 가르치고 비평한다. 그들은 바흐의 기념일과 모차르트 몇 주년을 기린다. 그들이 있는 곳은 자료관, 기념관, 박물관이다. 오페라, 교향곡, 실내악 공연 프로그램은 90퍼센트 가량이 고전 작품이다. 인문학자는 과거의 기억을 깨워서 살려내려고 한다. 논리적으로도 귀납적으로도 내일 아침 새로운 셰익스피어나 미켈란젤로나 베토벤이 나타나지 않을 이유가 없다. 차세대 괴테가 고층 아파트의 옆집에서 세상에 없던 『파우스트』를 쓰고 있지 않을 이유가 어디 있겠는가? 하지만 우리가 현대 실험 예술에 아무리 큰 관심을 갖고 있어도, 과연 몇 명이 그런 천재의 출현을 믿을까? 손쉬운 감동, 슈펭글러식 몰락론을 경계하고, 우리 문명의 쇠망에 대한 발레리의 경고를 무시하고, 감수성을 높이고 개념미술, 전자음악, 우연성 음악, 포스트모던 문학을 받아들여 보자. 그래도 불안한 직관은 가시지 않는다. 서구 인문학과 예술은 황혼과 추억의 장인들이라는.

그 이유를 확실히 진단하기는 어렵다. 현상 자체가 착시일 수 있다. 르네상스 이론가들은 쇠퇴의 전조를 말했다. 하지만 쇠락이 있다 해도, 그것은 '피로'가 생리적 사실인 만큼 심리적, 집단적 진실이기도 하다는 결론으로 이어질지도 모른다. 과거사의 엄청난 무게는 유럽을 짓누르고, 미국이라는 에덴의 모든 기록도 짓누른다. 사상과 예술의 선례는 영감도 되고 족쇄도 된다. 키츠는 빈 종이를 앞에 놓고 소포클레스와 셰익스피어가 등 뒤에서 들여다보는데 자신이 어떻게 '비극'이라는 말을 새길 수 있을까 고민한다. 우리 20세기의 장인들이 사용하는 복구의 간계에 주목해보라. 조이스는 호메로스를 끌어들이고, 피카소는 동굴 벽화부터 벨라스케스와 마네에 이르는 서구 미술의 역사를 공공연히 모아놓으며, 스트라빈스키는 르네상스, 바로크, 18세기의 패턴을 변형시킨다. 엘리엇의 "황무지," 파운드의 『칸토스』는 박물관이 문을 닫기 전에 과거를 기록해두려는 다급한 시도다. 역사가들은 1914년 8월부터 1945년 5월까지 유럽과 러시아의 유럽 지역에서 전쟁, 기근, 추방, 강제 노동, 인종 학살로 인해 7천만 명에서 1억 명 정도가 사망했다고 추정한다. 세계 곳곳으로 퍼지긴 했지만, 양차 대전은 기본적으로 유럽의 내전이었다. 오늘날의 물질적 회복은 많은 점에서 전기 충격으로 죽은 팔다리를 움직이는 것 같은 착시다. 학살—지금도 계속되고 있다—과 홀로코스트의 세기가 개별 죽음의 지위를 변화시켰는지도 모른다. 바로 그 지위가 지난날 미술, 음악, 형이상학에서 중대한 역할을 하고, 서구의 의식에 초월에 대한 허기를 불어넣었다. 『신곡』이 말하듯, 인문학은 가장 심오하고 창조적인 의미로 인간을 '영원하게' 만들고자—"come l'uom s'eterna"—한다. 아직도 이 목표를 신뢰할 수 있을까? 최고의 인문적 실행으로 돌아가는 것은 기적과 같은 일 아닐까?

문해력의 문제, 21세기에 '문해력'이 어떤 의미를 띠어야 하고 또 띨 수 있는지의 문제는 이제 새롭고 여러 면에서 결정적인 요소를 품고 있다. 나는 그것을 '제3의 문화'라 부르고 싶다. 그것은 2차 대전의 암호 작성과 암호 해독 알고리듬에서 피어난 컴퓨터 혁명의 문화다. 구텐베르크 이후에도 80년가량은 계속 필사본이 만들어지고 존중받았다. 현대 컴퓨터, 인터넷, 글로벌 웹, 위성을 통한 전 지구적 정보의 마케팅(이제 지식에 '소유권'이 있을까?), 인공지능, 메모리 뱅크라는 이론적으로 무한한 저장과 회수 수단, 검색 메커니즘—구글—을 생성한 혁명은 그 영향력과 중요성을 이루 헤아릴 수 없다. 헤겔과 하이데거가 사용한 '기술' 개념은 불충분하다. 발전이 가속화되고 가정과 초등학교까지 보급된 컴퓨터의 세계에서는 지식, 정보, 통신, 심리/사회적 통제, 그리고 인간 두뇌와 신경체계—'배선'—에 대한 이해 같은 근본적 상수가 급격히 변경되고 재평가된다. 로봇은 사고 기능에 조금씩 접근하고 있다. 우주학자와 신경생리학자들의 추론—우리 우주와 그 내부의 인간 대뇌피질을 컴퓨터가 설계하고, '망들의 망'에 있는 시냅스가 생성한다는—은 과학 소설을 뛰어넘는 추정적 힘이 있다.

컴퓨터 문해력은 청소년과 성인 영역으로 들어가는 '통과의례rite de passage'가 되고 있다. 서구 산업사회에서 컴퓨터 교육은 거의 유아기에 시작하고, 고등 교육에서는 더 큰 능력이 요구된다. 컴퓨터는 기업 경영과 금융, 정부와 미디어, 의료계, 디자인의 모든 면과 전쟁의 기술에 필수불가결한 도구다. 그것이 사생활과 레저 생활의 모든 구석까지 진입하는 것은 막을 길이 없어 보인다. 불의 사용 이후 이전까지 어떤 인공물이나 발명품도 데스크탑 및 노트북 컴퓨터, 휴대폰 문자와 인터넷만큼 인간의 일상생활에 큰 영향을 미치지 않았다. 전자 스크린은 인간의 거울이 되었다. 기기와 '마우스', 검색 메커니즘과 '서핑'을 익히지 못하는 공동체와 개인은 (나 자신도 포함해서) 새로운 하층 계급, 잊힌 천민으로 전락할 것이다. 흥미로운 것은 이 '제3의 문화'가 인문학과 과학에 모두 관여한다는 것이다. 그것의 뿌리는 수학적 논리와 전자기 방정식에 있지만, 그 정보 컨텐츠, 이미지, 참고 자료는 문학, 역사, 순수예술 연구, 형식 논리 등 모든 분야의 기호 구조와 언어 사용을 포괄한다. 이런 포괄성은 시간이 지나면서 당연히 '피드백'이 생기고, 그것이 인간 사고와 인지 습관의 패턴을 굴절시킨다.

전통적 방식의 인문적 문해력을 보존하고 소생시키겠다는 희망은 나에게는 환상으로 보인다. 그런 문해력, 그런 고전의 지배는 엘리트에게 속했다. 이미 언급했듯이 학교 교육과 정치 사회의 민주화는 '앙시앵 레짐' 또는 영국 빅토리아/에드워드 시대에 계급 분리와 교육의 권력 관계 속에서 목표로 삼았던 플라톤의 이상과는 반대된다. 고급문화에 대한 감수성은 자연스럽거나 보편적인 것과 거리가 멀다. 물론 교육하고 보급할 수 있지만 한계가 있다. 그리스어 불규칙 동사나 호라티우스의 운율 연구는 언제나 소수만이 참여했다. 더 넓은 (하지만 완전히 명백하지는 않은) 의미에서, 복잡한 논쟁에 참여하고, 플라톤적 대화와 스피노자의 논문, 칸트의 저술, 셰익스피어의 소네트에 반응하는 능력은 소수에게만 있다. 미술이나 고전 및 현대 음악도 마찬가지다. 정치적 위선과 교육적 사탕발림의 안개가 이 문제 전체를 가려버린다. '정치적 올바름'과 대중에 대한 참회의 복종 때문에 대다수 사람들과 높은 곳—예이츠가 말하는 "늙지 않는 지성의 기념비"—사이를 가로막는 장애물에 맞서는 일은 사실상 불법이 된다.

고급문화의 영토 방어 실패 — '성직자의 배신'이라 불린—는 암울하고 억압된 통찰에서 비롯된다. 20세기의 야만이 터져 나온 곳은 유럽 문명의 심장부였다. 그것은 탁월한 미적, 철학적 성취의 현장에서 번성했다. 죽음의 수용소가 세워진 곳은 고비 사막도 적도 아프리카도 아니었다. 그리고 야만이 밀려들 때 인문학, 예술, 철학적 질문은 대체로 무력했다. 심지어 문화가 폭압 정치와 학살에 협력하며 그것을 장식해 주기까지 했다. 도살자 중에는 순수 미술이나 고전 음악 애호가가 많았고, 아첨꾼 중에는 위대한 문학을 가르친 교사가 많았다. '리테라이 후마니오레스Literae humaniores'*라는 이름 자체가 공허해졌다.

50년 넘게 학생들과 위대한 문학과 철학책을 읽은 나를 괴롭히는 한 가지 가설이 있다. 나는 그것을 '코딜리아 패러독스'라고 부른다. 우리가 『리어 왕』의 3, 4, 5막을 거듭 읽거나 공연을 보면서 부족하게라도 그런 경험을 이해하고 평가해 보려고 하면, 텍스트와 무대의 울부짖음이 우리 의식을 사로잡고 우리의 존재를 채운다. 허구가 프로이트의 '현실 원칙'을 압도한다. 고통에 사로잡힌 리어의 울부짖음, 글로스터와 코딜리아의

---

* '더 인간적인 문학', 대학의 교양 고전문학 강의를 가리킨다.

수난은 세상을 지운다. 우리는 거리의 외침을 듣지 못하고, 들려도 알아차리지 못한다. 당연히 도와주러 달려가지도 못한다. 아리스토텔레스와 매슈 아널드의 견해와 달리, 위대한 허구, 위대한 미술 작품, 마음을 사로잡는 선율은 인간의 식섭직 필요, 고통, 불의에 대한 '책임'—핵심 단어—을 억제한다. 그것들은 일종의 마비로 우리를 비인간화할 수 있다. 우리가 리어왕의 고통을 깊이 느끼고 내면에 반향시키는 방법으로 도덕성과 시민 의식을 높일 수 있을지는 내가 대답할 수 없는 질문이다. 톨스토이는 그런 일은 불가능하다고 했다.

인문학의 위기는 (정치, 사회, 심리 어느 분야건) 내가 처음에 말한 기성 종교의 쇠퇴를 배경으로 하고 있다. 전통적 문해력과 그것이 만들어낸 문화와 교육은 신학적 이론과 가치에 닻을 내리고 있었다. 우리 문명이 표류하면서 문해력의 닻줄은 풀렸다. 이른바 '포스트모더니즘'이 목청 높이 떠들듯이 '모든 것이 다 허용된다'. 우리가 이제 책의 출판과 독서, 박물관 관람과 음악당 건설을 중단할 거라는 뜻이 아니다. 우리는 당연히 계속 그런 일을 할 것이다. 청중은 더 많아질지 모른다. 많은 것을 인터넷상에서 읽을 수 있고, 복제물로 즐길 수 있다. 〈장엄 미사Missa solemnis〉를 다운로드하는 것이 뭐가 문제인가? 비관주의는 약간 속물성이 있다. 그것은 그런 기쁨과 그에 필요한 노력은 위신과 경제적 지원을 두고 요란하고 시끄러운 대중 엔터테인먼트나 스포츠와 경쟁할 거라고 말한다(진정한 신정론은 축구 승부차기에 있다). 정통 서점은 말도 안 되게 불리한 조건으로 인근 포르노 백화점과 경쟁할 것이다. 점점 더 많은 엘리트와 예술가가 매스미디어를 통해 유명세를 추구할 것이다. 심오한 사상과 독창적 창조의 토대인 사적 공간, 침묵, 비사교성의 가혹한 축복은 점점 찾기 힘들어질 것이다. 민주주의는 개별성을 경계한다. 슈퍼마켓의 기준은 어쩌면 플라톤이나 괴테, 프루스트에게도 냉소적인 프랑스 속담을 적용할지 모른다. 'Ce n'est que de la littérature.'*

"그러면 우리는 무엇을 할 것인가?" 레닌의 유명한 질문이다.

앞서 말했듯이 교육 법령도, 개혁 헌장도, 학교의 위기에 대한 연방 정문회도 엄청나게 많다. 이 쓰레기 같은 끝없는 논의의 자료를 대기 위해 얼마나 많은 고귀한 나무가 펄프로 사라졌나!

어떤 해법은 손쉽게 찾을 수 있다. 효율성과 헌신성이 넘치는 교사들조차 산더미 같은 서류 작업과 복잡한 행정 절차 때

---

* '그건 문학일 뿐이다'라는 뜻으로 '진실하지 않다'는 뜻을 담고 있다.

문에 제도적으로 모욕당하고 업무 수행을 방해받는다. 그들은 불충분한 보상 속에 무시당한다. 그 결과는 자동적 자기 파괴다. 학구적 열정이 전혀 없는 사람이 중등학교 교사가 되어서 여러 세대의 학생에게 수준 떨어지는 교육을 실행하는 일이 흔하다. 기본적 규율과 예의가 사라진 교실—육체적 폭력, 부모의 협박, 법적 간섭이 이런 일을 초래했다—에 대해서는 굳이 언급할 필요도 없다. 이미 오래 전부터 영국의 A-레벨 과정도, 농구 코치가 수학 교사보다 봉급이 높은 미국 고교 과정도 현대 세계에 대한 대응력을 키워주지 못한다는 것이 자명해지고 있다. 하지만 진정한 개혁, 그러니까 영국에 국제 바칼로레아를 도입해서 기본 기능 축소라는 부조리한 상황을 개선하고, 인문학과 과학 모두의 토대를 만들려는 시도는 특수한 이해관계나 혁신에 놀란 기성 단체들에 의해 번번이 좌초되었다. 미국 학교에 진정한 글쓰기 교육이나 얼마간의 외국어, 수해력 교육의 시도가 몇 차례였는지 누가 헤아릴 수 있을까? 그런 목표는 분별력과 정치적 의지만 있다면 달성할 수 있다(스탈린주의는 교사의 봉급과 사회적 지위를 높이는 방법으로 문해력, 산수 능력, 언어 학습을 놀라운 수준으로 올렸다). 이 중에 마법이 필요한 일은 없다.

기준을 재설정하려면, 대중주의적 주장은 진정한 탁월성과 우후죽순 생겨난 기생적 형태를 구별하는 고급문화에 양보해야 할 것이다. 우리에게 부족한 것은 지적 삶에 대한 경멸과 탁월성에 대한 불신―이것은 자본주의 대량 소비의 특징이다―을 폭로하고 거부할 정치적 배짱뿐이다. (소련이 우주선을 발사하자 미국이 교육과 지적 모험을 잠시 열렬하게 추구했던 시절이 떠오른다.) 다시 한 번 우리는 인간 재능, 집중된 정신적 노력의 수단은 불균등하게 분배된다는 점을 인정해야 한다. 모든 사람이 (벤 존슨이 말했듯이) 칸트의 선험적 종합 판단과 비선형 방정식을 소화할 수는 없다. '엘리트'라는 말의 의미는 아주 단순하다. 그것은 어떤 것은 다른 것보다 뛰어나다는 것, 수학을 못하는 사람은 물리학과에 입학하면 안 된다는 것, 밥 딜런은 매력적인 가수지만 키츠와 비교할 수 없다는 것이다. 최후의 심판은 내가 볼 때는 프랑스 시험관들이 운영하는 '경연concours'이 될 것 같다.

하지만 이런 것이 아무리 긴급하고 광범위해도, 문제의 핵심은 아니다. 핵심적인 것은 기본적 문해력, 그리고 현재와 미래의 사람들을 위한 개념적 중심―쉽게 말하면 '핵심 교과과정'―이다. 내가 말하는 '문해력'의 의미는 우리 사회의 가장 도전적, 창조적 행위에 참여하고 반응하는 능력이다. 지식에 토대한 열띤 토론을 경험하고 거기 기여하는 능력, 에즈라 파운드의 말을 빌리면 순간적인 쓰레기, 미신, 비합리주의, 상업성 추구의 파도 속에서 '유지되는 새로움'을 구별하는 능력이다. 우리가 지성과 감성 양쪽을 다 키워주는 핵심적 강의 계획을 작성할 수 있을까? 상상력의 잠재력에 상응하는 '토대'를, 세계의 요구와 매혹을 담아내는 각성된 의식의 중심축을 그려낼 수 있을까?

내가 다음에 말하는 잠정적 제안은 어쩌면 지독하게 유토피아적으로 보일 것이다. 하지만 어떤 위기의 시대에는 오직 유토피아적인 것만이 현실적이다.

우리 사회 전체에 수해력의 암흑은 엄청나다. 스스로 수학 개념과 문제 해결 방법을 배웠다고 여기는 자들의 무지는 흔하고도 참담하다. 우리 세계에서 수학 연산이 중요한 역할을 하지 않는 영역은 거의 없다. 자연뿐 아니라 현대 세계도 수학의 언어를 사용한다. 하지만 대부분의 사람에게 수학이란 재미없게 배우고 기쁘게 잊어버린 학교 수업의 지루하고 희미한 기억뿐이다. 옆에 있는 가족이나 친구들에게 '산술 평균'을 정의해보라고 해보라.

이런 상실은 실용적인 것 너머로까지 뻗는다. 인간이라는 탐욕스럽고 영토 방어적이고 또 가학적이기도 한 동물은 약간의 활동, 유용성 없지만 뛰어나게 아름다운 의식의 구조물들을 만들어냈다. 이런 "정신 활동motions of spirit"—단테의 표현—으로는 음악, 시, 형이상학 등이 있다. 그 기원은 다행히 아직까지 수수께끼다. 이것들은 무엇보다 순수 수학으로 이루어져 있다. 플라톤의 주장대로 수학적 추상 개념들은 외부 현실에 유효한 대응물이 있는가, 아니면 그것들은 정신의 독립적인 '놀이', 내부에서 놀라울 만큼 깊고 순수하게 발전한 진리 게임인가 하는 논쟁은 아직도 풀리지 않고 있다. 이 논쟁은 인간의 정신 자원과 꿈의 가장 깊은 수수께끼에 닿아 있다. 의심할 수 없는 것은 수학이 순수한 아름다움, 우아한 전개, 심지어 어떤 수학적 기획에서는 위트까지 보인다는 사실이다. 에드나 세인트 빈센트 밀레이의 표현처럼, 유클리드를 만난 것은 "아름다움의 민얼굴"을 본 것이다. 키츠가 다소 수사적으로 말하는 진실과 아름다움의 등가성은 수학 안에서 실현된다. 하지만 이 '아름다움'이 지닌 엄밀하고 견고한 의미는 수해력 없는 자들은 접근이 거의 불가능하다. 그런 이들은 라이프니츠가 "신이 혼자 부르는 노래는 대수학의 노래다"라는 말의 의미를 이해하지 못한다.

유력한 견해에 따르면, 기본적 반복 학습 이상으로 나아갈 때 수학은 오직 특별한 재능이 있는 자들만이 습득할 수 있다. 그리고 또 암울한 사실은 교육 과정이 흔히 실패한 자들, 자기 성취가 부족한 자들에게 맡겨져 있다는 것이다. 그래서 피드백은 부정적이고, 나선은 하강한다. 당연히 개인의 수해력 적성에는 내재적인, 그리고 아마도 변하기 어려운 차이가 있을 것이다. 하지만 그것은 과장되었다. 나는 상급 수학 개념도 '역사적으로' 제시하면 상상력과 이해력을 북돋을 수 있다고 믿는다. 이때 제시해야 하는 것은 수학 개념 안쪽에 있고, 해결 또는 미해결로 이어진―후자의 것들이 어쩌면 가장 흥미롭고 유익한 카테고리일 것이다―지성사 겸 사회사다. 이런 인간 정신의 위대한 모험을 통해서(여기에는 개인적 경쟁과 열정의 스토리가 넘치고, 좌절도 많다. 보물선은 자주 침몰하거나 해결 불가능성의 얼음에 갇히기 때문이다) 수학자가 아닌 우리 같은 사람들도 그 존엄하고 명쾌한 영토를 들여다볼 수 있다. 두 가지 예를 보자.

수천 년 동안, 수많은 문명에서 수학적 공리와 증명은 가장 명백한 것, 인간 사고 중 가장 반박 불가능한 것으로 여겨졌다. 플라톤, 데카르트, 스피노자는 그런 확실성을 신의 존재의 필연성과 연결시켰다. 공리는 영원과 완벽의 상징이었기 때문이다. 19세기에 비유클리드 기하학에서 패러독스의 형태로 의문이 대두되기 시작했다. 1930년 10월 7일에 칸트의 도시 쾨니히스베르크에서, 무명의 젊은 수리논리학자가 여러 해 뒤에 하버드 대학이 데카르트 이후 인간 사고의 가장 큰 발걸음이라고 칭찬하며 표창장을 준 일을 했다. 쿠르트 괴델은 모든 일관된 형식 체계에는 결정 불가능한 명제가 존재한다는 것을 증명했다. 체계가 일관되려면, 언제나 하나 이상의 규칙 또는 명제를 그 공리 전체의 밖에서 도입해야 한다. 사람들이 괴델의 증명을 이해하고 적용하자, 수학의 토대—전체 과학의 토대이기도 한—는 회복할 수 없는 손상을 입었다. 새로운 세상은 불확정성의 세상이 되었다. 아인슈타인은 괴델을 존경했지만 심정적으로는 이런 파격과 타협하지 못했다. 나아가 이것은 수학, 물리학, 논리학을 훨씬 벗어난 곳까지 영향력을 미쳤다. 그것은 신뢰할 수 있는 합리성이 무한하고 확실한 진보를 이끈다는 오랜 믿음에 근본적인 질문을 던졌다. 로저 펜로즈는 그에 힘입어 컴퓨터와 인간 대뇌피질에 대한 유혹적인 비유를 모두 반박할 수 있었다. 그 독창적인 비평의 정점은 "괴델의 정리 덕분에, 인간의 정신이 언제나 최종 발언을 한다"는 것이다. 그 발언이 불확실성을 담고 있다 해도, 아니 그럴 경우에는 더욱 그렇다. 우리는 놀라운 자유를 되찾았다. 갈릴레오와 스피노자가 여기에 어떻게 반응했을지는 짐작할 수 없다.

　내가 두 번째로 들 예는 소수素數다. 이것은 우리 우주의 건축 재료다(한 위대한 수학자는 "오직 신만이 소수를 발명할 수 있었을 것"이라고 말했다). 어린이도 이 소수의 마법을 실행할 수 있다. 1860년대에 베른하르트 리만이 개발한 리만 가설은 소수의 분포—소수의 개수는 무한하다—와 그것들이 0과 맺는 관계를 말한다. 즉 소수는 '레이 선'을 따라 분포되어서 다음번 소수가 어디에 나타날지 예측할 수 있다는 것이다.

일군의 수학자들이―그중에는 세계적 명성의 학자들도 많았다―직관적으로 설득력 있어 보이는 리만의 가정을 증명하려고 나섰다. 그런 노력은 천재성을 집중시켰고, 또 가장 맹렬한 개인적 경쟁들도 불붙였다. 증명이 코앞에 다가온 것 같던 경우도 여러 차례였다. 도전자들은 때로 신경 쇠약에 빠지고 심지어 자살도 했다. 가장 최근에 이 흥미진진한 전설을 기록한 역사가는 말했다(그 자신이 유명한 순수수학자다). "이 신비음악의 변조와 변형을 설명하려고 최고의 수학적 지성들이 최선의 노력을 기울였지만, 소수는 아직 응답 없는 수수께끼로 남아 있다. 우리는 아직도 소수들의 노래를 이끌어내서 자신의 이름을 영원히 남길 사람을 기다리고 있다."

이런 탐색을 지성, 역사, 사회, 심지어 이념적 구조물에 가져다놓고, 어린이와 학생들이 미해결 문제의 재미와 도전에 맞서게 하면, 지상 그 어느 곳보다 더 깊고 풍성한 '사고의 바다'가 열릴 것이다.

수학과 음악은 계속 용어와 개념을 주고받는다. "소수 안에는 음악이 있다"는 주장이 나온 것은 우연이 아니다. 피타고라스 때부터 음악과 수 이론은 유기적 관계를 맺었다. 한때 매우 큰 영향을 미친 '천체의 음악'이라는 개념으로 인해 케플러는 "행성 운동을 지배하는 타원 함수는 음악적 질서가 있고, '세계의 하모니harmonia mundi' 개념은 경험적으로도 논증적으로도 타당하다"고 확신했다. 피타고라스, 케플러, 라이프니츠는 오늘날 우리 우주를 탄생시킨 빅뱅의 자취이자 증거로 여겨지는 라디오파를 '배경 잡음'이라 명명한 것을 기뻐했을 것이다. 바흐의 카논이나 불레즈의 작품을 살펴보면, 대수적 기호나 패턴과 밀접한 관련이 보인다.

소수 인종 집단과 전통 사회 중에는 딱히 '문학'이라고 이름 붙일 만한 것이 없는 곳이 많다. 하지만 지구상의 어떤 사회도, 아무리 '원시적'이고 경제적 생태적으로 불우한 곳도 음악이 없는 곳은 없다. 정식으로 표기되건 안 되건, 음악 부호는 산술 부호처럼 어떤 국제어도 가뿐하게 뛰어넘는 우주적 언어다. 히트곡은 파타고니아의 뒷마당과 블라디보스토크의 바에서 동시에 울린다. 전자 전송, 다운로딩, 온갖 디스크는 이런 범지구성을 끝없이 확대했다. 음악의 언어는 번역이 필요 없다(계산의 언어도 마찬가지다). 하지만 음악이 개인이나 집단에서 행하는 역할은 명백하지만(우리 중 음악 없이 살고 싶은 사람이 얼마나 되는가?), 여전히 수수께끼는 많다. 음악을 '조직된 소리'라고 하는 것은 안일한 정의다. 새나 고래가 내는 조화롭고 독특한 박자의 소리도 제대로 된 의미의 음악이라고 할 수 있을까? 음악은 인간에게 고유한 것일까? 직감에 따르면, 음악의 형태는 복잡한 것도 언어의 진화에 선행한다. 그렇다면 과연 어떻게 생겨난 것일까? 마르크스주의는 공동 노동을 하면서 집단적, 합창적 소리를 낸 것을 기원으로 제시한다. 레비-스트로스는 좀 더 신중하다. "멜로디가 만들어진 것은 인간학의 지고의 수수께끼다." 우리는 모두—이 세상에 진정한 음치가 있는가?—우리의 감정을 사로잡고, 슬픔과 기쁨, 격렬함과 부드러움, 희망과 향수를 자극하는 음악의 힘을 경험한다. 음악은 우리 안에서 어떻게 작용하는가? 어떻게 우리 신경계, 우리 내부 구조와 관계를 맺는가? 왜 우리 각자는 좋아하는 음악이 다른가? 어떻게 하나의 작품—예를 들면 베토벤의 9번 교향곡 〈합창〉—이 정치적, 이념적으로 정반대 성향 운동의 송가가 될 수 있는가? 무엇보다 의미론의 문제가 있다. 음악 작품에는 의미가 가득하다. 하지만 그 의미를 진술하려고 하면, 그러니까 언어로 표현하려고 하면, 그 결과는 모호한 비유나 지독한 상투어 둘 중의 하나가 되고 만다. 번역할 수 있는 것은 표제 음악program music뿐이다. 음악의 의미는 극단적이다. 음악은 많은 사람에게 다른 어떤 인간 사건보다 더 초월성에 가까운 것을 전달한다. 하지만 엄격히 말해서 '음악 자체에는 의미가 없다'. 음악의 압도적 힘은 본질적으로 쓸모가 없다. 이런 강력한 비유용성을 플라톤은 불신하고 경계했다. 이런 무정부주의적인 '비실용성' 때문에 그는 이상적 도시국가의 체육이나 군 시설에는 음악을 제한해야 한다고 보았다.

가진 재능의 한도 안에서 노래나 악기 연주를 배우는 것은

(살아 있는 최고의 타악기 주자는 중증 청각장애인이다) 정신 자원과 사회 자원의 수준을 모두 높여준다. 오래 전부터 추측했던 대로, 음악은 의학적 관점에서도 상처 입은 영혼을 치유할 수 있다. 하지만 음악을 이해하려다 보면 언어의 놀라울 만큼 큰 한계에 직면한다. 어쩌면 음악을 설명할 수 있는 것은 춤뿐인지도 모른다. 슈만은 어려운 연습곡을 설명해 달라는 부탁을 받자, 그냥 그 곡을 반복해서 연주했다. 그래서 언어적 서술이나 증명을 넘어서는 이 절대성이 종교적 믿음, 에로스, 죽음이라는 '경계선적'이면서도 중대한 현상과 연결되는 것 같다. 비트겐슈타인에게는 미안하지만, 언어의 한계가 개인 세계의 한계는 아니다. 음악은 헤아릴 수 없이 명백한 '경외로운 수수께끼mysterium tremendum'라고 정의한 니체가 통찰력이 훨씬 더 깊었다.

건축은 흔히 '결빙된 음악'이라고 불렸다. 또 '움직이는 기하학'이라고도 했다. 음악과 건축의 친연성은 고전 신화와 풍습에서도 볼 수 있다. 도시 창건에는 음악이 함께 했다. 아테네인이 페이라이에우스 장벽을 세울 때는 피리 소리가 울려 퍼졌다. 테베는 아리온의 리라 연주에 맞추어 일어났다. 발레리가 플라톤적 건축론에 썼듯이, 건축의 목적은 "명료한 형태와 음악적인 비율로 사람들이 움직이는 공간에 빛을 재분배하는 것"이다. 훈련받은 사람들은 "파사드façade*의 노래"를 들을 수 있다. 건축과 음악 모두 조화, 비율, 주제 변이의 핵심 요소들이 관련되어 있다. 그리고 이 요소들은 기본적으로 기하학적이고 대수학적이다. 수의 화성학은 고유한 아름다움과 진실을 생성한다. 발레리의 말대로, 생명 있는 사원은 "코린트 여자의 수학적 이미지"이다. 전 세계의 창조 신화와 플라톤의 『티마이오스』에 나오는 신의 천지창조가 지고의 건축 행위라는 표현은 단순한 직유를 뛰어넘는다. (상호 참고: 입센이 이 모티프를 아이러니한 방식으로 재현했다.) 나침반과 다림줄이 우주 설계의 상징이 된다.

오늘날은 역사를 통틀어 가장 빛나는 건축의 시대 중 하나다. 전 세계에 놀랍도록 아름답고 혁신적인 공공건물과 사적 건축물, 교량이 건설되고 있다. 필요한 이론과 기술은 지질학, 재료과학, 공학, 디자인뿐 아니라 고등 수학에서도 온다. 경제학, 사회 계획, 교통, 도시화, 생태학을 가장 긴요하고 포괄적인 지평에 결합시킨다. 현대 사회에서 건축의 기능을 이해하려고 하면, 우리 도시들의 상태, 우리의 이동성, 사회 정의와 보건의 이상과 관련해서 중대한 딜레마에 부딪힌다. 그토록 많은 파괴를 목격하고, 자랑스러운 타워들이 비극적으로 무너지는 것을

---

* 건축물의 전면.

본 지금, 우리는 어원과 달리 '계몽'과 거리가 먼 건축의 열기에 싸여 있다.* 게다가 우리가 컴퓨터를 가장 창조적으로 활용하는 것은 오늘날의 건축 분야다. 건축은 컴퓨터 이전에도 있었고 이후에도 있다. 그 이행의 경계선을 잘 보여주는 것은 당시로서는 실험적, 촉각적 수학을 담은 시드니 오페라하우스, 그리고 컴퓨터가 만들고 컴퓨터가 통제하는 경이로운 빌바오의 구겐하임 미술관 또는 베를린의 유대인 박물관이다. 두 경우 모두 고성능 홀로그래피 모델링과 정밀 컴퓨터 조작이 없이는 설계도 실현도 불가능했을 것이다. "컴퓨터에 금메달을 주어야 한다"고 게리는 빌바오 계획을 설명하면서 말했다. 이와 비슷하게 런던의 테이트 모던 미술관은 입구에 전자 음악을 틀어서 개념적 공간을 '논증'하고 활성화한다. '건물 읽는' 법을 배우는 것은 현대 사회에서 가장 아름답고 표현력 풍부한 영역에 대해 문해력을 갖추는 것이다.

이런 새로운 '콰드리비움quadrivium'**에서 핵심적 문해력의 네 번째 요소는 분자 생물학과 유전학이 될 것이다. DNA와 이중 나선 구조의 발견 이후 이 두 학문의 폭발은 사적 영

---

* '계몽/교화하다'는 뜻의 영어 edify는 '건설하다'는 뜻의 라틴어 aedifi-care에서 비롯되었다.

** 중세 대학의 '수학적 4과목' 산술, 기하학, 천문학, 음악'을 가리킨다.

역과 공적 영역을 모두 변화시키고 있다. 생물 복제, 시험관에서 자가 복제하는 분자의 생성, 게놈 프로젝트, 중추 장기—기억을 포함하는—의 잠재적 이식은 그 영향력이 엄청나서 인간 조건 자체에 변이를 일으킬 것이다. 윤리, 법, 인구 통계, 사회 정책의 어떤 면이 신체적 삶과 의식의 이런 재조직화를 피할 수 있을까? 개인적 책임, 정체성, 수명, 유전 형질 프로그램 권리, 젠더 결정에 대한 국가 개입의 (군사적 목적을 위한) 한계, 유전적 기형의 억제가 재정의되고 있다. 아무리 침착하게 보아도, 존재의 지평은 속박이 사라지는 동시에 위협으로 가득 찬 것 같다. 성숙하고 책임 있는 의식을 갖추려면 입문적, 전前 기술적 수준에 그친다 해도 이 새로운 연금술의 개념을 알아 두어야 할 것이다. 그러지 못하면 불가피한 정치, 사회, 개인적 토론에서 배제될 것이다. 이미 치료적 낙태, 안락사, 생물 복제, '우생학적' 조작에 대한 들끓는 논쟁은 문외한들도 복잡하게 끌어들이며 상당한 지적 교양을 요구하고 있다. 옛 격언을 불러오자면 생명 과학은 너무 중요해서 과학자들에게만 맡길 수 없다. 관심 있는 문외한들이 의견을 내세우려면 공부를 해야 할 것이다. 근본주의자들이 검열에 앞장서고 정치인들이 떠들썩한 무지에 호소하는 것을 보면, 이미 이 문제가 긴급하다는 것과 생물-유전학에 대한 일정한 문해력이 필수라는 것을 알 수 있다.

수학, 음악, 건축, 생명과학으로 이루어진 핵심 교과과정. 이 것을 가능한 한 역사적으로 가르친다. 초등학교 환경에서부터 컴퓨터를 이용해서 이 네 가지 영역을 학생의 정신 및 상상력과 연결하고 상호작용하게 만들 수 있다. 이 네 가지 축은 가장 긴급한 문제들과 가장 넓은 사고 양쪽의 감수성을 모두 열어준다. 눈길을 끄는 것은 이것들이 재미, 놀이, 미적 즐거움에 대한 이전과 다른 잠재력도 구현한다는 것이다. '호모 루덴스 Homo ludens'가 인간 존재의 혼란스러운 심장부에 들어온다. 수학에서 위트를, 음악에서 유머를(하이든, 사티), 건축에서 장난기를(런던 하늘을 찌르는 거킨 빌딩을 보라), 또는 특정 분자구조에서 아름다움을 보는 것은 희망의 교육에 참여하는 것이다. 이제 이 새로운 밀레니엄에 비선형 방정식에 대한 지식이 없거나, 음악의 보편성에 대한 이해가 없거나, 지평선에 새 건물이 들어설 때 일어나는 미적, 현실적, 형식적, 정치적 쟁점에 대한 인식이 없거나, 우리의 정체성이 유전학적으로 재형성되는 것에 대해 얼마간의 직감이 없이는 스스로를 문해자라고 말할 수 없다(아리스토텔레스나 데카르트가 말한 '자아'는 더 이상 우리의 것이 아니다). 달리 우리가 어떻게 마르틴 하이데거가 말한 "존재의 집"에서 내 집처럼 지내거나 심지어 눈치 있는 손님이라도 될 수 있겠는가?

이런 발견과 제안, 그리고 통계적 증거를 체계적, 비교적으로 연구하려면 협력적 노력, 팀워크가 필요할 것이다. 이런 필수적 전략에 나는 안타깝게도 부적절하다. 어떤 위원회도 나의 무정부주의적 방종의 덕을 보지 않았다. 그래서 나는 나 자신의 일을 할 시간을 얻었다.

수학을 알고, 음악을 알고, 건축을 알고, 생물유전학을 아는 문해력. 미친 프로젝트다. 하지만 더 미쳤으면 좋겠다.

인간과 동물에 관하여

OF MAN AND BEAST

추정컨대, 그 과정은 수십만 년이 걸렸다. 우리는 그 일이 어디서 어떻게 일어났는지 모른다. 동터오는 새벽빛 속에서, 선사시대의 호미니드hominid*는 언제부터인가 자신을 다른 동물들과 구별되는 존재로 여기게 되었을 것이다. 아니면 그 후의 어떤 혁명보다 더 중요했던 의식 혁명을 통해서 스스로를 특별한 부류의 동물로 여기게 되었을 것이다. 이런 인식을 낳은 감각적, 대뇌적, 사회적 자극들—비록 시험적, 유동적인 방식이라 해도—은 실생활의 경험에서도 또 성숙해가는 정신의 구석들에서도 나왔을 것이다. 우리가 '자기'라고 하는 어두

---

* 사람과의 동물.

운 마그마를 충분히 탐색할 수 있다면, 그 '빅뱅'의 자취를 찾을 수 있을지도 모른다. 그 배경 잡음은 인간의 이성이 무너지는 중요하지만 포착 불가능한 경계선, 또는 숨겨진 꿈의 서장에 아직도 이어지고 있는지 모른다. 하지만 이런 우주론적 비유는 잘못되었다. 격렬한 폭발, 초고속 팽창은 없었다. 그 발전 과정에는 수많은 역행, 퇴행, 어쩌면 잃어버린 동물 본능으로의 강박적 복귀 같은 미세한 단계가 가득했을 것이다. 백만 년 이상이 걸렸는지도 모른다. 자신을 인간으로, 동물 아닌 동물로 보는, 도약이자 파국의 문턱을 넘는 데—이것 역시 극단적으로 단순한 이미지다—는 백만 년이라는 잠재의식적 망설임과 향수의 시간이 필요했을지도 모른다. 헤겔주의자가 아니라도 "나는 인간이다. 나는 비인간이 아니다"라는 주장에 담긴 부정의 충격을 이해할 수 있다. 이런 식의 자기 정의 명제는 항상 가설적이고, 또 심리적, 도덕적, 유전적 한정을 받는다. 거기에는 가장 근본적인 '타자성'에 대한 정의가 필요하다. 여기서 '근본적'이라는 것은 마르크스가 강조했듯이, 우리의 뿌리와 관계되는 것이다.

자연 질서, 지상을 채운 동물군과의 어떤 중대한 마주침들을 상상해 보자. 그들 중에는 '맹아기' 인간보다 육체적으로 훨씬 강한 것도 많았다. 그들과의 분리 발전을 촉발시킨 마주침들을 상상해보자. 입체적 시력와 도구를 잘 만드는 맞방향의

엄지가 있고 두 다리로 직립한 인간은 어느새 죽임당하는 것
보다 더 많이 죽이고, 잡아먹히는 것보다 더 많이 잡아먹기 시
작했다. 어떤 인류학자는 결정적인 전이, 아니 '돌파'라고 할
계기는 불의 사용이라고 본다. 불을 뜻대로 피우고 간직할 수
있게 되면서, 원사原史 시대의 남녀는 어떤 신중한 동물도 넘
볼 수 없던 계획과 예지의 영토에 들어섰다. 불을 얻은 인류는
이제 음식을 익혀 먹고, 겨울 추위를 물리치며, 해가 진 뒤에도
빛을 밝힐 수 있게 되었다. 마르크스주의 모델을 비롯한 몇몇
패러다임은 인간이 '인간'이 된 것은 집단 경작 및 식량 저장
과 관련 있다고 말한다. 이런 생존 기술은 아무리 일시적, 기본
적 수준이라 해도 사회 조직의 발전을 이끄는 힘이 있다고 보
인다. (하지만 이 지점만을 보면 개미와 벌이 호모 사피엔스보
다 낫다.) 혼자 있는 사람은 본질적으로 루소적 의미의 온전한
인간이라 할 수 없다. 고대의 지혜는 그런 사람을 신 또는 짐승
으로 여겼다.

　창조 신화와 철학적 인간학은 거의 보편적으로—흥미로운
예외도 있기는 하지만—인간과 동물 사이의 구별을 언어를 가
지고 한다. 인간은 '언어의 동물zoon phonanta'이다. 새, 고래,
유인원, 곤충도 소통 수단을 발전시켰고, 그 일부는—벌의 춤,
고래의 노래 같은—아주 정교하다. 하지만 오직 인간만이 혁
신적이면서도 포괄적으로 말할 수 있다. 이 결정적인 능력의

기원에 대해서는 고대로부터 많은 신학적, 인식론적, 시적, 사회학적 추론이 있었다. 오늘날 이런 논쟁과 추론의 영역은 비교해부학(후두의 발전), 정보 이론, 신경생리학, 인간 대뇌피질 연구로 옮겨갔다. 컴퓨터 이용 시뮬라크르, 두뇌 속 시냅스의 전기화학 모델, 생성변형문법은 여러 가지 창의적인 가설을 제출했다. 하지만 아직 근본적인 통찰은 보이지 않는 것 같다. 이런 실증적 알고리듬은 증명이 필요한 것을 당연하게 전제하는 경우가 너무도 많다. 인간 언어가 신의 선물이라는 고전적 확신은 적어도 솔직하다(하만은 이를 당당하게 논증했다). 생성문법이 전제로 삼는 내재성은 신경생리학적 근거가 없고, 발생 문제를 간과한다. 언어 없이 또는 언어 이전에 개념화가 가능한가 하는 난제는 여전히 풀리지 않고 있다. 어쨌거나 공통된 견해는 언어가 현실을 분류하고, 추상화하고, 비유하는 능력—어떤 '외부 언어'라는 것이 정말로 있다면—은 인간의 본질이자 동물과의 근원적 구분점이 된다는 것이다. (농아자들은 여기서 다시 한 번 수수께끼의 핵심을 구현한다.) 우리는 말을 하고 그러므로 생각한다. 우리는 생각하고 그러므로 말한다. 이것은 인간을 정의하는 역동적 순환 고리다. 태초의 '말씀word'은 신학적, 신비주의적 의미를 빼도 인류를 시작시킨 것이 맞다. 그리고 인간은 그것을 통해서 동물이라는 경쟁자이자 '동반자compagnon'이자 동시대인에게 작별을 고했다. 인간의 시대는 동물의 시대와 달라졌다. 우리는 언어 없이는 우리의 내적, 외적 조건, 지식 또는 상상, 역사 또는 사회, 기억 또는 미래 어떤 것도 상상하지 못한다. 이런 공리적 필요 때문에 우리는 담론이 필요 없는 1차적 기능은 자꾸 잊어버리는 경향이 있다. 나는 앞에서 언어와 섹슈얼리티의 모호한 관계에 대해 말했다. 허기와 갈증은 말이 필요 없는 강력한 요구다. 분노도 마찬가지다. 전장의 외침에는 문법이 필요 없다. 하지만 전체적으로 우리가 동물보다 앞서는 것, 아니 공정하게 말하자면 다른 동물들과 (심지어 게놈의 90퍼센트 이상을 공유하는 유인원과도) 구별되는 것은 이런 발견을 표현하고 개념화할 수 있는 능력 때문이다. 동물은 대답하지 못한다. 신화 속 몇몇 인물―새의 경고를 들은 지크프리트, 물고기에게 설교를 한 성프란체스코―은 경계를 넘어 그들과 언어로 소통하지만, 그것은 동물의 언어가 아니다. 그 자신과 다른 인간에게 말할 수 있는 것은 인간뿐이다.

오래 전부터 많은 이들이 직관과 숙고를 통해 인간의 이런 독특한 능력을 죽음에 대한 공포와 연결시켰다. 사람은 언어 능력 덕분에 자신들의 유한한 생명을 개념화하고 언어로 표현할 수 있다. 동물은 자신들의 죽음을 알지 못하고, 영원한 현재를 산다는 주장도 여기 동반된다. 하지만 정말 그럴까? 코끼리는 우화로도 관찰 기록으로도 죽음을 미리 알고 혼자 조용한

곳으로 물러가는 사례들이 전해지지만, 그러는 것이 코끼리만은 아니다. 특정 가축, 특히 개와 친숙한 사람들은 죽음을 예상하는 게 분명한 행동 패턴, 태도의 변화를 관찰한다. 포유류 중에도 애도나 유해를 찾아가는 것 같은 현상이 있다. 역시 코끼리가 주요 예다. 그에 따라 신화와 민간전승에서 동물은 흔히 인간의 죽음을 알리는 사신 역할을 한다. 죽음에 냄새가 있다면 동물이 먼저 맡는다. 죽음이 있는 마을에서 부엉이가 울고, 갈까마귀가 까악거리고, 늑대가 울부짖는다. 아킬레우스의 말들은 이런 임박한 운명을 알았다. 오랫동안 사랑받고 산 고양이는 중병의 냄새를 피하고 죽음 앞에 털을 곤두세운다. 내가볼 때 차이는 다른 데 있는 것 같다. 나는 『바벨 이후』에서 인간 의식과 사회 역사의 전진 운동은 접속법, 기원법, 가정법 문법과 밀접하게 관련되어 있다는 주장을 했다. 우리가 언어의 의미를 통해서 유기체라는 인간 조건의 강력한 명령을 초월하고 부정하는 능력, 죽음을 논파하는 능력은 동사의 미래시제라는 귀납적 '부조리'와 마법에 달려 있다. 그 문법적 자유 덕분에 (그 근거 없는 가정에 대해 우리는 별로 생각도 해보지 않지만) 인간은 자신들의 죽음 이후에 대해 설명하고 대화도 할수 있다. 또 수천 년을 내다보며 사회적 목표를 계획하고, 과학적 구조를 분석할 수 있다. 이런 미래 구문이 인간적인 것의 본질로 여겨진다. 이것이 우리의 존재를 구별시킨다. 동물들도 분명 임박한 위험을 예감한다. 그들은 우리의 도시가 뒤틀리기 몇 시간 전에 지진을 감지하기도 한다. 우리 집 개들은 사람보다 한참 전에 천둥소리를 듣고 몸을 떤다. 동물은 도망치고, 보호색으로 몸을 감추고, 땅을 파고, 먹이를 저장한다. 하지만 그들이 '자신들 너머'를 상상한다거나 정신적 또는 상징적으로 미래에 참여한다는 암시는 없다. 그들의 문법은 과거와 현재의 문법이고, 어쩌면 그것은 본능의 특징일지 모른다.

그럼에도 불구하고 지난 역사 대부분에 걸쳐 그리고 오늘날에도 그 경계선이 뚜렷하지는 않다. 동물이 인간에 앞섰고, 우리의 조상이라는 것은 이제 근본주의자가 아닌 이상 누구나 받아들이는 사실이다. 인간 진화의 원인을 찾는 창조 신화들은 동물의 혈통에 의지한다. 선사시대 인간은 다원주의자였다. 우화 속 인간은 새의 알, 동물의 배설물, 용의 이빨에서 태어난다. 늑대의 젖을 먹고, 착한 까마귀가 물어다주는 음식을 먹었으며, 돌고래를 타고 안전한 곳으로 피신했다. 인간과 동물이 불분명한 경계선을 넘나들며 상호 변신할 수 없다면 종교도 신화도 생겨날 수 없었다. 종교는 동물 표상과 함께 시작되었다. 아누비스를 비롯한 이집트의 많은 신이 동물의 머리를 하고 있다. 초기 인류는 동물 토템으로 우주의 법칙을 찾고 부족의 정체성을 지켰다. 사람은 토템 곰이나 독수리, 뱀을 통해서 초자연적 힘과 (실제로도 또 상징적으로도) 접촉할 수 있었다. 샤먼이 재규어 가면을 쓰면 그는 재규어가 되고, 부족민은 명징한 황홀경이나 성인식에서 그를 만난다. 현대 사회 초입까지 이어졌던 각종 문장紋章에는 동물이 가득하다. 유니콘은 왕실 방패를 떠받들고 옷장에서 기다린다. 게다가 고대 우화, 우리의 성숙을 표시하는 '상징 인물figura'의 세계는 반신半神, 반수半獸, 반인半人이 가득하다. 상상력과 무의식은 어디에서도 비인간 카테고리들과 유대를 끊지 않는다. 부분적이라도(호모 사피엔스의 역사는 짧다), 인간화 과정이 깊은 상처와 향수를 남긴 것 같다. 우리는 인간의 영토로 유배당했다.

그래서 방대한 혼종의 목록이 생겨났다. 켄타우로스, 세이렌, 하르피아, 인어가 달리고, 노래하고, 내리꽂히고, 헤엄치며 전설과 악몽 속을 누볐다. 여자 얼굴의 새, 물고기 꼬리의 여자, 남자의 상반신을 한 말이 보여주는 창조의 세계는 엉성한 스케치, 무분별, 일시적 연금술이 가득하다. 동물들은 표시 없는 경계를 넘어갔다가 다시 넘어와서, '파계'라는 말의 의미를 제대로 실천했다. 늑대인간은 민속과 동화에 흔하다. 인간과 곰의 구별은 잠정적이고 언제나 수정 가능하다. 표범인간은 아프리카의 밤을 떠나지 않는다. 키르케의 돼지들은 인간의 눈을 깜박인다. 종말론의 도상, 계시, 신곡 〈천국편〉의 신성한 비밀, 초월적 광채들은 동물을 닮았다. '호랑이 예수'가 있고, 교황의 군사 주권은 왕관 쓴 독수리가 표시했다. 이런 다양하고 창조적인 조합 속에서 신성함은 인간과 동물 모두와 공생한다. 신들은 원시 시베리아의 신이건, 올림포스의 신이건, 아메리카 원주민의 신이건 모두 인간과 동물의 거죽을 쓰고 우리 곁에 온다. 태초의 우주는 영웅적이거나 악마적인 '물라토', 혼혈, 잡종으로 가득하고, 그 안에서는 신과 인간, 신과 동물의 어떤 조합도 가능하다. 시원의 세계는 혼돈의 숲이다. 레다와 세멜레의 자녀들은 겉으로는 사람처럼 보이지만, 동물 형태의 신이 인간과 결합해서 태어난 존재들이다. 헤라클레스와 아킬레우스는 신성과 인간성—불사의 신비 속에 자리한 인간적 나약함—이 카리스마와 분열을 동시에 일으킨다. 창세기 6장에서 지상의 여자들을 찾아오는 수수께끼의 '하느님의 아들들', 오랫동안 기독교 신학자들 사이에 논쟁을 일으킨 천사의 계통, 니체의 철학과 우리의 과학 소설 및 만화책 속의 '슈퍼맨'도 끝없는 혼합의 증거다. 우리는 혼합물이다. 인간이 반신半神, 티탄, 또는 라이언 킹이 될 수 있다면, 바퀴벌레도 될 수 있다. 카프카의 우화적 소설이 무엇보다 더 우리의 불안한 처지를 상징하게 된 것은 우연이 아니다.

그 결과 섹슈얼리티도 신축성을 유지한다. 민족지학자, 사회학자, 범죄학자들은 비루하고 거친 법률 용어로 '수간獸姦'이라는 불리는 현상들을 보고한다. 인간과 동물 사이의 에로틱한 접촉과 성교는 의심할 여지 없이 동서고금을 막론하고 존재했다. 인간과 동물의 에로틱한 친밀성은 고립되어 사는 목동들에게, 고산 초원이나 평원의 막막한 고독 속에 넘쳐난다. 그 "사타구니의 떨림", 순간적 열기와 생명력의 분출은 신화 속 파시파에와 황소만의 것이 아니라 농업, 목축업—목축업이 영어로 'husbandry'라는 것은 흥미롭다—, 이주의 세계에 흔하다. 그것은 우화의 형식을 빌려서 오비디우스의 『변신』, 셰익스피어의 『한여름 밤의 꿈』, 키츠의 「라미아」에 서사의 맥박을 준다. 하지만 체험기는 고사하고 본격 문학으로만 가도 인간과 동물의 성교라는 주제는 사실상 금기 영역이다. 현대 작가 중 이것을 탐색한 사람은 D. H. 로렌스와 몽테를랑이다. 요절한 캐나다 여성 작가의 한 중편 소설은 외로운 여자와 호기심 많은 곰의 연애를 개연성 있고 감동적으로 그려냈다.* 그것은 흔치 않은 걸작이다. 파계적 리비도는 앙리 루소가 그린 몽환적 정글과 달빛에 젖은 사막에도 가득하다. 성적 열망의 환상은 〈킹콩〉의 인상적인 키치에도, 아풀레이우스의 『황금 당나귀』의 외설적 재치에도 공공연히 보인다. 전 세계에 작동하는 '미녀와 야수la belle et la bête'의 모티프—여자의 육체가 무서운 발톱을 감춘 털북숭이 유혹자와 결합된—가 없다면 동화의 세계는

---

* 매리언 잉글의 『곰』.

어떻게 될까? 이들의 포옹에서 더욱 당황스러운 것은 여자가 애인에게 야수의 모습으로 돌아가 달라고 요청한다는 것이다.

동물과의 섹스는 자신의 생물학적, 심인적psychosomatic 과거와 교접하는 것이다. 그들은 사라진 현실, 무섭고 목가적인 현실, 선행 호미니드와 호미니드들이 아직 직접적 자연 질서, 유기적 세상의 넓은 품에서 떨어져 나오지 않은 현실과 재결합한다. 동물을 육체적으로 사랑하는 사람은 침투적 지배, 내가 앞서 말한 언어적 배제를 피한다. 버르토크가 음악을 붙인 헝가리 민담에서는 여자들이 원래 인간이었던 사슴의 발정기 소리에 굴복한다. 그리고 우화 중에는 주인의 결혼에 배신감을 느낀 애완동물이 신방에서 이빨과 발톱을 드러내고 달려들었다는 이야기가 많다. 투르크메니스탄에는 이런 속담도 있다. "신방에 들 때는 네 고양이의 눈을 보아라."

인간과 동물의 관계의 역사는 단편적이다. 결정적인 시작점은 알기 어렵다. 구석기 시대 동굴 속 동물 그림, 매머드나 바다코끼리 상아로 만든 동물 조각상들은 아마도 2천 년 전에는 생명력이 가득했을 것이다. 그것은 포식자 중의 포식자를 가리키는 표시였다. 그 '본질', 동물성에 대한 그 깊은 침투에 견줄 만한 것은 뒤러와 피카소뿐이다. 하지만 그런 미술품을 그리고 만든 의도는 아직 밝혀지지 않았다. 그것은 사냥 대상이 되는 동물 형제들을 기리고 달래는 종교적 숭배와 속죄가 목표인가? 아니면 벽화를 미끼로 쓴 것일까? 사냥감을 사정거리로 불러들이기 위한? 그런 경우 동굴 벽화 상당수가 접근하기 몹시 힘든 곳에 그려져 있다는 사실이 새로운 문제가 된다. 아니면 라스코 동굴의 그 놀라운 벽화는 인간에게 고유한 모방적 창조와 아름다움의 본능에서 나온 '예술 작품'인가? 그 행위는 진실로 인간과 동물을 분리했다. 어쨌거나 확실한 것은 선사시대 공동체들이 원시적 삶의 동행이었던 말, 곰, 매머드, 늑대, 사슴과 (적대적이건 우호적이건) 서로를 강하게 의식하며 이웃으로 교류했다는 것이다. 그 뒤로는 수만 년 동안 대규모의 도살과 가축화가 이어졌을 것이다. 야생 상태건 가축 상태건, 도구를 씌웠건 안 씌웠건, 동물은 인간의 희생자이자 노예가 되었다. 그들은 사냥감이 되어 오락을 제공하고(중세와 '앙시앵 레짐' 군주들, 20세기 초 인도에서 부를 쌓은 영국의 재력가들, 미국 대평원의 사냥꾼들은 어이없을 만큼 과다한 사냥감을 학살했다), 식량, 옷, 도구, 장식품의 재료가 되었다. 오늘날에도 참치 잡이 계절이면 바다가 붉게 물들고, 새들이 하늘에서 오락으로 사냥당하고, 희귀 동물은 부자와 밀렵꾼에 의해 멸종 위기에 내몰려 있다. 인간은 신들도 고삐 풀린 살육의 공범으로 만들기 위해, 동물 희생을 종교 의식의 핵심 요소로 만들었다. 이것은 인신 공양에 비교하면 인도적으로 발전한 것이라고 말한다. 이상한 칭찬이다. 아브라함이 "숲에서 잡아서 아들 대신 번제로 바친" 양의 죄는 무엇이었나? 오디세우스가 목을 그어 그 피로 죽은 자들의 목마른 영혼을 꼬인 "아름다운 어린 암소"의 죄는 무엇이었나?

토템 동물은 씨족을 지배한다. 신은 동물의 모습으로 숭배받는다. 민속과 신화에서는 동물이 초자연적 예지, 복수, 보호의 힘을 갖고 있다. 12궁 별자리는 동물의 이름과 모양을 하고 있다. 때로 명석한 순간에 우리는 우리가 벌거벗은 원숭이에 지나지 않는다는 것을 깨닫는다. 하지만 "바다의 고기와 공중의 새와 땅 위를 돌아다니는 모든 짐승을 부려라… 땅 위를 기어 다니는 모든 생물도" 하는 여호와의 명령에 과연 누가 도전했는가? 더욱이 불교, 자이나교, 애니미즘이 모든 생명을 존중하라고 가르치는 곳에서도 실제 동물에 대한 취급은 더없이 야만적이다. 중국의 잔혹한 동물 차취는 여전히 끔찍하다. 아리스토텔레스는 동물에게 영혼 같은 것이 있을 수 없다고 보았다. 피타고라스가 믿었던 윤회 사상에서는 벌을 받아 잠시 동물이 된 영혼이 신성한 인간의 지위를 되찾기 위해 노력한다. 동물은 지구 곳곳에서 수천, 수만 년 동안 도살당하고 사냥당하고 죽도록 사역당했다. 인간이 거기 죄의식을 보인 징표는 거의 찾아볼 수 없다. 인간의 지위와 행복이 최우선이라는 별 근거 없는 관념으로 사람들은 생체 해부—내가 정말로 혐오하는 관행—도 당연한 일로 여긴다. 동물 권리, 동물에 대한 윤리적 책임의 관념은 간헐적인 기담이었다. 노새는 일평생 사역을 한 뒤 버려져 굶주림과 갈증 속에 죽는다. 줄에 묶인 개는 주인이 버리고 이사를 가면 공포와 허기에 맞닥뜨린다(누가 동물을 '소유'할 수 있나?). 사람들이 동물에게 제대로 된 연민과 책임을 느낀 역사는 몇몇 사회사학자와 철학적 인간학자들이 연구하기 시작했지만 아직도 별로 밝혀진 게 없다. 문서화된 사례는 드물지만, 로마의 도덕주의자와 교부들은 투기장의 동물 학대와 도살에 대해 항의를 했다. 그 이유가 다 밝혀진 것은 아니지만, 유대교에서는 동물 희생이 퇴조했다. (하지만 그것 없이 성전을 복구할 수 있을까?) 미트라교에서 여전히 피의 의식이 성행할 때, 기독교가 그것을 거부한 것은 초창기와 성숙기 기독교가 이룬 빛나는 성취 중 하나다. 프란체스코의 동물 사랑 이전에는 그런 감성이 간헐적이고 대체로 비공개적으로 분출되었다. 기독교 상징과 우화에 어린 양과 당나귀가 교육적 역할을 수행한 것인지도 모른다. 잔인한 사냥꾼 성 위베르는 공격당한 사슴의 뿔 사이에 성십자가가 걸려 있는 것을 보자 사냥을 멈추고 참회한다. 전설과 기록 속에서 죽은 주인의 시신을 지키다가 굶어죽은 개들은 명예롭게 기려졌다. 바그너 등의 여러 위대한 예술가는 고대 의례를 되살리듯 자신을 애완동물 곁에 묻어달라고 했다. 사람들이 프라하 유대인 묘지를 더럽힐 목적으로 거기 죽은 개를 던지자, 랍비는 그것을 엄숙하게 매장하라 명령했다. 하지만 이런 공감과 깊은 친밀감은 간헐적이고 일화적이다. 급진적이었던 계몽주의도 동물 보호의 감각은 특별히 키우지 않았다. '철학자들'은 동물에 대한 특별한 애정을 유아적이고 나약한 심성으로 보는 경향이 있었다. 그들에게는 동물이 인간에게 봉사하는 것은 너무도 당연한 일이었다.

그런데 오늘날 부분적이지만 그래도 중대한 시각의 변화가 일어난 이유는 무엇일까? 이번에도 역시 이야기는 복잡하고 불분명하다. 오늘날 무엇이 인간 감정에 변화를 일으켜서 우리가 식인 상어와 살무사를 보호하자고 하게 된 것일까? 어떤 계기로 동물에 대한 잔혹 행위를 금지하는 법률들이 만들어지게 된 걸까? 다윈주의는 기념비적인 중요성이 있다. 사람들이 진화론에 반대하고, 미국 기독교 근본주의자들이 지금까지 화를 내는 것은 우리가 동물, 유인원의 후손이자 혈족이라는 사실이 해묵은 공포를 일으키기 때문이다. 이미 말했듯이, 분자생물학과 유전학은 인간과 유인원이 유전적으로 사실상 동일하다는 것을 증명해서 다윈주의에 힘을 보탰다. 우리가 동물을 죽이거나 학대하는 것은(영원 도롱뇽도 우리의 조상이다), 유전적 존속살해 행위다. 동물 행동에 대한 과학적 연구들도 중요한 역할을 했다. 제인 구달은 침팬지를 연구하고, 다이앤 포시는 산고릴라의 멸종을 막기 위해 노력했으며, ("원숭이의 어머니"라

불리는) 비루테 갈디카스는 우리와 '사촌보다 더 가까운' 유인원들의 정교한 사회와 풍부하고 강렬한 감정을 알려주었다. 우리는 학교에서 꿀벌의 춤이나 새끼 오리가 부모를 찾는 각인 현상에 감탄했다. 고래와 돌고래가 아직 우리가 잘 모르는 의사소통 수단, 신호 체계를 갖고 있을 가능성, 철새가 천체나 자기를 이용해서 넓은 바다를 건너가는 항법 시스템에 대한 이해는 유기적 존재의 위계 내에서 동물의 지위가 변하는 데 도움이 되었다. 우리가 침팬지의 눈을 들여다볼 때, 그 눈은 우리의 슬픈 거울이다. 그 거울은 우리를 비난한다.

어떤 계기가 작동했건, 이렇게 동물의 생명과 어린이의 권리를 새롭게 바라보는 것은(이 두 가지는 심리적으로 연결되어 있을 수 있다) 현대 사회가 이룬 극소수의 도덕적 성취에 속한다. 지금 우리 앞에는 악몽이 있다. 오염과 약탈과 착취로 인해 우리 행성이 달처럼 생명력 없는 공간이 되는 악몽, 우리의 비정한 탐욕이 기후 대격변을 불러오는 악몽이 그것이다. 지구의 많은 지역이 이미 자연적 동물군을 잃었다. 수백, 아마도 수천 종의 동물이 이미 절멸되었다. 강, 연못, 남획된 바다는 더 이상 눈부신 수중 생태계를 지탱하지 못한다. 호랑이, 설표, 북극곰은 굶주림으로 수가 격감하고 있다. 어처구니없을 만큼 아이러니한 사례는 일본인들이 고래를 학살해서 애완동물의 먹이로 주고, 밀렵꾼들이 코뿔소를 멸종 직전까지 사냥해서 그 뿔을 한심한 중국인들에게 최음제로 판다는 것이다. 알파카는 서구 부티크들에 스웨터와 스카프를 대주느라 거의 사라졌다. 하지만 이제 항의의 목소리가 점점 힘을 얻고 있다. 그 폭은 특정 동물권 집단의 범죄적 히스테리부터 이성적 비판, 무언가 잘못되어 있다는 공유된 죄책감까지 다양하다. 우리는 이 북적이는 지구에서 외로움을 느끼기 시작했다. 야생 동물 보호, 오릭스영양, 자이언트판다 같은 특정 종을 멸종 위기에서 구하는 일, 동물에 대한 잔혹 행위를 제재하는 입법에는 점점 더 많은 개인과 공동체가 힘을 기울이고 있다. 퓨마와 흑곰은 가능한 대로 사냥꾼과 '트로피' 수집가들로부터 피해를 입지 않도록 보호받고 있다. 모피는 과난방하는 서구 도시들에서 아직도 많이 입지만, 항의도 늘고 있다. 동북아시아 지역에서는 개가 사람에게 한 그릇의 음식보다 더 좋은 것이 될 수 있다고 설득할 수 있을 것이다. 의학 연구에 동물을 사용하는 문제는 극도로 어렵다. 그것은 아주 예민한 윤리적, 심리적 문제를 제기한다. 하지만 토론과 분노는 소중하다. 그것은 인식의 격변, 그러니까 인간이 우주 질서 속 자신의 자리를 인지하고 그에 대해 불안을 느낀다는 사실을 말해준다. 실험실 동물의 비명과 질식을 의학 발전의 미명으로 정당화할 수 있건 없건 적어도 질문은 할 필요가 있다.

의식적인 성적 요소가―예외적 경우에는 무의식적인 성적

요소도—전혀 없는 경우, 동물에 대한 사랑은 다른 어떤 것에도 뒤지지 않고 심지어 능가할 수도 있다. 우리가 이것을 이해하려고 해본 적 있는가? 사람 사이의 열정적, 헌신적 사랑과 달리 동물에 대한 사랑은 완전한 무욕이 가능하다. 우리는 동물이 우리에게 어떤 방식의 애정을 키울 수 있다고, 그들도 사랑을 돌려줄 수 있다고 생각하는 경향이 있다. 그들은 정말로 상호 필요, 애정적 의존, 충성—오디세우스의 개—의 기미를 보여준다. 하지만 이런 반응은 상당수가 우리 쪽의 소망, 비유적이고 의인화된 착각일 수 있다. 우리가 확신할 수 있을까? 절대적인 것은 우리는 인생을 함께하는 동물들을 어떤 보답도 요구하지 않고 사랑한다는 것이다. 이런 이상한 절대성의 논리 때문에 어떤 동물도 그 대상이 될 수 있다. 코끼리, 말, 염소, 하지만 햄스터, 앵무새, 카나리아도 사람의 사랑과 상심을 불러왔다. 금붕어, 되새가 죽으면 어린이뿐 아니라 노인도 트라우마를 얻고, 사랑과 죽음이 하나라고 느낄 수 있다. 사람들은 불타는 집에서 소중한 비단뱀을 구하려고 목숨을 걸기도 했다. 개를 구하려고 얼어붙은 강이나 폭풍 속으로 들어가는 이야기는 아주 흔하다. 많은 사람에게 개는 무조건적 인간 헌신의 어리석음을 상징한다. 고양이의 세계는 또 다르다. 리슐리외의 발치에 있던 고양이건, 콜레트의 미추건, 내 프랑스어 번역가의 책상에 있는 눈부신 스노볼이건, 그들은 우리의 애정에 아이러니와 신중한 거리로 응답한다. 그들의 오래된 눈은 우리의 사랑을 약간 우스꽝스럽게 본다. 개들은 우리가 전심전력을 다해 사랑할 수 있다. 그들의 태도는 상호 인정의 부적도 된다. 그들은 또 수수께끼의 예지력으로 자신과 우리의 죽음을 감지하는 것 같다. 우리는 우리 개의 발소리, 짖는 소리, 잠결에 꿈얼대는 소리를 자신의 심장 박동처럼 알아듣는다. 키우던 개가 죽으면 우리 존재에 금이 간다. 집이 텅 빈다. 남겨진 담요와 그릇을 보면 참을 수가 없다. 흥미로운 것은, 인간 행동을 그토록 폭넓게 담은 셰익스피어의 작품 세계에 이런 현상이 보이지 않는다는 것이다.

그런데 이 사랑에는 당황스러운 패러독스가 있다. 사람보다 동물을 더 소중히 여기는 사람들이 적지 않다. 이 사실은 별로 논의되지 않고 있다. 동물의 질병과 죽음은 인간의 질병 이상으로 깊은 감정을 불러일으킬 수 있다. 동물의 고통은 멀리서 보아도 마음을 아프게 한다. 시인이자 여행자인 루스 파델은 호랑이에 대한 훌륭한 논픽션에서 산 채로 껍질이 벗겨지는 보아뱀의 비명을 보고한다. 나는 그 문장을 읽은 것을 진심으로 후회한다. 그것은 내 꿈을 어지럽히고 낮에도 불쑥불쑥 떠오른다. 동물을 사람보다 더 소중히 여기는 것은 우리가 스스로의 비인간성과 '야수성'을 조용히, 하지만 본능적으로 경멸하는 증거인지 모른다. 동물은 사람에게 드문 위엄, 충성, 고통

과 불의를 참는 능력을 갖춘 것 같다. 이것은 포학하고 혐오에
찬 이념을 내세우는 사람들이 때로 동물에게 지극한 사랑과
연민을 보인다는 당혹스러운 사실을 설명해 줄지도 모른다. 그
들을 보면 마음이 편치 않다. 칼리굴라와 말, 바그너와 뉴펀들
랜드 개가 그렇다. 니체는 매 맞는 말을 보고 정신이 무너졌다.
전설이 맞는다면, 히틀러는 사랑하는 독일셰퍼드 블론디를 지
옥 같은 벙커에 들여보낼 때 눈물을 흘렸다. 나는 어떻게 보아
도 육체적 겁쟁이고, 폭력에 질겁하는 부르주아 엘리트다. 하
지만 우리 집 개에게 위험이 닥치면, 누가 우리 개를 다치게 한
다면, 나는 아마도 살인적인 분노와 충동에 사로잡힐 것이다.
내 아내나 아이들이 부당한 일을 당하면 나는 그들에게 참으
라고 하고, 나도 참으려고 노력할 것이다. 하지만 우리 개가 맞
거나 학대를 당하면, 나는 바보처럼 무너질 것이다. 이것은 아
름다운 진실은 아니다. 그것은 이성도, 인간 사랑의 위계 같은
것도 거부한다. 그리고 근본적인 불안정성에 대해, 우리의 연
약한 인간성을 뒤엎는 동물학적 친연성과 모호성에 대해 질문
을 제기한다. 어쨌거나 그것은 진실이다. 공개적으로 인정하지
는 못해도 많은 사람이 거기 동의할 거라고 나는 생각한다. 오
디세우스는 영웅적으로 귀향한 뒤 곧 페넬로페와 작별한다. 하
지만 그의 개 아르고스가 살아 있었다면 그가 이타카를 떠났
을까?

따뜻한 블리자드가 우리 집을 감쌌다. 어린 두 아이가 일요 판 신문 컬러면에서 밥테일이라는 별명으로 불리는 올드잉글 리시 십도그 사진을 보았다. 아내는 우리 집에 그 개는 너무 크 다고, 털이 너무 많아서 계속 빗겨주어야 한다고, 그 품종 자체 가 만화에 나오는 개처럼 현실성 없다고 현명하게 지적했다. 합리적인 품종을 찾아보자고, 골든리트리버는 어떠냐고 했다. 그런데 우연히도 그 올드잉글리시 십도그 사육사가 우리 집에 서 아주 가까운 거리에 살고 있었다. 한 번 보는 건 괜찮지 않 을까? 거실 문이 훌렁 열리고, 유쾌한 괴물 다섯 마리가 우리 에게 쏟아져 들어왔다. 아들과 딸은 회색, 흰색, 청색의 털과 까만 코, 거짓말 같은 발의 소용돌이 속으로 사라졌고, 기쁨의 비명이 넘쳐났다. 무리의 대장인 마커스라는 수컷이 아내의 무 릎에 자리를 잡았다. 흑진주 같은 눈, 절박한 애정이 적자생존 이나 생태적 적소 같은 다윈주의 가르침을 잊게 했다. 그러더 니 3세대로 이루어진 눈부신 무리가 발치에 앉아서 우리를 올 려다보았다. 어떻게 다른 품종을 생각할 수 있을까? 아내의 뺨 에 기쁨과 수긍의 눈물이 흘렀다.

강아지가 왔다. 너무도 작고 발걸음도 불안해서, 정원에 무 릎으로 앉은 두 아이 사이도 쉽게 오가지 못했다. 몇 주 뒤 식 구들이 집에 돌아와 보니, 정원 문이 열려 있었다. 강아지가 나 가서 길을 잃었을까? 강아지의 이름을 부르는 아내의 목소리에 담긴 순수한 고통을 나는 잊을 수 없을 것이다. 그렇게 까마득히 길게 느껴지는 시간이 얼마간 지났을 때, 어둠 속에서 흰색 털뭉치가 달려나왔다.

로위나, 레이디 로위나라고 이름 지은 녀석—내 아들 데이비드와 딸 드보라는 당시 월터 스콧 경의 『아이반호』를 열심히 읽고 있었다—*은 위풍당당하게 자랐다. 다양한 회색, 흰색, 청회색 색조가 달빛 속에서도 빛났다. 녀석은 우리를 철저히 훈련시켰다. 올드잉글리시 십도그는 존재감이 대단해서, 부드럽거나 오만한 명령을 하루 25시간 내릴 수 있다. 녀석이 잠을 자면서도 집에 따뜻한 배경음을 불어넣는 일, 어디에나 스며 있는 존재감은 설명할 길이 없다. 로위나는 자기 발에 매달린 것은 엉긴 핏덩이가 아니라(우리는 당연히 놀라서 동물병원으로 달려갔다), 얼어붙은 진흙이라는 것을 일러주었다. 그때 나는 외국에서 교수 생활을 했다. 녀석은 내 짐을 보면 슬픔에 털을 세웠고, 내가 집에 돌아오려고 제네바 공항을 떠나는 시각에 기대감에 차서 현관문을 바라보곤 했다. (인간의 기대는 독특한 냄새를 풍긴다.) 이별은 특유의 향취가 있다. 레이디 로위나의 조상은 웨일스 고원에서 소떼를 치던 사역견이었다. 하지

---

* 레이디 로위나는 『아이반호』의 등장인물.

만 우리가 캠 강가를 산책하다가 마주친 슬픈 소들은 로위나에게 두려움을 안겨주었다. 녀석이 다른 개들을 만날 때 보인 미세한 태도 차이는 『고타 연감』*만큼이나 다양하고 위계적이었다. 고고한 아이리시세터는 자신과 동등한 지위로 인정했고, 같은 동네의 총명한 래브라도에게는 약간 오만하게 굴었다. 왈왈거리는 소형견, 이따금 마주치는 잡종견, 스패니얼에게는 다소간 너그러운 경멸을 보였다. 개들도 악몽을 꾼다. 로위나는 자면서 부르르 떨다가 놀라 깨어서는 내 곁에 와서 몸을 웅크리곤 했다. 작은 고통도 때로는 우울을 촉발한다. 불편함이나 억울함을 느낀 밥테일보다 더 안타까운 것은 이 세상에 없다. 우리는 꼭 한 번 녀석을 임시 보호소에 보내려고 한 적이 있다. 로위나는 보호소 진입로에서 몸을 뻗고 꼼짝도 하지 않았다. 아내와 나는 죄책감에 서로를 보았고, 아이들은 눈물을 터뜨렸고, 휴가 계획은 취소되었다. 나는 개가 차에 다시 타면서 보인, 잘못했지만 용서한다는 태도를 잊지 못할 것이다. 이 까다로운 품종은 대개 10~12세 이상 살지 못한다. 어떤 네 발 동물도 키워본 적 없는 아내는 예리하고 전문적인 조련사가 되었다. (아내는 훌륭한 역사학자이기도 한데, 그 일이 좀 더 평범

---

* 18세기~20세기 초의 유럽 귀족 명단책.

해 보인다!) 로위나는 16세까지 살았다. 오후 외출 중 녀석이 힘을 잃은 기색을 보이자 우리는 안락사를 위해 녀석을 동물병원에 데리고 갔다. 나는 그 일을 감당할 용기가 없었다. 아내가 옆에서 로위나가 잠드는 모습을 지켜보았다. 그 뒤로 우리는 슬픔에 잠겨 차 안에 한참 앉아 있었다. 한 세계가 무너졌다.

우리는 글로스터셔에서 태어난 제미마를 얻었다. 녀석은 강아지 시절부터 우아함과 불안한 활기가 두드러졌다. 하지만 너무 사람 곁에 붙어서 자라서인지, 모든 소음, 돌연한 만남에 겁을 집어먹었다. 기분과 감정의 변덕은 거의 고양이 같았다. 식단 선택도 까다로웠다. 제미마를 짝지어 주려는 몇 차례의 시도는 우스꽝스럽게 끝났다. 녀석은 그 과정 자체를 자신의 변덕스러운 위엄을 깔아뭉개는 일로 여기는 것 같았다. 고개를 젖힐 때면, 녀석은 피사넬로 그림 속의 전령 사냥개 같은 분위기를 띠었다. 우리는 제미마를 사랑했지만, 녀석은 끝까지 우화 세계에서 잠깐 찾아온 손님처럼 우리의 완전한 접근을 허락하지 않았다. 녀석은 그리 장수하지 못했다.

'다정함'이라는 말의 의미를 온전히 담은 개는 루시였다. 루시는 유기견이었다. 몸집은 작지만 마음은 한없이 넓었다. 우리에게 오기 전에 이미 상처를 알았을 녀석은 부드러운 연갈색 털에 작은 점박이 무늬가 있었다. 그리고 좋은 집을 찾았다는 기쁨을 명백히 보였다. 나는 그보다 성품이 더 너그럽고, 적응에 노력하던 동물을 본 적이 없다. 녀석은 아이들을 좋아했고, 아이들도 녀석을 좋아했다. 큰 소리가 나면 녀석은 몸을 움츠렸다. (제미마는 쓰레기차나 깡통 소리가 나면 격렬하게 화를 냈다.) 루시의 작은 몸, 그 빛나는 생명 어디에도 공격성이나 적대성은 털끝만큼도 없었다. 녀석은 고요히 잠을 자다가 세상을 떠났는데, 한쪽 발이 환영을 표현하는 특유의 자세를 하고 있었다.

이 글을 쓰는 지금은 벤의 세상이다. 녀석은 우리의 일상을 주관한다. 암컷을 세 마리 키운 뒤 처음 키우는 수컷인데, 힘과 속도가 사자 같다. 고양이, 다람쥐, 또는 시끄러운 까마귀를 보면 목줄을 끊을 듯이 달려간다. 벤은 칼날 이를 드러내고 복종을 요구하는 마피아 단원이다. 하지만 우리 집에 왔던 개들 중 가장 사랑이 넘치는 개이기도 한다. 인사를 하거나 애정 표현을 할 때 사람 무릎에 기어 올라와 털북숭이 발을 내미는 것을 좋아한다. 누구를 만나도, 집에 누가 찾아와도 불안해하지 않는다. 우리의 너그러움을 능숙하게 활용해서 신발이나 슬리퍼를 물고 달아났다가 비스킷과 교환하고, 저녁나절에 졸다가 텔레비전이 꺼지면 심술을 부린다. 벤은 내부에 완벽한 시계가 있다. 그래서 식사 시간이건 불을 끌 시간이건 자신이 설정해 놓은 시간에 정확히 맞추어 행동한다. 음악 취향은 차별적이다. 금관 악기를 싫어해서 라벨의 〈볼레로〉가 들리면 낮게 그르렁거린다. 하이든이나 바로크 악기들과는 사이가 좋다. 내가 인터뷰를 할 때 여러 번 함께 사진이 찍히고 글에도 언급된 데다, 유명 문학 잡지 표지에도 한 번 실린 덕에 벤은 약간 유명해졌다. '카리스마 견공 벤'이라고 소개되기도 했다. (루시라면 숨었을 것이다.) 녀석은 자신의 그런 명성을 잘 아는 것 같다. 다른 개들을 고압적으로 대하는 게 그 때문인지도 모른다. 녀석은 소형 애완견, 미니어처 테리어들은 약간 위협적으로 경멸한다. 그래서 몇 가지 사건이 있었다. (조사하러 온 젊은 경관은 벤의 영리한 포옹에 녹았다.) 하지만 녀석은 개들에게 관심이 없다. 벤이 교제를 바라는 것은 그 주인들이다. 녀석은 자신의 크나큰 매력을 믿고 좀처럼 좌절하지 않는다. 그리고 불꽃과 천둥을 무서워하지만, 크리스마스 때의 구세군은 아무리 쿵쾅거리며 찾아와도 반겨 맞는다. 벤은 엄청나게 바라는 게 많은 녀석이다. 우리가 잠시라도 집에 혼자 두면, 원망을 담은 녀석의 눈빛은 메두사조차 돌로 만들어버릴 것 같다. 녀석은 사람들 기분도 잘 읽어서 우리의 슬픔과 기쁨을 자기 방식으로 흉내 낸다. 벤의 그런 생기가 우리의 하루하루를 채운다. 물론 벤도 오래지 않아 우리 곁을 떠날 것이다. 하지만 지금은 녀석이 떠난 세상을 상상할 수 없다.

나는 이 네 친구에 대한 책을 쓰고 싶었다. 이솝 또는 라퐁텐

이 그랬듯 동물을 통해 인간의 목소리를 내는 것은 어려운 일이 아니다. 코끼리 바바나 사슴 밤비도 그렇게 태어났다. 하지만 우리가 생각하는 동물의 내적 정체성, 동물이 우리를 어떻게 보는지를 그럴 듯하게 쓰는 일은 몹시 어렵다. 나는 손녀 두 명을 위해 동화를 쓰고 싶었다. 꿈의 가게가 나오고, 로위나, 제미마, 루시, 벤이 거기 모여서 긴긴 밤 동안 산더미 같은 초콜릿 캔디를 끝도 없이 먹는 이야기. 아니면 어느 마법사의 정원에서 그들 넷이 주인이 되는 이야기. 나는 손녀 레베카와 미리엄뿐 아니라 나 자신에게도 죽은 뒤 우리가 다시 만날 아르카디아가 있다고 설명하고 싶었다. 그런 이야기를 쓴 사람들, 바람이 버드나무에 부는 휘파람 소리나 늑대의 속삭임을 들은 사람들은 모두 대단한 이들이다. 그들은 천재적인 작가다. (잭 런던, 러디어드 키플링, 버지니아 울프, 콜레트가 그들이다.) 그들 안에는 어린이가 살아 있고, 또 부러운 생경함이 있다. 나는 그들과 같은 부류에 속하지 않는다.

하지만 인간의 잔인함, 욕망, 영토 강탈, 오만은 동물 세계의 그것을 뛰어넘는다고 나는 확신한다. 우리의 동물 학대, 비정한 살처분—구제역 공포 때 같은—은 포학한 맹목성 또는 냉담성의 징후다. 앞서 말했듯이 지금 이 지구상에서 동물이 비참하게 맞아 죽고 일하다 죽지 않는 시간, 오락용 사냥감으로 죽지 않는 시간은 단 하루도, 한 시간도 없다. (사냥감의 영어가 'game'이라는 것은 의미심장하다.) 마치 사람들이 에덴의 남은 흔적마저 지우지 못해 안달이 난 것 같다. 그런 흔적들은 그 옛날, 사람과 동물이 순수하게 동행하던 시절, 이제는 갈 수 없는 시절을 상기시켜 주는 것 같다. 우리가 동물들을 모욕하고 살육하는 한, 우리가 그들의 눈에 담긴 사전 경고와 고통을 외면하는 한, 인간의 혐오와 상호 파괴의 정치는 끝나지 않을 것이다. 어쩌면 아직 시간이 있을지도 모른다. 자연 재해는 점점 증가하는 것 같다. 해일, 화산 분출, 지진, 대규모 산사태는 학대와 파괴에 시달린 지구의 복수인 것만 같다. 동물을 포함하는 유기적 세계가 인간의 파괴적, 약탈적 지배에 지쳐 가는지도 모른다. 뉴잉글랜드 북부에서는 공해 유발 공장들을 폐쇄하자 숲이 살아났다. 고층건물 꼭대기에 솔개들이 둥지를 틀고, 과도한 사냥으로 멸종 직전까지 갔던 멧돼지들이 유럽의 숲을 누빈다. 허드슨 강에서는 연어가 목격된다.

나는 이런 주장들이 혼란스럽고 불합리해 보인다는 것을 잘 안다. 나는 고기를 먹는다. 또 동물 실험으로 발전한 의학의 혜택을 받고 있다. 내가 지난 30년 동안 개를 키우면서 느낀 사랑에는 분명히 감상적이고 자기만족적인 요소가 있을 것이다. 반려동물을 잃었을 때 내가 느낀 슬픔은 소수의 친밀한 사람들을 뺀다면 사람과 관련해서 느낀 것보다 더 격렬하고 오래 갔다. 이것은 내 정서적 결함, 정신의 미성숙 때문일 수도 있다. 어린아이가 곰인형을 잃고 슬퍼하는 일과 비슷한 것일 수 있다. 내가 죽은 뒤에 유증할 것이 있다면(있을지 모르겠지만), 나는 불우한 이들이나 어린이 보호가 아니라 맹인 안내견의 교육에 쓰고 싶다. 그들은 눈부신 생명체들이다. 그들에게는 요양원이 필요하다. 나는 이런 선택에 특별히 자부심을 느끼지 않는다. 설령 이해받지 못한다 해도 내 생각은 확고하다. 이것이 내가 가진 가장 유대인답지 않은 특징일까?

'동물 책'을 쓰려면 뛰어난 심리적 서사적 기술만 가지고는 되지 않았을 것이다. 거기에는 가혹한 자기 성찰도 필요했을 것이다. 나는 그만한 용기가 없었다.

대답할 수 없는 질문

BEGGING THE QUESTION

내가 하는 일에 긍정적이건 부정적이건 어떤 관심을 가질 만큼 너그러운 사람들은 내게 똑같은 질문을 자주 했다. 내 책을 읽고서, 또는 세미나 중에, 또는 대중 강연 후에, 때로는 예의바르게 머뭇거리며 또 때로는 질책하듯이 묻는다. "선생님의 정치적 입장은 무엇인가요? 역사와 문화, 교육과 야만에 대한 모든 글에서 왜 솔직한 정치적 이념을 밝히시지 않나요? 선생님은 어느 쪽을 지지하시나요?" 나는 이런 질문과 거기 담긴 불만이 합리적이라는 것을 안다. 하지만 안타깝게도 내 침묵과 회피의 심리적 근원에 대해서 나도 여전히 잘 모른다. 외적인 정황은 명백하다. 나는 평생 어느 때에도 정치적 활동을 한 적이 없고, 정당에 가입한 적도 없다. 어떤 정치적 프로그램, 어떤 당파적 운동에도 지원의 손길—아무리 시시하다 해도—을 내밀지 않았다. 나는 지방 선거, 전국 선거를 막론하고 어떤 선거에도 투표하지 않았다. 이런 불간섭 원칙의 단 하나 예외가 있다면 앞장에서 언급한, 시오니즘과 이스라엘의 특정 정책들에 대해 우려를 표명하는 것뿐이다. 그것을 뺀다면 내 행동, 내 글, 내 가르침은 아리스토텔레스가 '백치'라고 불렀을 사람, 즉 집에 머물며, 바깥세상의 일과 의무에 참여하지 않는 사람의 것이다. 나는 이런 거부, 사적 공간에 대한 이런 집착이 포학하고 부패하고 무능한 이들이 정부와 공직에 들어가는 일을 허용하고, 어떤 면에서는 정당화해주기도 한다는 것을 안다. '집에 틀어박힘'으로써 모든 정치 과정에 불참하는 사람은 본질적으로 관음증 환자다. 그들은 여러 세력의 움직임—실제로 자기 존재에 상당한 영향을 미치는—을 스포츠처럼 관전한다. 엄격하게 보면 그렇게 초연하게 살아갈 권리는 은둔 수도자에게만 있다. 고독만이 정치적 통일체에서 치외법권을 누릴 수 있다. 하지만 그 경우조차 모호함과 오염의 문제가 있다(소로의 『월든』이 고전적으로 보여준다). 폴리스polis는 언제나 가까이 있다. 몽테뉴는 기꺼이 보르도 시장이 되었다.

어떤 근시안, 어떤 자폐적 충동이 나를 위원회든, 군중이든, 학회든, 팀이든 그러한 것들을 기본적으로 의심하게 만든 것일까? 어떤 신중한 오만 또는 둔감함이 나를 '비사교적'으로 만들고, 또 (사람들이 동의한다 해도) 진부하고 공허한 소리만하게 했는가? 왜 나는 내용과 필요성에 동의하는 선언, 호소, 항의에 서명을 보태지 않았을까? 고독의 큰스승인 키르케고르나 니체, 비트겐슈타인은 각자 이유가 있었다. 하지만 나 같은 사람, 자신이 거절하는 정치 조직들이 이런 거절을 가능하게 해준다는 역설을 잘 아는 사람은 대체 무엇인가? 민주주의도 독재도 모두 나름의 방식으로 수동성을 허락한다.

내가 짐작하는 상황적, 자전적 동기들은 있다. 나는 파시즘과 나치즘의 광기 속에 성년이 되었고, 유토피아적 사회주의와 마르크스-레닌주의는 빠른 속도로 노예화를 부를 것이라는 아버지의 통찰을 신뢰했기에 처음부터 정치적인 것을 경계했다. 거기다 내가 앞서 말한 유랑하는 유대인의 조건과 잠시 머무는, 심지어 환영받지 못하는 손님이라는 느낌 때문에 경계심이 더 강화되었다. 손님이 주인 집안의 싸움에 개입해야 하는가? 여기에 우리 아버지의 선거에 대한 불신이 더해졌다. 아버지는 "정치적 노래는 형편없는 노래ein garstig Lied"라는 괴테의 격언을 거듭 언급했다. 하지만 이런 경험은 내가 피신했던 미국이나 박사 공부를 한 영국 같은 '열린 사회', 민주적이고 자유로운 제도를 열렬히 지지하게 만들었어야 한다. 전체주의의 결말과 디아스포라 유대인의 주변성에 대한 의식은 내가 관용적 민주주의 또는 일정한 민주적 사회주의—예를 들면 스칸디나비아 모델 같은—를 강력하게 옹호하게 만들었어야 한다. 하지만 나는 반대로 완전히 거리를 두는 쪽이 되었다. 단테의 오만한 구절처럼 "일인 정당"이 된 것이다. 왜?

내가 생각할 때 핵심적인 것은 사적 공간에 대한 집착이다. 정치적 대의와 헌신은 당연히 공생활, 즉 '레스 푸블리카res publica'다. 정치적인 것은 기본적으로 사적인 것의 부정이다(물론 정치가 사적 공간에 힘을 주는 틀이 되기도 하지만). 나는 오래 전부터 현대 사회의 사적 공간 박탈—정신분석을 위한 고의적 비밀 누설이건, 행정부의 지나치게 세밀한 조사건, 매스미디어의 은밀한 신체 노출이건, 문학과 사교 생활의 고백이건—을 거의 병리적으로 혐오했다. 오늘날 텔레비전을 지배하는 '리얼리티 쇼'를 어쩌다 보게 되면 나는 구역질이 난다. 채워야 하는 질문지, 참견하는 서류들, 면접관과 조사자의 고삐 풀린 무례함, '몰래 카메라', 전화의 소음은 나에게는 정보 과학이 풀어놓은 악몽 같다. '밀고자informer'라는 말의 의미를 생각해보라. 임상 효율, 국가 안보, 재정 투명성의 이름으로 우리의 사생활은 조사되고 기록되고 조종된다. 그에 따라 고독의 기술, 신중함의 기술, 파스칼이 진정한 예의와 어른스러움의 핵심으로 여겼던 신성한 침묵의 기술은 시들었다. 런던 중심부 거리의 평균적인 행인들은 감시 카메라에 300번 정도 촬영된다고 추정된다. 내 정치적 유파를 밝히는 것—사람들이 거기무슨 관심이 있다면—은 내게는 사적 공간의 근본적인 침해로 여겨진다. 정치적 스펙터클과 수사학은 민주 사회의 것이건 전체주의의 것이건 나체촌과 비슷하다. 하지만 사적 정치라는 것이 어떻게 가능할까? (이 질문은 비트겐슈타인의 '사적 언어'에 대한 비판과 당혹스러울 만큼 비슷하다.)

모든 인간은 평등하게 태어났다는 민주주의의 공리적 명제는 어떤 의미가 있는가? 오늘날 인공 수정, 생물 복제를 비롯해서 빠르게 발전하는 유전공학은 이 불확실한 생물학적 상투 표현을 흔든다. 이 믿음은 신학적으로는 정당화될 수 있다. 모든 인간이 신의 형상에 따라 창조되었기 때문에(그것이 무슨 의미건), 신 앞에 동등하다. 그들의 존재론적 가치는 언제나 (현세의 지위와 무관하게) 무한하고 평등하다. 오직 신만이 최종 판정을 한다. 우리 모두가 법 앞에서 평등하거나 평등해야 한다는 것도 이성적으로 인정할 수 있다. 그러나 역사가 기록된 최초 시기부터 이런 주장은 유토피아적 공상이었다. 부와 권력을 지닌 자들은 가난하고 비천한 자들과 똑같은 법적 잣대를 적용받지 않았다. 가혹한 법이건 문명개화한 법이건, 모든 법에는 절충과 불평등이 가득하다. 글을 알고, 적절한 도움을 받고, 설득력을 발휘하는 자들은 가난하고 말할 줄 모르는 사람들과 전혀 다른 방식으로 법을 경험하고 이용한다. 그럼에도 불구하고 추상적인 요구와 이상은 의미가 있다. 어떤 사회는 다른 사회보다 그것을 달성하려고 더 성실하게 노력한다. 하지만 신학적 원리나 사법적 원칙 바깥 어디에 평등이 있는가?

우리는 깊은 불평등을 짊어진 채 이 세상에 던져진다. 굶주림에 찌든 카메룬의 오지에 태어나는 것은 맨해튼의 비교적 불우한 지역에 태어나는 것과도 크게 다른 운명, 즉 '진리 조건'이다. 시각 장애인이나 청각 장애인은 '정상인'과는 매우 다른 삶의 영토에 기거한다. 신체 장애인의 삶은 손상 없는 이들의 삶과는 실존적으로뿐 아니라 그 밖의 수많은 방식으로도 다르다(나의 경험으로 안다). 정신 질병―유전되는 경우가 많은―은 더욱 큰 차이를 빚는다. 유전적 질병은 죄 없는 이들의 저주가 되고, 물려받은 능력이나 부 또는 특별한 지위는 무자격자들의 축복이 된다. 크나큰 자원인 미모는 무작위로 배분된다. 운동, 지성, 공연 어떤 분야건 신동의 탁월함과 재능 없는 자의 어설픔이 어떤 평등을 누릴 수 있나? 내 지적 능력, 감성, 표현 능력이 플라톤, 가우스, 슈베르트 같은 사람과 동등하다고 여기는 것은 형식적 의미―사실상 거의 무의미한―를 뺀 어떤 의미로도 망상이다. 하지만 반대로 내가 가진 능력과 재주―당연히 소박한 수준이지만―를 지적 훈련도 정서적 경험도 박탈당한 반문맹 수준의 사람들과 동일하다고 보는 것도 헛소리다. 넘치게 교육을 받고 온갖 특권과 여유를 누리는 나

같은 사람과 슬럼가를 떠도는 폭력배, 마약 중독자, 광신자 사이에 (역시 종교적 신앙이나 법적 허구를 빼면) 어떤 평등이 있는가? 에덴의 환상이나 자기 최면이 아닌 인간 평등의 원칙에 토대한 정치적 신조가 어떻게 가능할까?

진화의 시간 규모 및 지구의 나이와 비교해 보면, 호모 사피엔스는 아주 늦게야 나타난 존재다. 우리 역사는 눈 깜박할 만큼 짧은 시간이다. 우리의 정신적 육체적 능력의 한계와 잠재력은 아직도 대부분 밝혀지지 않았다. 하이데거의 말처럼, 우리는 아직 제대로 생각하는 법도 모르고 있는 건지 모른다. 어쩌면 아직도 시원적 인간성의 문을 더듬더듬 찾고 있거나, 지금까지 우리의 경험은 모두 엉성한 스케치일 뿐인지도 모른다. 증거는 모순된다. 우리 종은 지독한 가학성이 있다. 우리는 고문하고 강간하고 학살하고 모욕한다. 우리의 성적 욕망에는 제한이 없는 것 같다. 사람들은 유아도 학대하고 강간한다. 우리는 식인 성향도 있고, 살인욕도 있다. 캄보디아, 발칸반도를 가리지 않고 힘없는 포로를 눈멀게 하고 거세하고 생매장한다. 심리학 실험들은 신중하게 설계된 압박과 보상에 노출되면 평소에는 자비심과 교양 넘치는 개인도 타인을 고문할 수 있다는 것을 밝혔다. 온화한 성품의 개인도 무자비한 군중에 합류해서 비이성적이거나 조작된 구실로 오랜 이웃을 살해한다. 수많은 이른바 문명을 지나는 동안 남자는 여자를 때리고, 아이들을 노예 삼고, 동물을 불구로 만들었다. 그리고 그것이 그저 스포츠나 놀이를 위한 경우도 많았다. '인간 짐승La bête humaine'[*]이라는 말은 앞서 말했듯이 동물에 대한 모욕이다. 반면에 인간은 빛나는 지성과 미적 창조력에 연민, 이타주의, 자기희생도 발휘한다. 배가 가라앉을 때 자신의 구명조끼를 다른 사람에게 주고, 사람들을 구하러 불타는 건물에 들어가며, 죽음의 수용소에서 마지막 남은 음식을 나눠 먹었다. 그들은 죽음을 각오하는 영웅적 행동, 충성, 연대감도 보여준다. 많은 남녀가 극도로 사변적인 문제로 화형대에 올랐다. 역사에는 아무런 희망도 없이 폭정과 불의에 맞선 봉기가 가득하다. 정치인 중에는 도덕성이 탁월한 인물들도 있다. 에이브러햄 링컨, 간디, 만델라 같은 이들이 그들이다. 그리고 무엇보다 사랑의 수수께끼, 또 이익을 바라지 않는 열정과 보상을 바라지 않는 희생의 수수께끼가 있다. 사랑의 장소와 종류를 규정하려는 것은 바다에 색인을 붙이려는 것과 같다. 다른 종들에게도 비슷한 능력이 있는지는 의인법적 유사성으로 추측할 수 있을 뿐이다. 수많은 사례를 종합해 보면, 인간은 종잡을 수 없는 방식으로 우리가 아는 것보다 더 선하고 더 악하며, 더 야수적이

---

[*] 에밀 졸라의 〈루공 마카르 총서〉 중 한 권인 장편소설의 제목.

고 더 진화된 것 같다. 우리는 칸트의 유명한 말처럼 "뒤틀린 나무"로 만들어졌다. 하지만 그렇다 해도 밝고 아름다운 불꽃을 피울 수는 있다.

이것이 모든 정치가 다루어야 하는 원재료나. 나른 깃은 없다.

나는 강의나 강연, 또 보고서 작성을 위해 한때 전체주의 국가였거나 아직도 그런 사회를 많이 방문했다. 바티스타의 쿠바, 살라자르의 포르투갈, 프랑코의 스페인, 아파르트헤이트 시절의 남아프리카 등이었다. 나는 소련도, 마오 이후 중국도 가보았다. 다양한 수준의 유사 스탈린주의 통치를 받던 프라하, 부다페스트, 바르샤바, 크라쿠프에도 여러 번 초대받았다. 지난날의 독일민주주의공화국에서 세미나와 강연을 하느라 분단 베를린의 체크포인트 찰리에서 양쪽 세계를 여러 번 넘나들었다. 모로코에서는 절대주의 신정을 보았다. 이런 경험을 통해서 나는 두 가지 가정을 얻었다. 대개의 경우 독재는 빙산의 일각이고, 대부분의 생활은 그 아래에서 이어진다는 것이다 (나는 북한처럼 광기 어린 극단 체제에는 가보지 않았다). 독재의 광풍과 그에 따른 위험—'칼리굴라의 순간' 같은—이 있을 때를 빼면, 평범한 사람들 다수는 다소간 습관적으로 살아간다. 과학, 예술, 학술 생산의 허가된 영토는 계속 이어지고 심지어 번성하기도 한다. 제3제국에서도 예술사, 고전, 음악학,

의학 연구는 지속되었고, 또 많은 경우 뛰어난 수준을 유지했다. 스탈린 독재 치하에서 음악 교육, 연극 공연, 수학과 물리학 연구의 성과는 대단했고, 체육의 성취도 높았다. 검열이 진정한 천재성의 불길을 지피는 경우도 많다. 조이스는 "쥐어짜봐라, 우리는 올리브다"라고 말했다. 일상적 규모에서 사람들이 영위하는 평범한 생활은 그다지 독재의 영향을 받지 않는다. 히틀러 치하에서도 마찬가지였고, 스탈린, 무솔리니, 프랑코 치하 평범한 사람들의 많은 영역이 그랬다. 핵심 요소는 가정생활이다. '기거할' 영역, 가정의 일상을 유지할 수 있다면 정신은 견디고, 사람들은 정치적인 것을 피한다. 나의 두 번째 가정은 이것이다. 우리 대다수에게 가장 중요한 요소는 거리의 안전, 든든한 보건, 질 높은 학교 교육, 그리고 무엇보다 노후 대비, 걱정 없는 은퇴라는 것. 우리는 국가 관료들이 이런 것을 해결해주기를 바라고, 거기 문제가 없다면 그것을 수용하는 것은 합리적이다.

극소수의 사람은 더 높은 곳을 본다. 그들은 표현의 자유, 이동의 자유, 출판의 자유, 선거제의 변화가 없으면 숨도 쉴 수 없다고 생각한다. 그들은 정치적 정의와 열린 토론의 이상을 포기하지 않고, 굴라크가 섬뜩한 추문이라는 것을 안다. 하지만 다시 말하건대 이런 열정과 목표를 생명의 원천으로 삼는 사람은 극소수뿐이다. 다수 대중은 거기에 영향을 받지 않는다. 실제로 스탈린과 마오가 냉정하게 이용한 사실이지만, 공동체 일반은 열정적 소수에게 관심이 없거나 분노하고, 국가 기구가 칭송하는 탄광 노동자는 기생적이고 유약한 인텔리겐차의 머리를 거리낌 없이 깬다. 이런 뒤틀린 변증법은 국가의 보호 아래 조용히 타오르는 반유대주의 감정의 영원한 연료이기도 하다. 반란이 일어나서 (그 자체가 드문 일이지만) "벽들이 무너져 내리는" 경우에도 지적, 예술적 자유를 누리던 이들이 그 동기가 되는 경우는 드물다. 심지어 국회 과정에 참여하려고 노력하는 이들의 역할도 별로 없다. 그것을 일으키는 것은 지배 계급의 부패와 무능에 대한 분노와 염증이다. 안전 계약이 깨졌다. 식량이 부족하고, 집에 난방을 할 수 없고, 교통은 엉망이고, 무엇보다 연금이 불안해진다. 아이러니하게도 '벨벳 혁명'*과 환희가 지나가고, 해방이 이루어지고 난 뒤 향수가 찾아왔다. 옛 폭정 체제는 지옥 같은 면들이 있었지만, 완전 고용, 무상 의료, 품위 있는 노년이 보장되었다. 하지만 시장의 자유는 그런 것을 쓸어냈다. 신문들은 이제 고품질 뉴스도 쓰레기 기사도 자유롭게 생산하고, 기업 마피아가 활개 치지만 일자리가 없어서 이민만이 대안처럼 보이고 노년은 악몽

---

* 1989년 11월 체코슬로바키아에서 벌어진 무혈 시민혁명으로 41년 동안 이어지던 공산당의 일당 독재를 종식시켰다.

이 되었다. 성난 기억의 진자 운동은 독일 동부와 우크라이나에서 뚜렷하게 드러난다. 때로는 스탈린주의의 공포조차 후회를 일으킨다.

이론적으로 민주주의의 미덕을 반박할 수는 없다. 독재 정권조차 위선적으로 민주주의에 찬사를 바친다. 그것은 해방되고, 헌법과 법이 보증하는 자유다. 권력의 행사는 공유되고 참여적 승인에 의해 제한된다. 민주적 이상은 개인의 잠재력을 키워줄 뿐 아니라, 물질적 기반을 갖춘 사회에서는 생활수준과 과학기술도 유례없이 발전하게 한다. 역동적 계층 이동, 교육 투자, 의료 발전은 민주주의의 "조용한 드라마"다(플라톤의 『법률』의 한 구절이 떠오른다). 기회의 에스컬레이터는 부분적 후퇴가 있더라도 세대를 거듭할수록 점점 상승한다. 평범한 사람들은 오늘보다 더 큰 풍요와 안전, 더 많은 선택 기회를 누리게 될 것이다. "그 새벽에 살아 있던 것은 축복이었다." 워즈워스는 프랑스에 혁명이 닥쳤을 때 말했다. 여전히 심각한 문제들이 있다는 걸 누가 부인할 수 있을까? 사회적 현실이 민주주의의 약속에 크게 뒤처진 경우가 많다는 것을? 미국에서조차 수백만 명이 빈곤한 삶을 살고, 최소한의 건강 보험 혜택도 못 받는다. 선거는 자주 무의미해 보인다. 유권자 3분의 1의 표만 받아도 미국 대통령이 될 수 있다. 공직에 출마하는 데는 어이없을 만큼 많은 돈이 든다. 그 문은 극소수에게만 열려 있고, 또 흔히 부패할 경향이 있는 사람들에게만 열려 있다. 사법 체계 안에는 잔혹한 이상 형태들이 계속 생겨난다. 사형수는 20년 넘게 복역하다가 시력을 잃고 장애인이 된 후에 처형당한다. 그리고 앞서 말했듯이 평등주의는 때로 대중 교육을 겉치레로 만든다. 서유럽에서도 미국에서도 의회 민주주의 제도로 인종 갈등과 차별을 다스리기는 어렵다. 하지만 민주 제도 안에서 이런 병폐는 도전과 비판을 받고 수정되게 마련이다. 다른 어떤 정치 이론이나 현실도 긍정적인 변화를 꾀하는 제도적 수단을 내부에 갖고 있지 않다. 노예제는 폐지되었다. 많은 민주 국가는 사형제도 폐지했다. 민주주의는 인간의 희망에 비길 데 없는 찬사를 바친다. 오직 바보만이 이것을 모르거나 그 가치를 제대로 평가하지 않는다.

하지만… 민주주의와 뛰어난 정신 사이의 어떤 간극은 극복할 수 없어 보인다. 민주주의라는 다수 지배의 원칙은 평범한 사람들에게 팡파르를 울린다. 세계의 많은 지역에서 그들의 신은 축구다. 계몽주의와 19세기 사회 개량론—학교의 보급이 문화 발전과 정치적 각성으로 이어지는 길이라는—은 대개 환상이었음이 드러났다. 사회 정의에 대한 추구는 하향평준화되었다. 잔혹한 스탈린 통치하에서도 학문의 위신, 유사 탈무드 방식의 문해력, 인간사에서 사상의 우월성에 대한 (흔히 트라우마를 일으킬 만큼 지독한) 확신은 꺾이지 않았다. 오늘날 서방과 개발도상국의 대량 소비와 매스미디어의 민주주의에서 정치적 자유주의와 대의제 정부는 자본주와 떼어놓을 수 없다. '제3의 길'을 찾으려는 뜨거운 노력이 있었다. 인간적이고 사회화된 자본주의는 스칸디나비아와 스위스 등에서 산발적으로 목가적인 수준을 이루었다. 하지만 다원적이고 성숙한 민주주의 사회에서 절대적 권력을 가진 것은 돈이다. 중립적인 의미로 보아도, 권력 관계란 공공연한 금권정치다. 돈은 분별없는 전능성을 만끽한다. 그것은 공적 공간과 사적 공간의 모든 틈새에 스며든다. 축구 선수에 대한 숭배, 팝스타에 대한 찬양, 갑부의 호사스러운 과시는 그 세계의 어이없을 만큼 큰 부에서 기인한다. 반대로 돈이 되지 않는 지적 열정과 창조성이 경멸과 무관심을 받는 것은 그 경제적 지위가 그만큼 보잘것없기 때문이다. 화가는 미디어의 호들갑으로 작품의 가격이 올라갈 때에야 비로소 주목을 받는다. 오늘날 역사적 위인에 대한 조사에서 셰익스피어와 뉴턴은 데이비드 베컴과 마돈나보다 훨씬 아래 자리에 놓인다. 부의 추구, 그것이 촉발하는 꿈과 시기에 찬 경외는 가장 내밀한 사생활의 공간에도 압박을 가한다. (발자크도 그렇고, 에즈라 파운드 역시 「고리대금업Usura」 칸토에서 이 악마적 전염병을 다룬다.) 부르주아 가족의 관계, 사랑과 섹스의 게임에는 의도적이거나 무의식적인 금전적 동기가 가득하다. 'worth[가치, 재산]'라는 단어가 순전히 물질적인 의미로 뒤틀리는 것을 생각해 보라. '파산자의 worth는 얼마인가?' 이 부분에서는 마르크스의 통찰력이 프로이트보다 깊었다. 경찰국가가 사상과 예술에 가하는 강제는 실로 끔찍하다. 하지만 그것이 입힌 피해는 전체석으로 볼 때 내중 시징의 절대 권력이 야기한 것보다 크지 않다. 고품질 서점, '작은 잡지', 극히 특수하거나 주목받지 않는 학술적 교육과 연구의 영역, 아방가르드 음악 레이블은 관용과 사적 증여로 지속된다. (이런 일은 미국에서는 칭찬을 받지만 다른 데서는 불평과 경멸의 대상이다.) 수익이 미디어에 가하는 검열은 정치적 폭압 못지않게, 아니 어쩌면 그보다 더 파괴적이다. 대중주의적, 기술관료적 민주주의는 돈을 벌 권리, 그것도 어떤 합리적 필요나 인간적 위엄을 초월하는 수준의 돈을 벌 권리가 되었다. 그래서 젊은이들은 자주 격렬한 환멸을 느끼고 공민적 활동을 포기한다. 적어도 레닌은 금은 변기에 쓰면 최고라는 것은 알았다.

내 정치 노선은 사적 공간과 지성에 집착한다. 그것은 단테가 멋지게 소환한 율리시즈의 말에 담겨 있다. "우리는 야수처럼come bruta 살도록 만들어진 게 아니라 덕과 지식을 따라가도록 만들어졌다. 그 결과로 어디에 당도하건, 어떤 개인적 사회적 대가를 치르게 되건." 이런 확신은 어떤 면에서는 병리적이고 자기 탐닉적이라고 할 수 있을 것이다. 타협 없는 사고,

예술, 과학에 대한 몰입은 정신의 암종일지도 모른다. 그것은 사회 정의를 '작은 정의'로 여긴다. 그것은 너무도 자주, 인간 조건의 어둠에 불편을 느끼지 않는다. 하지만 그런 동시에 그 것은 인간에게 정당한 이유를 주고, 인간이 가끔이라도 비인간 성을 떨치고 상승하게 해준다고 나는 생각한다. 내가 정치 체 제에 희망하는 것은 이런 집착에 숨 쉴 공간을 허락해주는 것 이다. 공리적이지 않고 집단적 이익과 무관한 것도 숨 쉬며 기 거할 수 있는 공간을. 돈에 대한 반대까지 포함해서 어떤 반대 도 존중하는 것. 나는 "일인 정당"이라는 반항적인 사적 공간 에 대한 보호를 희망한다. 그리고 재능 있는 자들에게 가능성 의 문들이 활짝 열리기를. 나는 잘봐줘야 플라톤적 무정부주의 자라고 할 수 있을 것 같다.

그것은 이길 수 있는 패가 아니다.

점잖은 집단은 오랫동안 개인의 종교를 대놓고 묻는 일을 투박한 침범 행위로 여겼다. 이 문제에는 신성한 사적 공간이 허용된다. 그런 건전한 조심성은 종교 감정에 관한 한, 가장 정 직한 화자들조차 말을 더듬거나 이성과 동떨어진 관용어에 의 존한다는 것을 인정하는 것이다. 그런데 이 관행도 극적으로 변했다. 신중함은 구식이 되었다. 공개적 노출과 고백은 섹스 와 마찬가지로 가십의 재료가 되고 있다(이 두 가지 노출의 관계는 흥미롭지만 분석하기 쉽지 않다). 이미 말했듯이 사적 정치학이란 것은 말 자체로 모순일 것이다. 그러나 종교의 영역은 완전히 다르다고 생각한다. 그것은 긍정 부정 어느 쪽으로도 가장 깊은 내면, 숨김없는 의식의 요새를 체현하고, 또 그래야 한다. 그것은 침범 불가능한 개인의 성소에서 보호받아야 한다. 심지어 그 성소가 비어 있고, 거기 있는 것이 활기찬 공허―그것이 성전에서 가장 신성한 것이다―뿐이라고 해도. 궁극의 사적 공간, 정신적 울타리로 보호해야 할 것이 있다면, 그것은 죽음을 향해 성숙해가는―그것을 인정하건 거부하건―개인의 신앙이다. 그것을 공표하는 것은 우리가 다른 표현이 없어서 어쩔 수 없이 '영혼'이라고 부르는 것, 우리 미로 같은 존재의 생명력이자 핵심인 그것을 결정적으로 훼손시키는 스트립쇼다. 그것은 자기 위반, 자기 강간이라는 비속한 역설을 수행한다. 어떤 노출이 그보다 더 저속할까(이 문장을 쓰는 지금, 텔레비전은 마스터베이션 경쟁의 장이 되고 있다).

게다가 이런 노출은 언어 표현이라는 과정을 거치면 하찮게 되고 또 왜곡된다. 그 언어에 시적, 철학적 영감이 담겨 있다고 해도, 거기서 빛나는 사상이 노래를 한다고 해도 마찬가지다. 언어가 불가항력적 한계에 부딪히는 것은 종교 담론, 형이상학 및 신학적 논쟁의 최정상부다. 그런 곳에서는 은유, 비유, 상징, 유추가 (단테의 〈천국편〉이나 성서의 〈시편〉처럼) 황홀경을 이룬다. 위대한 작가와 사상가들, 〈욥기〉, 아우구스티누스의 『고백록』, 『신곡』 또는 『팡세』를 탄생시킨 이들, 키르케고르와 홉킨스 같은 이들을 통해서 언어는 스스로를 추월하고 한계를 '돌파'해서 다른 방식으로는 표현할 수 없는 것에 가닿는 것처럼 보인다. 하지만 이런 추월은 착시다. 그것은 수사와 문체의 독창성이 안겨주는 효과다. 언어는 종교적 경험에 관한 한 새로운 것을 말할 수가 없다. 존재론적 긍정, 초월적 존재에 대한 찬양은 동어반복이다. 그것은 아무리 빛나게 표현한다고 해도 시작한 그곳으로 돌아간다(다시 한 번 이것을 잘 보여주는 것은 단테다. T. S. 엘리엇의 「네 개의 사중주」에 '재현'된 모습과 함께). 비유와 형상화의 수단이 아무리 많아도, 언어적 도구는 스스로의 어휘와 문법의 범위를 초월할 수 없다. 또 그 어휘와 문법은 역사적, 사회적, 형식적으로 생성되고 제한된다. 언어가 '신'을 말하려고 하면, 그것이 반영하는 것은 자기 자신이다. 가장 기쁨에 넘친 기도에서도 깊은 데서 올라오는 둔탁한 슬픔의 목소리가 들리는 것은 그 때문일지 모른다. 형이상학적-시적 정상부에서도 신적인 것을 정의하는 표현은 숭고한 잡담―하이데거가 '게레데Gerede'라고 부른―뿐이다. 그것에 대해 수천 년이라는 긴 시간 동안 "신의 거룩한 불길의 현자들"인 예언자, 찬송시인, 성직자들은 대답했다. "사람은 형상과 비유, 논리의 추론이나 황홀경을 통해 신에 대해 간접적으로 말할 수 있다. 사람이 언어라는 '신비mysterium'를 받은 것은 선언하고 논쟁하고, 자신의 종교적 직관과 신념을 체계적으로 정리하기 위해서다. 이 선물의 한계 자체가 신의 무한한 '타자성'에 대한 증거다."

가장 예리한 이들인 아퀴나스나 마이모니데스에게서도 이 명제는 자기 충족적 상태에 머문다. 그것은 심오한 느낌을 주기는 하지만 궤변이다. 은유, 유사성, 비유, 존재론적 증거—성 안셀무스와 데카르트가 매혹적으로 정교화했지만—들은 더비시 교도*의 춤 같은 것이다. 그것은 이성과 욕망을 황홀경으로 몰고 가지만, 그 움직임의 둘레 밖으로 나갈 수가 없다. 질문은 언어가 스스로에게 제기하고, 정신이 내적 대화로 구성하는 것이다. 답은 이미 언어 자체에 프로그램되어 있다. 어쩌면 대뇌 피질의 지도에 이미 프로그램되어 있는지도 모른다. 질문을 제기할 때 우리는 이미 답을 안다. 랍비 같은 변증가 칼 마르크스가 말했듯이 인류는 이미 답이 있거나 생겨날 질문만을 제기한다. '신'과 관련해서 참신한 표현은 생길지라도 새롭게 할 말은 없다. 우리의 신학과 종교 의식은 영구적인 주제들을 다양하게 조합한 것이다. 그래서 사람들은 일차적 계시, 최초의 권

---

* 빙글빙글 도는 춤으로 유명한 이슬람교의 한 분파.

위, 돌에 새긴 메시지 한 글자라도 그렇게 열렬히 추구하는 것이다. 하지만 그런 어떤 계시도, 신비로운 무오류성에 대한 어떤 탐색도 인간의 스케일로, 인간 조건의 한계 안에서 실행하는 발화 행위일 뿐이다. 언어를 가장 의심하는 이들, 그것의 오류 가능성과 진부한 쓰임을 가장 경계하는 이들―카프카, 베케트 같은 이들―, 가장 솔직해 보이는 이들, 확신을 가장 경계하는 이들은 바로 그 '이야기 전달자들'이다.

그러면 신적인 것을 비언어적으로 재현, 개념화, 구체화하려는 시도는 어떨까? 언어라는 미리 규정된 자기 귀환 신호 바깥에 있는 소통과 수행의 매체들은 어떨까? 인간 종은 머나먼 선사 시대부터 신을 상상했다. 거석상, 키클라데스의 다산의 여신상, 시스티나 성당에 그려진 하늘을 나는 수염 난 창조주의 벽화는 실존적으로 동등하다. 지상 곳곳의 종교 미술이 없다면 우리의 감성은 가난해지고, 내적 외적 풍경 모두 빈곤해질 것이다. 프락시텔레스의 대리석 신상, 비잔티움의 모자이크, 아프리카와 남태평양의 토템 가면과 조각, 탄트라교의 추상화와 부처의 미소는 인간의 손과 상상력이 최고의 경외감과 결합해서 태어난 산물들이다. 그것들은 '인간'의 의식과 모방에서 나온다. "소에게 신이 있다면 그 신은 머리에 뿔이 있을 것이다." 소크라테스 이전의 철학자들은 말했다. 신들은 인간의 형상으로 만들어졌지만, 불가피하게 약간의 변형과 혼란이 개입되었다. 신을 표현한 그림과 조각은 진정한 현존을 입는다. 재현이 자체의 목적이 된다. 청동으로 된 발에 입을 맞추고, 성상을 끌어안는 숭배자들은 상징이 아니라 그것의 진정한 현신에 고개를 숙인다고 생각한다. 그뤼발트 제단화의 회화적 강렬함보다 신의 임재를 더욱 실감나게 하는 것이 무엇인가? 이런 이미지의 유사성과 그에 따르는 우상 숭배를 막기 위해서 몇몇 종교는 신의 시각적 재현을 금지한다. 모세의 유대교, 이슬람교의 각 분파, 고전적 청교도주의는 우상을 용납하지 않는다. 그들은 조각상이나 그림 때문에 유혹에 이끌리는 것을 경계한다. 신은 말 그대로 상상 불가능한 존재로 남아야 하고, 재현과 공식적 유사물이 필요하다면 추상적, 비구상적인 형태가 되어야 한다고 말한다. 이슬람 캘리그래피를 보면 숭배의 동작, 움직이는 신에 대한 명상이 느껴진다. 내가 초자연적 존재에 대한 가장 강렬하고 성숙한 표현을 느낀 곳은 이스탄불 블루 모스크의 생기 넘치는 침묵 속, 그리고 부르고뉴 어느 계곡에 있는 카롤링거 왕조의 허물어진 성소 안이었다. 특정 신비주의 텍스트들과도 비교할 수 있을지 모른다. 가장 허름한 곳, 자신의 실패를 가장 예리하게 드러내는 곳이 가장 절실한 느낌을 준다(마이스터 에크하르트나 어떤 공안公案처럼). 하지만 예술은 가장 과묵하고 관념적일 때, 그러니까 상징과 현신의 혼동을 막으려고 엄격하게 노력할 때조차 우리에게 신의 실제 존재나

본성에 대해서 아무것도 말하지 않을 수 있다. 그것은 어떤 방향의 증명도 하지 않을 수 있다. 성화, 토템, 조각상을 신성하게 여기는 곳에서는 종교적 감정이 반성 없는 의례로 흘러든다. 어쩌면 기가 막힌 일이지만, 바로 그 점에서 조토의 벽화나 라파엘로의 그리스도는 '원시적'이다. 그것들은 눈부신 환상을 낳기 때문이다.

다음에는 음악이 있다. 표현하고 실행하는 수단 가운데 순수수학 부호를 빼면 오직 음악만이 언어의 가시철망을 뚫고 나간다. 앞서 언급했듯이 음악은 깊은 의미를 담지만, 그 의미는 정의할 수도 없고 부연 설명도 번역도 불가능하다. 불타는 떨기나무에서 나온 "나는 나다"라는 동어반복처럼, 그것은 자기 자신이다. 그것이 의미하는 존재는 보편적이다. 많은 이가 음악의 절대적 필요성과 압도적 힘을 정의하려고 시도했다. 쇼펜하우어는 음악은 우리 세계가 절멸한 뒤에도 남을 거라고 했다. 레비-스트로스는 선율을 "지고의 신비"로 보았다. 역사상 모든 시대와 공동체에서 음악은 헤아릴 수 없이 많은 사람들에게 진단도 표현도 불가능한 '초월적' 경험을 안겨주었다. 음악이 다른 방식으로는 표현할 수 없는 의미를 담아내는 능력은 종교적 경험, '경험 바깥의 경험'의 자연스러운 시뮬라크르처럼 보인다. 명백하지만 설명할 수 없는 방식으로, 음악은 경험적, 현세적 현존 너머에 있는 진실, 감정, 상상을 일으키고 전달한다. 그것의 빛과 그림자, 그것의 매혹―플라톤과 레닌이 그토록 두려워한―은 분석과 이성적 추론의 '반대편'에 있다. 우리가 음악에 잠기는 현상은 소박하지만 진정한 의미의 '신비'라고도 할 수 있다. 음악을 한편으로는 에로스, 또 한편으로는 죽음에 연결시키는 것은 랩 음악만이 아니라 몬테베르디나 슈베르트도 마찬가지다. 종교는 아주 엄격했던 특정 시대에는 음악의 효과를 제한하려고도 했지만, 종교 자체가 음악의 관능적 기능에 크게 의존한다. 음악적 환희와 탄식, 그리고 그런 감정들이 일으키는 증명 불가능한 창조적 실재에 대한 암시를 활용한다. 음악은 심리학자들이 말하는 '대양감oceanic feeling'을 다른 어떤 인간 현상과도 다른 독특한 방식으로 이끌어내고 퍼뜨릴 수 있다. 그리고 이런 '대양감'은 우리 중 많은 사람에게 종교적 상승과 고양으로 이해된다. 이런 유형의 '초월'은 때로는 명확한 교의에 봉사한다. 바흐의 경우를 비롯해서 다양한 방식의 예리한 표현들이 그렇다. 그중에 거의 저속하기까지 한 예는 말러의 아디지오들이다. 하지만 바흐의 합창곡, 부르크너의 팡파르가 우리를 아무리 황홀하게 만들어도, 그것들은 신의 존재와 부재에 대해 어떤 증거도 제시하지 않는다. 그 문제에 대해서 음악은 아무 할 말이 없다.

감각적 신비에 가장 가까운 것은 아마도 춤일 것이다. 다윗은 방주 앞에서 춤을 춘다. 더비시 교도는 빙글빙글 돈다. 니체는 형이상학적 사고와 인식을 "진실의 무도舞蹈"로 옮길 수 있다고 암시했다. 힌두교의 신들은 춤을 추는 모습이다. 하지만 춤 역시 증거를 내놓지는 않는다.

내가 초기 저작들—『톨스토이냐 도스토예프스키냐』와 『비극의 죽음』—부터 계속 주장하고 가르쳐온 것은 바로, 최근까지 위대한 미술, 문학, 이론의 탄생을 추동한 것은 '신 문제', 즉 신의 존재 또는 부재에 관한 문제, 그리고 이 존재에 '거소와 이름'을 주려는 노력이었다는 것이다.

어쩌면 진화에 도움이 되어서일 수도 있지만, 인간 정신에 새겨진 초자연의 보호, 신의 인도—그 신이 위로의 신이건 처벌의 신이건, 사랑의 신이건 분노의 신이건—에 대한 허기는 진지한 역할을 할 경우 인간 감성의 토대를 이루었다. 신앙은 극도의 고독도 견딜 만하고 의미 있게 만들어준다. 종교의 일상 버전인 신화는 다층적 의미의 서사와 우화로 인간의 상상력을 풍성하게 한다. 내적 세속주의나 외적 세속주의가 절대적 의미를 갖는 경우는 상상하기 어렵다. 그것은 무無에 접경하고 있기 때문이다(물론 이 경계선을 어렴풋이 그려주는 것이 하이데거의 힘이다). 크로마뇽인의 동굴 벽화에서 방스에 있는 마티스의 예배당까지, 그레고리우스 성가에서 쇤베르크까지, 『길가메시』와 아이스퀼로스에서 도스토예프스키와 T. S. 엘리엇까지 우리의 예술을 생성하고 떠받친 초월성의 가치는 (거기 늘 관심을 기울이지는 않는다 해도) 당연히 인정해야 한다. 본질적으로 '제작poiesis', 즉 창조는 신의 창조물로 여겨진 것의 '모방imitatio'이자 그것과 씨름한 결과물이다. "○○이 있으라"는 말은 예술가와 사상가에게 최초의 창조를 모방할 것을 명령한다. 우리는 릴케가 두렵고 낯선 아름다움이라고 칭한 것을 통해서 신들과 만나기를 열망하지만, 그 개념은 초자연성만큼이나 제대로 정의되지 않았다.

그 열망이 멈춘다면, 우리 중심의 그 허기가(매슈 아널드의 시「도버 해변」이 예언적으로 보여주듯이) 성숙한 생활의 필요와 활력에서 빠져나간다면, 시학, 철학 담론, 예술도 상당 부분 사그라들 거라고 나는 본다. 은하들이 '가장자리'를 넘어 비활성 세계로 들어가듯이. '내세', 즉 눈부신 빛이나 캄캄한 어둠을 향해 열린 문도 점점 희미해질 것이다. 하지만 그런 것 없이는 〈욥기〉, 『오레스테이아』 3부작, 『신곡』, 『리어 왕』, 〈장엄미사〉도 없다. 또한 고야의 에칭이나 프루스트의 소설 같은 대형 기획도 불가능했을 것이다. '위대한 이야기들'은 음향 자료실의 녹음테이프처럼 존경 속에 잊힐 것이다. 무신론 시가 높은 수준에 이른 경우는 레오파르디, 셸리, 랭보 등의 예가 있지만 전체적으로 몹시 드물다. 무신론 음악이라는 개념에는 어떤 구체적 의미를 부여해야 할지 모르겠다. 초월적 궁극성이 없다면 무엇이 형이상학을 경험적 심리학이나 사상사와 구별해줄까? 지금은 아직 불분명한 변화에 앞선 혼란스러운 중간기인 것 같다. 이 변화는 베케트 같은 천재가 대표할 것이다.

하지만 그렇다고 자신을 기만할 수는 없다. 아무리 우리 인류에게 필수불가결하고 인류의 발전에 기여를 했어도, 예술도, 철학도, 시스티나 예배당도, 칸트의 비판 철학도 신이 있는지 없는지의 문제를 해결해주지 않았다. 그들은 고도를 기다리는 일에 대해서 할 이야기가 많을지 모르지만 *그가 도착했다는* 소식은 전하지 않는다. 그리고 밤은 길어지고 있다.

여기 신학과 그 경호원―신의 방식을 인간에게 설득하는―인 신정론theodicy이 들어온다. 이 학문은 수 세기에 걸쳐 "늙지 않는 지성의 기념비들"을 낳았다. 열렬한 어휘의 목록은 끝이 없다. 신화, 우화, 예언, 계시, 소책자, 입문서, 논쟁, 논문, 산문, 시도 끝이 없다. 그것은 열중과 확신과 목격과 분석의 모든 범주에 걸쳐 있다. 산더미 같은 원고와 인쇄물은 그 어떤 탑보다 높이 쌓였다. 설득와 논쟁의 영역에서 신에 대한 신학 논쟁보다 더 격렬한 논리적 묘기, 더 환희에 찬 직관적 통찰, 더 맹렬한 비판과 저주, 더 치밀한 지식의 압축, 더 지속적인 명상, 더 솔직한 고백이 있었을까? 플라톤의 지고선에 대한 가르침, 아리스토텔레스의 부동의 동자the unmoved mover 원칙, 아우구스티누스의 삼위일체 논증, 아퀴나스의 『신학대전』

과 데카르트의 존재론적 증명은 인간 정신의 정상부를 보여주었다. 파스칼, 키르케고르, 또는 〈로마서〉의 칼 바르트는 인간의 나약함을 비길 데 없이 묘사했다. 히브리, 이슬람, 동아시아 신학과 신지학神知學의 풍부함은 말할 것도 없다. 뉴먼의 미묘한 용어를 사용하자면 '동의의 원리grammars of assent'는 풍성하고도 강력하다. 신의 예지와 섭리, 원죄와 구원, 영원한 창조 또는 무에서의 창조에 대한 수천 년의 토론을 버리고, 탈무드와 스콜라 철학적 해석 및 거기서 비롯된 비유들을 지우고, 페르시아 신비주의와 중국의 우주론을 내치면, 풍경이 얼마나 메말라지는가. 신의 이야기를 하는 것은 인간의 내면에 박혀 있는 충동처럼 보인다.

신의 존재를 증명하는 데 바친 지적 에너지와 열렬한 감정은 아름답다. 그들이 설득한 사람들은 수를 헤아릴 수 없고, 그 중에는 최고의 지성을 갖춘 자들도 있다. 수많은 세대가 확신을 (또는 공포를) 얻었다. 전 세계 수억 명이 알라의 자명성을 선언한다. '나는 한 분이신 하느님을 믿는다Creo in unum Deo' 라고 유대-기독교는 공언한다.

하지만 이런 증명 중 하나라도 그것을 표현하는 어휘 너머로 도약하는 것이 있는가? 그것들이 자신의 그림자를 건너뛸 수 있는가? 안셀무스의 교묘한 존재론적 증명─신의 완벽함은 필연적으로 그의 존재를 수반한다─은 명백히 순환논법이다(초기의 비평가들은 곧 침묵당했지만 이것을 알았다). 데카르트의 매혹적인 주장―인간의 지성은 외부 조력이 없다면 무한을 생각할 수 없었을 것이다―은 '무한'이라는 개념이 매우 큰 크기, 연속물에 대한 인식을 연장한 것이라는 단순한 통찰에 무릎을 꿇는다. 계몽주의 시대 이신론理神論 같은 설계론들은 우주와 시계 제작을 원시적으로 비유했다. 그것들은 완전히는 아니더라도 다윈주의, 천체물리학으로 반박되었다. 우리가 우리 자신의 기초적 이미지로 신들을 창조했다는 것이 정설에 가깝다. 우리는 '대모신Magna Mater', 또는 시나이 산의 화산 같은 아버지, 또는 팔이 넷 달린 칼리에 복종하거나 반항하도록 '배선'된 것 같다. 실존적 공허 속에 홀로 던져질 공포, 죽음으로 모든 것이 끝날 공포, 우연성의 공포가 너무 커서 초자연적 존재가 감시하는 세계를 창조하는 것이 더 나은 선택지였던 것 같다. 설령 그 세계에 악마가 가득하다 해도.

하지만 사실은 사라지지 않는다. 말은 말로 끝난다. 그림은 그림이다. 그 너머로 가는 암호는 없다. 논박 불가능한 논리학자 고르기아스가 보여주었듯이, 자기 부정의 역을 수반하지 않는 명제는 있을 수 없다. 또는 칸트와 비트겐슈타인이 (안타까움 속에) 가르쳐 주었듯이 합리적 논쟁, 인간의 담론으로 신의 존재를 증명하려는 시도는 부조리로 전락하고 만다. 엄격하게 보면, 아무리 심오하고 설득력 있더라도 모든 신학은 장광설이다.

　신정론의 좌절은 더욱 황폐하다. 그 사례는 헤아릴 수도 없고, 신의 지배 아래 인간이 고통받는 이유를 설명하려고 한 이들, 현실의 야만성과 불의를 수용할 만한 것으로 만들려고 노력한 이들 중에는 누구보다 현명하고 열정적인 이들도 많다. 이유 없는 고통은 그 어떤 딜레마보다도 더 많은 고뇌에 찬 발견과 치료적 환상을 이끌어냈다. 심연 위를 선회하는 심리학적 통찰, 수사의 기교는 끝이 없다. 옹호론의 목록은 길다. 고통은 인간 자유, 자유 의지라는 특권의 필요조건이다. 인간은 타락해서 에덴에서 쫓겨난 뒤 선천적으로 죄를 물려받고 태어나지만, '오 복된 죄여o felix culpa', 메시아를 통해 구원받을 수 있다. 죄 없이 어떻게 용서가 가능한가? 이 생에서 불의, 예속, 질병을 견디는 자들은 내세에서 보답을 받을 것이다. 우리 유한한 영혼에게 터무니없고 부당한 '비참함misère'으로 보이는 것은 오직 신만이 알고 마지막 종말의 시간에야 밝혀질 크고 자비로운 계획의 일부일 뿐이다. 고통, 상실, 굴욕은 우리를 치유한다. 그것은 우리 안에 있는 최상의 것을 이끌어낸다. 시간이 흐르면, 좋은 일과 보상의 합이 고통과 박탈의 합을 뛰어넘는다. 욥이 누구라고, 또 우리가 대체 누구라고 함부로 불평하고, 우스운 잿더미 같은 우리 짧은 인생에 대해 납득 가능한 공평을 요구하는가? 이런 형량 흥정이 수천 년을 이어졌다.

그래서 우리는 어디까지 왔나? 도스토예프스키보다 훨씬 먼저, 어린이 한 명의 고통, 장애 어린이 한 명의 아사만으로도 정의롭고 사랑 가득한 신의 개념에 모순이 있는 것 아니냐고 물은 사람들이 있다. 무엇이 유전적 결함으로 생기는 장애를 정당화하는가? 우리가 '역사'라고 부르는 것이 자연 재해, 질병, 기근, 학살로 점철된 데는 어떤(교훈은 차치하고라도) 이유가 있는가? 왜—소크라스테스는 이 질문을 회피했다—폭군, 타락자들, 남을 괴롭히는 인간들이 성공하고, 도덕적인 남녀는 조롱받고 실패하는가? 어떤 정직함, 어떤 도덕적 염증이 자살을 '유일하게 진지하고 철학적인 질문'(카뮈)으로 만드는가? 다소간 절박하게, 그리고 얼마간의 개인적 위험을 감수하고 제기하는 이런 질문들은 몹시 흔하고 또 당연하다.

　　20세기 역사의 잔혹 행위들은 이런 질문을 더욱 날카롭게 했다. 계획적인 고문, 죄 없는 남녀노소 수백만 명의 학살, 계획적인 불폭풍으로 두 도시를 태운 일, '킬링필드'에서 수천 명을 생매장한 일, 고삐 풀린 물질적 과시의 현장 옆에 살인적 빈곤, 기아, 질병이 공존하는 일, 유례없는 규모로 이루어지는 어린 아이에 대한 경제적, 성적 착취—이런 일은 다시 한 번 신정론의 허위와 공허함을 드러냈다. 나는 상당한 시간 동안 신은 '피로'해서 어떤 은거 상태에 있고 인간의 협력을 요구한다는 추측에 매달렸다. 또는 그가 '미완'이라고, 이제 겨우 생겨나고 있는 거라고, 하지만 이제 나에게 그런 수사 어구는 다소 공허해 보인다. 그것은 언어에 내재한 매혹적인 신파다. 체첸이 베슬란의 학교를 점령하고 사흘이 지났을 때 아이들은 극심한 갈증에 탈진했다. 오줌마서 말랐다. 아이들은 이틀 동안 전능한 신에게 기도했다. 아무 대답이 없었다. 마지막 날, 아이들은 해리 포터와 그가 가장 좋아하는 마법사에게 도움을 청했다. 나는 이것이 인간 상황의 진실에 가장 가까운 이야기로 보인다. 그것은 궁극의 사랑, '아우슈비츠 이후 신의 정의'를 보여주려는 역겨운 시도들보다 훨씬 더 위엄 있게 느껴졌다. 인간의 죄와 신의 계명에 대한 불복종이 보복을 가져왔다는 장담에는 차가운 경멸을 느끼지 않을 수 없다(랍비들의 이런 헛소리는 가스실 문 앞에서도 끊기지 않았다). 한편에는 말, 말, 말이 있다. 설득력 있고 교묘한 말. 그리고 다른 한편에는 질식해 죽어가는 아이, 고문당하는 이들, 예방 가능한 질병과 기아로 죽어가는 자들의 비명이 있다. 그리고 기성 종교 자체에서 막대한 광신적 혐오가 흘러나온다. 종파적 학살이 다시 유행한다. 무신론자가 폭도가 된 적이 있었을까?

나는 오래 전부터 내가 이런 문제에 권위 있는 것은 차지하고 어떤 독창적인 대답을 갖고 있어야 한다는 생각 자체가 주제넘는 일이라고 여겼다. 내 이해력, 나의 두뇌는 그런 과제를 수행할 능력이 없다. 이것이 핵심일 것이다. 우리가 '신'이라 부르는 것과 일치하는 어떤 실체, 어떤 '진리 함수'가 있다 해도, 그것은 우리의 이해력도 어떤 관용 표현—불가피하게 그런 이해가 담기는—도 닿을 수 없는 수준과 내용일 것이다. 우리의 모든 추상적 정의에 들어맞는 신, 상징적이고 비유적인 모든 설명에 들어맞는 신은 숭배할 가치가 별로 없을 것이다. 그런 '신'은 화가들의 그림만큼 인간을 닮았을 테고, 조각상들만큼이나 처량하게 인간적일 것이다. 스피노자처럼 금욕적으로 완곡하게 표현하고 구체성을 회피해도(그보다 더 순수한 경우는 없다) 그것 역시 우리의 어눌함이나 이성의 파토스를 초월하지 않는다. 우리가 어떻게 해서든 우리 정신과 감정 안에 '신'을 받아들일 수 있다고 믿는 것은 거울의 집에 사는 것과 같다. 이것은 '부정적 신비주의'가 아니다. 자연과학과 수학에서 일차적 질문들은 모든 해결법 너머에 있는 것 같다. 우리는 우리 우주의 기원에 대해, 그것의 끝에 대해, 수백만 개의 다른 '우주'가 있을 가능성에 대해 점점 더 예리한 질문을 할 능력이 있다. 시간의 속성들과 그 시작으로 곡예를 할 수 있다. 그렇다고 성 아우구스티누스의 대담한 발언들보다 더 큰 확실성을 얻을 수는 없다. 가설은 가설일 뿐이다. 그토록 작고 유한한 도구인 인간의 대뇌피질이 대답할 수 없는 질문을 제기하고, 결정할 수도 해결할 수도 없는 것을 촉발하는 일은 경이롭다. 바로 이런 역설, 이 무한한 한정의 느낌이 나에게 경외감, 일상의 압도적인 미지에 대한 감각을 안겨준다. 우리의 질문 대상은 (생각할 수 없거나 무력한 신이 아니라) 반성하는 삶의 모든 순간이다. 우리는 질문하고 틀리는 일을 멈추지 않을 존재다.

비록 약하고 일시적이라 해도, 나는 나의 직관을 소중히 여긴다. 나는 그것을 가지고 제정신을 유지하며 살려고 노력해 왔다. 사회사상가 막스 호르크하이머는 원죄의 개념이 인간이 품은 통찰 중 가장 독창적이라고 말했다. 그것을 신화가 아닌 사실 그대로 받아들이는 사람들은 근본주의자, '축자주의자literalist'뿐이다. 역사적, 인류학적 수준에서 그것의 의미는 동화 속의 그것—이것도 불가해한 경우가 많다—이상이 아니다. 원죄를 물려받는다는 개념은 도덕적으로 혐오스럽다. 하지만 나는 이유는 모르겠지만, 원죄라는 것이 어떤 시원의 참사의 기억을 담고 있다는 생각을 피할 수 없다. 처음에 무언가 크게 잘못되었다. 무의식의 마그마 어딘가에 그런 재난—재난disaster이라는 단어에는 '별이 떨어진다'는 의미가 있다—의 흔적이, 기억할 수 없는 기억으로 묻혀 있다고. 마치 우리가 창조된 우주에 반갑지 않은 손님이었거나 그렇게 된 것처럼. 존재 자체가 우리를 반갑지 않게 만든 것처럼. 그것이 우리가 자기파괴적으로 우리 행성을 약탈해서 에덴동산의 마지막 남은 비난의 흔적을 뿌리 뽑으려 하는 이유인지도 모른다. 어떤 되돌릴 수 없는 기억이 수 광년, 혹은 수 암년dark year 밖에서 우리를 압박하는지도 모른다. 그렇다고 우리가 인간 고통을 어떤 합리적 방식으로 정당화할 수 있다거나, 도덕적 이상의 거듭된 실패에 의미를 부여할 수 있다는 것은 아니다. 하지만 슬픔의 위대한 교사들이 목격한 것처럼, 그것은 우리가 삶을 버티게 해준다. "실패하고 또 실패하고, 그런 뒤 더 잘 실패하도록"(베케트). 이런 말조차 너무 낙관적일지 모르겠지만.

이성의 나약함을 생각하면 나는 공황에 사로잡힌다. 우리 이성은 사실상 거의 모든 순간에 신체의 질병, 약물, 노화로 인해 손상되거나 파괴될 수 있다. 지적 장애를 가지고 태어나는 아이와 알츠하이머병 때문에 계속 의미 없는 말을 중얼거리는 노인은 이 합리성의 기적 같은 복잡성과 행운을 말해준다. 나는 이런 것들 때문에 '신'이 인간 곁에 있다는 주장에서 설득력을 느끼지 못한다. 신이 한 지역 우주의 헤아릴 수 없이 많은 일들 가운데 우리의 사소하기 짝이 없는 소망과 고뇌를 들어준다는 생각은 더 말할 것도 없다. 조직화된 종교는 때로 이성을 오염시키고 광기로 몰아넣기도 한다. 사랑의 그리스도의 이름으로 얼마나 많은 유대인이 학살당했고, 메카에서는 얼마나 많은 순례자가 죽임을 당했으며, 의식이나 전설의 세밀하고 유치한 항목들을 가지고 얼마나 끝없는 살육이 있었는가! 빙글

빙글 돌며 영창하는 정통파 유대교도(혐오의 대가), 한쪽 무릎을 꿇고 찬양하는 기독교인, 살람 인사를 하는 무슬림은 느리고 낭비 많은 상식의 선사 시대를 말해준다. 기도에서도, 신학 논문에서도, 신의 의지와 속성에 대한 선언은 자기만속석인 농어반복이다. 수학이나 형식논리학과 달리 그것은 크고 강력한 감정을 소환한다. 하지만 그러는 것은 섹스나 허기나 탐욕도 마찬가지다.

나는 결국 신의 부재를 강력하게 느끼게 되었다. 부정의 신학, '숨어 있는 신Deus absconditus' 같은 소피스트적 의미가 아니다. 이런 느낌을 조리 있는 말로 옮길 수 있을 것 같지 않다. 진공이 생겨나면 폭발적인 압력, 즉 너무 강력해서 그 어떤 것도 부수어버릴 수 있는 압력이 만들어진다. 내가 느끼는 공허는 거대한 힘이 있다. 그것은 나를 내가 답할 수 없는 윤리적, 지적 질문에 직면하게 한다. 그것은—나는 이것이 웅얼거림일 뿐이라는 것을 안다—미지의 것으로 가득 찬 허무주다. 그 것은 존재에 대한 나의 이해, 죽음을 개념화하려는 내 한심한 시도를 나의 좁디좁은 정신과 의식의 경계 안으로 한정한다. 하지만 이 느낌은 내가 허세를 부리지 않게 할 것이다. 그것은 (역시 말로 표현하기 힘들지만) 슬픔, 그리고 사랑의 심장부에 있는 심연과 연결된다. 어쩌면 그것은 세상의 환각적인 대낮을 더듬어 지나가는 맹인의 생기 있는 어둠과 같을지도 모른다.

'비신非神'에 대한 명상도 어떤 인가된 신학이나 예배만큼 집중되고 겸손하고 환희에 찰 수 있다. 그것은 어리석음과 혐오를 촉발하지 않는다고 나는 믿는다. 존재하지 않는 신은 경외스럽다.

내가 강력하게 제기하고 싶은 문제는 이것이다. 신앙 또는 무신앙은 인간의 가장 사적이고 보호받을 요소고, 그렇게 되어야 한다는 것. 영혼도 가려야 할 음부가 있다는 것. 그것을 노출하는 행위는 믿음을 회복 불가능할 만큼 조잡하고 거짓되게 만든다는 것. 성숙한 신앙인은 신과 홀로 있고자 한다. 나는 그렇게 그의 지존한 부재와 함께 하고자 한다. 그동안 말하지 못했지만, 나는 이미 너무 많이 말했다.

오랜 저주 가운데 "내 원수가 책을 내기를"이라는 것이 있다. 여기에 나는 이렇게 보탠다. "부디 일곱 권을 내기를."

우리나라 사람들에게도 널리 알려진 영시 중 하나가 로버트 프로스트의 「가지 않은 길」이다. 인생에는 언제나 선택의 순간이 있고, 갈림길에서 선택하지 않은 길에 대한 아쉬움은 누구에게나 보편적이기에, 이 시는 외국시로는 드물게 우리나라의 애송시 반열에까지 올랐다.

여기 스타이너는 자신이 '쓰지 않은 책들'에 대해 말한다. 가지 않은 길들이 개인의 인생을 만드는 것처럼 쓰지 않은 책 역시 (저자가 직접 말하듯이) 학자의 이력에 참여한다. 그 책들은 학자의 머릿속에 오랫동안 머물면서 다른 책들과 다양한 화학 작용을 일으켰을 것이다. 그리고 그의 감정에도 아쉬움을 포함한 많은 자취를 남겼을 것이다.

물론 가지 않은 길과 쓰지 않은 책은 다르다. 사람이 한 번에 두 개의 길을 갈 수는 없지만, 책은 (이론적으로는) 원하는 만큼 쓸 수 있기 때문이다. 그 점에서 쓰지 않은 책은 좀 더 적극적인 불개입, 외면, 어쩌면 억압의 결과다. 그런 만큼 쓰지 않은 책에 대해서 쓴다는 것은 자신의 방어 기제를 들여다보는 일이 될 수 있고, 그래서 이 책에는 놀라울 만큼 자기 고백적인 내용이 많이 담겨 있다. 조지 스타이너가 여기서 말하는 책들은 대부분 학술서지만, 그에 대한 이야기를 통해서 우리는 인간 조지 스타이너도 들여다볼 수 있다.

조지 스타이너는 프랑스에서 태어나서 영국에 사는 미국 국적의 비교문학자이자 평론가다. 거기다 그의 부모는 오스트리아계 유대인이다. 이런 다국적적 환경에 힘입어 그는 세계에서 손꼽히는 다언어 사용자가 되었다. 그리고 2차 대전 시기에 성장기를 보낸 만큼 유대인이라는 정체성도 그의 정신에 크나큰 영향력을 발휘했다.

스타이너의 저술 경력은 31세의 나이에 『톨스토이냐 도스토예프스키냐』(1960)를 출간하면서 시작됐다. 그는 그 후 50년 동안 40권에 육박하는 저서를 냈다. 대부분 문학, 언어, 철학을 주제로 한 학술서나 비평서지만 소설도 몇 권 있다.

그런데 이렇게 활발한 저술 활동을 펼친 저자가 쓰지 않은/못한 책들은 무엇일까? 이 책에 소개된 7편은 저자의 박식함의 깊이만큼이나 그 폭이 놀라울 만큼 다양하다.

1장 '중국 취향'은 스타이너 못지않은 박식가들의 '기이한 편향'에 대해 이야기하는데, 고대와 현대, 동양과 서양, 인문학과 자연과학을 넘나드는 지식의 향연이 가히 현란할 지경이다. 이 책은 전체적으로 번역하기 몹시 어려웠지만, 그중에서도 1장이 가장 힘들었다. 너무도 다종다양한 분야의 인명과 저서명, 개념들이 정신없이 튀어나오기 때문이다. (영어로 옮겨진 중국어 인명과 저서명을 찾는 일이 특히 큰 난관이었다.) 이 어지러운 지성의 태피스트리는 책의 도입부로는 다소 무겁고 빽빽해 보이지만, 그런 만큼 저자의 관심사의 폭을 잘 보여주기도 한다.

2장은 체코 다스콜리라는 중세 말기 시인을 통해서 '질투'의 파괴성을 말한다. 질투는 문학에서도 무수한 서사를 낳은 주제다. 이것 자체로는 그다지 새로울 것이 없다. 하지만 그것을 단테와 다스콜리를 통해서 탐구하다 보니 중세에서 르네상스로 넘어가는 시대의 사회 문화에 대한 탐색이 풍성한 배경을 이룬다. 마법, 점성술, 이단 재판이 가득한 그 풍경은 역사 소설의 소재로서 매력적이었을 것 같다는 생각도 들었다.

3장 '에로스의 혀'는 저자 스스로도 말하듯이 조지 스타이너가 아니고는 제기하기 어려운 독특한 차원의 호기심을 자극한다. 무의식은 언어처럼 구조화되어 있다는 말을 상기하지 않아도, 언어와 섹슈얼리티가 밀접하게 얽혀 있다는 것은 새삼스러운 일이 아니다. 이런 기본적인 이해 너머로 나아가 그것의 현상학을 각기 다른 여러 언어의 실제 화용 속에서 밝혀내는 일은 여기 적힌 단편들만으로도 매우 흥미로웠다. 책 한 권이 되었다면 정말로 흥미로웠을 것이다.

4장 '시온'은 유대인의 정체성과 '유대인 혐오'의 근원을 탐구한다. 그의 제안은 다소 관념적으로 보이고, 비서구권 출신인 역자로서는 어느 정도의 설득력이 있는지 판단하기 어렵다. 하지만 스타이너가 홀로코스트 시대를 살아낸 유대인임에도 반유대주의에 대해 상당히 침착한 태도를 유지한다는 것을 생각하면, 그의 가설은 '이성적 논쟁이 힘든' 이 영역에 이성적으로 제기된 귀중한 화두일 수 있을 것 같다.

5장 '학교와 문해력'은 교육에 대해 말한다. 저자는 이 장에서도 코스모폴리탄/유랑자로 살아온 이력의 힘으로 서구 각국의 교육 제도에 대한 직접 체험을 전달한다. 하지만 저자도 말하다시피 그가 교육을 받은 1940~50년대와 이 책을 쓴 2000년대는 너무도 다른 시대가 되었다. 사회의 이념도 대중민주주의 쪽으로 더 이동하면서 (하향) 평준화가 대세가 되었고, 정보과학과 생명과학이 이끄는 과학기술의 위용으로 인문학의 입지가 줄어들고 있다. 하지만 저자는 이런 변화에 불편함을 느끼는 데 그치지 않고 새로운 시대를 살아가는 새로운 (이상적인) 문해력을 제시한다. 스스로 가망 없는 기획이라고 말하지만, 역자는 시대의 변화를 이해하는 저자의 "늙지 않는 지성"을 느낄 수 있었다.

6장 '인간과 동물에 대하여'는 이 책 전체에서 가장 독특하게 느껴지는 장이다. 3장에서 육체적 욕망을 탐구하기는 하지만, 거기서도 그의 예리한 지성은 불꽃을 튀긴다. 6장은 이 책에서 유일하게 애정이 지성을 압도하는 듯한 느낌을 준다. 스타이너의 새로운 면모로도 보일 정도였다. 애완동물이 반려동물로 바뀐 시대에 동물에 대한 애정을 학술적으로 탐구하는 책은 큰 가치가 있어 보이고, 스타이너가 그런 책을 쓰지 않은 것이 안타깝다.

정치 제도와 개인의 신념 문제를 다룬 7장은 개인적으로 가장 흥미롭게 읽은 장이다. 3장에서 사적 성생활의 일면을 드러낸 저자는 7장에서 양심 생활의 내면을 약간 드러냈다. 두 영역은 전혀 달라 보이지만 개인의 사적 공간을 이룬다는 점에서는 비슷하다. 물론 성생활과 달리 정치 및 종교 생활은 공적 영역에도 걸쳐 있다. 하지만 스타이너는 그런 생활까지도 철저하게 사적 영역으로 간직하는 경향이 있기 때문에, 7장의 내용이 더욱 자기 고백적으로 여겨진다.

스타이너는 정치 사회 문제에 관심이 많고 활발한 사회 활동을 펼친 사람임에도 불구하고 사회 문제에 목소리를 낸 적이 없을 뿐 아니라 투표라는 시민적 기본권도 행사하지 않았다고 한다. 자신의 '불참여'가 전체 사회, 그리고 결과적으로 자신에게도 큰 영향을 미친다는 것을 알면서도 그랬다. 이런 거리두기를 젊은 시절의 역자가 보았다면 용납하기 어려웠을 것이다. 하지만 지금은 그가 말하는 패러독스들이 더 큰 진실 앞의 작은 착시 현상에 불과한 것이 아니라는 것을 안다. 이런 모순에 저자가 그저 질문만 하는 듯한 태도로 일관하는 것은 그가 유대인으로서, 손님/유랑자로 살아왔기 때문만은 아닐 것이다.

어떻게 보면 이 책은 전체가 '대답할 수 없는 질문'들의 모음이기도 하다. (그래서 책들은 쓰이지 않았다.) 하지만 그는 자신이 대답할 수 없거나 대답하지 않을 것을 알면서도 질문을 멈추지 않았고, 치열하게 탐색하는 일도 포기하지 않았다. 독자인 우리는 그를 통해서 답은 얻지 못할지라도 세상에 대해 깊이 있고 다면적인 시야를 얻는다. 이런 중층적인 목소리는 우리가 이제 일방적 논리의 시대를 지나 성숙한 다원주의 사회로 나아가는 길에서 특히 경청할 만한 가치가 있지 않을까.

번역자에게 책의 저자와 대등한 지성이 요구되지는 않을 것이다. 번역 행위는 어디까지나 전달에 지나지 않기 때문에 저작물을 창조하는 집필 행위와는 비교할 수가 없다. 그렇더라도 말귀를 알아들을 총기는 요구되고, 저자가 조지 스타이너 같은 거인이라면 번역자는 과연 자신에게 그만한 총기가 있는지 끊임없이 의심하지 않을 수 없다. 지난겨울은 스타이너라는 얼음산을 오르는 험난한 도정이었다. 하지만 자기 의심의 중력과 싸우며 번역을 완성하니 힘겨운 도전이 안겨주는 남다른 기쁨이 있다. 부디 역자 혼자만의 기쁨이 아니기를 바라는 마음이다.

고정아

옮긴이 | 고정아

연세대학교에서 영문학을 공부하고 현재 번역가로 활동 중이다.『전망 좋은 방』
『하워즈 엔드』『순수의 시대』『오만과 편견』『토버모리』『플래너리 오코너 단편
선』『오 헨리 단편선』『몰타의 매』등의 문학 작품을 비롯해『히든 피겨스』『로켓
걸스』등의 인문 교양서와 아동서 등 250여 권이 책을 우리말로 옮겼다.『천국의
작은 새』로 2012년 제6회 유영번역상을 받았다.

나의 쓰지 않은 책들

초판 1쇄 발행 2019년 7월 10일

지은이 조지 스타이너
옮긴이 고정아

펴낸곳 서커스출판상회
주소 서울 마포구 월드컵북로 400 5층 24호(상암동, 문화콘텐츠센터)
전화번호 02-3153-1311
팩스 02-3153-2903
전자우편 rigolo@hanmail.net
출판등록 2015년 1월 2일(제2015-000002호)

© 서커스, 2019

ISBN 979-11-87295-35-8 03840

이 도서의 국립중앙도서관 출판예정도서목록(CIP)은 서지정보유통지원시스템 홈페이지(http://seoji.nl.go.kr)와
국가자료공동목록시스템(http://www.nl.go.kr/kolisnet)에서 이용하실 수 있습니다.
(CIP제어번호: CIP2019018542)